行云

春日负暄 著

长江出版社
CHANGJIANG PRESS

像河水一样不分日夜

流走的，是时间。

ShiJian

行云徘徊，游鱼失浪，归鸟忘栖。

付行云

闻逝川

Wen Shi Chuan

你是镜头的宠儿。

晚钟鸣上苑，
疏雨过春城。

春颐暄

目 录

XING YUN

第一章
人间海海

你等着吧，闻逝川，等我红了，再看你一眼我就是猪夜色深沉，觥筹交错。

"付老师，谢谢您这段时间以来的照顾，再喝我这杯吧。"

凑上来的是和付行云同剧组的男不知道多少号，演付行云剧中角色的少年时期，这人年轻，长得水嫩，笑的时候眼睛弯弯，眼角眉梢带着点儿讨人厌的聪明劲儿，和付行云本人真的有三分相似。

他手上拿着的是个红酒杯，粗暴地装着半杯红酒，半杯红酒算不上什么，但他们刚刚已经喝过一轮啤的，一轮白的了。

换了以前，付行云说不喝就不喝了，没多少人敢强行敬，更别说这种小角色了。但今时不同往日，面前这个"小角色"转身就委屈地跟资方告状，小嘴嘟得能挂油瓶："肯定是我平时演技太差，付老师生我气了……"

四十岁上下的资方看向付行云，她若有所指地说道："小付啊，最近怎么没见小孟？"

孟清，付行云的经纪人。

这一下正好戳到了他最近的痛处。

付行云心里暗骂，脸上却堆出笑来，避而不答，爽快地伸手去接酒。他和水嫩嫩的小演员比自然是不年轻了，他今年二十八了，笑起来眼角会有细细的纹路，但他一直很自律，身材管理、皮肤管理都不曾出过错，在包厢昏黄的灯光下，皮肤像细腻的玉。

他去拿酒杯，资方顺势搭住他的手，那触感差点让他跳起来骂人。但他深吸一口气，忍住了，抬头笑了笑才不显突兀地挪开手，爽快地将那杯红酒一饮而尽，站起来又倒了一杯。

"感谢这段时间大家的照顾和教导——"

话音刚落，他仰起头，喉结上下滚动，将那杯酒喝完，一时间有些反胃。

这场让人如坐针毡的晚宴一直到了深夜才结束。结束后，付行云打太极应付掉资方的邀约，忍住头晕和恶心，体面礼貌地和所有人告别，让助理开车送他回酒店。

助理小江开车很稳，但付行云还是想吐。他拼命深呼吸，忍住恶心，但胃里还是一阵阵收缩，嘴巴泛酸。

付行云捂住嘴巴，伸手拼命拍驾驶座的后背。

小江也陪着付行云熬了好多天了，累得眼下发青，一时间脑子有点转不过弯，分神问道："云哥，怎么了？要喝水吗？前座还有矿泉水。"付行云急死了，不敢张嘴说话，先是"砰砰砰"地拍，又"唔唔唔"地指自己的嘴巴。

小江这才反应过来他要吐，一个急刹车，停在了离影视城不远处的路边。这条是回酒店的小路，已经是凌晨了，路上没有人也没有车。但就算有人拍，付行云也顾不上了，他慌乱地开车门冲下车，扶着路边的一根灯柱，"哗"一声吐了个干净。

付行云难受极了，恨不得把胃吐出来，吐得眼泪汪汪，头晕眼花。他听到身后开关车门的声音，捂着嘴朝后说道："给我扯张湿巾。"

没等来小江的湿巾，反而是前面有人递来一方抖开的手帕。

那只手很大，骨节分明，虎口上有个浅浅的疤，手帕是淡绿色的，嫩竹叶的颜色，什么花纹都没有。

付行云心里猛地一沉，像被铁钩钩了一下，下沉的时候又撞到了脆弱的胃，他干呕了一下，没有吐出东西来，接过那条手帕，擦了擦嘴巴，慢慢抬起头来。

抬起头不过半秒钟的工夫，但在这半秒钟内，付行云心里已百转千回，做好了最充足的准备，不过他抬头见到闻逝川的那一刹那，他还是觉得自己没准备好。他狼狈而虚弱，眼泛泪光，脚边还有一大摊恶心的呕吐物，身后是他那个不知所措的年轻助理。

借着昏黄的灯光，付行云不动声色地打量闻逝川。

闻逝川的变化并不大，仍旧高大而健硕，头发疏于打理，顶发略长，用皮筋随意扎起来，一副落拓不羁的模样。他眉毛浓而黑，轮廓冷硬，面无表情，比付行云记忆中沉稳了不少。

"谢谢。"付行云说道。

他说："不客气。"

闻逝川穿着黑色工字背心和沙滩短裤，脚上是人字拖，手上还夹着抽到一半的烟，像个下楼遛弯的大爷。但这里是影视城，方圆百里，除了拍摄场地和酒店饭店等相关配套设施就只剩下荒山野岭。

"来拍戏吗？"付行云完全将刚才的狼狈抛到脑后，笑得礼貌体面又客套，真正像个大明星——他也确实是。

"我最近在剧组里，就那个古装戏，你知道的吧。你呢？"

他一连说了好几个在拍的有名的电视剧，闻逝川都只是摇头。付行云心里知道这些电视剧里没有闻逝川，也当然知道，这几个电视剧都很有名，他在拍的那个是其中的佼佼者，话题度极高。

他说出来只是为了显摆。

闻逝川没有接他的茬，将烟凑到嘴边吸了一口，侧头喷出烟雾，烟头闪烁的光像天上的星星。

"拍点自己的东西。"闻逝川简短地说道。

冷清而漆黑的公路远处可能有车驶过来，车灯朦胧的光肉眼可见。小江犹豫着凑过来，小声叫道："云哥……得走了，被拍到了不好。"

付行云如梦初醒，开始自我质问，他到底在这儿干吗。

"我得走了，真不巧，前面的一大段戏拍完了，明天要飞去别的地方赶行程，有空请你吃饭，顺便……"付行云笑道，"叙叙旧。"

不等闻逝川回应，两人也没有交换联系方式，付行云转身走了，小江帮他拉开后座车门，手挡在车门边沿怕他撞到。付行云坐回后座上，眼角的余光一直停留在车外，直到汽车发动远去。闻逝川一直站在那里，那堆呕吐物旁边，路灯的光将他圈在里面。

一直到了酒店，车停了，付行云才发现自己手上仍然攥着那方弄脏的手帕。

因为第二天要赶一大早的飞机，付行云洗漱后就躺在床上。令他没想到的是，他就像被扔进了黑沉沉的梦乡里，马上就睡着了，并且做了一夜的梦。

梦里，闻逝川才十九岁，他十八。

在那个狭窄的照不到阳光的地下室出租屋里，他们磕磕绊绊地剪出了第一条 VCR，第一次，对梦想有了清晰的认知。

第二天付行云是被助理小江的电话叫醒的，醒来的时候觉得头很痛。就像他的头昨晚一夜都在被当球踢，痛得他在床上翻了个身呻吟出声。

小江倒像是原地复活，声音充满元气："云哥早，起床了，四十五分钟后我去接你。"

付行云"嗯"了一声挂上电话，发现自己手里还攥着那方淡绿色的手帕，都皱了。付行云神经质地将手帕扔到床头柜上，行尸走肉似的爬起来洗漱，等一切收拾好，他眼角余光又落在那皱巴巴的手帕上。

手帕上还有些污渍，是他昨天擦嘴巴的时候留下的。

按照付行云的性格，这方手帕只能进垃圾桶了。但他想了想，两只手指捻起手帕的一个角，在洗手池里挤了点洗手液，随便搓了搓拧干，搭在一边。等到小江来敲他门的时候，付行云看着湿淋淋的手帕，苦恼地皱着眉，想了又想。

最后，付行云把半干不湿的手帕一把抓起来，揣进裤兜里。

前夜宿醉，早起赶飞机，付行云下飞机的时候黑眼圈都快掉到颧骨上了。他面无表情地看了看镜子里的自己，架上墨镜，往颜色苍白的嘴唇上涂了点口红，显得有些气色。他对着镜子抓了抓头发，精气神一下子就回来了。

提前和机场沟通过了，付行云从僻静的通道走，隔了大半个大厅都能听到他的粉丝接机喊他名字的声音。团队正在出口处等他，掐准了点，付行云上车前"恰好"被粉丝发现了，他赶在上车前回头打了招呼，留下几张随性不失精致的照片，语调温和地吩咐大家"不要拥挤，注意安全"。

宽敞的商务车，车窗玻璃做了防窥处理，隔音也很好。

付行云坐在车里，摘下墨镜，疲累地瘫软在靠背上，隔着车窗能看到粉丝在外面，表情激动，嘴巴一张一合，不知道在喊什么，很大概率是在喊他的名字。付行云就这么看着，发现自己平整的休闲西裤侧面拱起了一个小包，手伸进兜里摸到潮气，这才想起自己出门前把手帕塞进去了。

他将手帕掏出来，随手扔在隔壁车座上。

裤子不平整，刚才拍的照片肯定不好看。

他面无表情地想道。

接下来一整天都是熟悉到近乎乏味的流程，做造型、试妆、拍片、访谈。谈来谈去也还是那几个问题，付行云的舌头似乎已经产生了自己的意识，能够在大脑放空、灵魂抽离的状态下自行作出体面的回答。

顺带提一提正在拍的戏，资方应该会很高兴，付行云百无聊赖地想道。

访谈的间隙，有工作人员小心翼翼地过来求合照、签名，付行云全都有求必应，站起来礼貌地签名拍照，笑容温煦、恰到好处。

他以前做事也是这么认真，但现在的认真里多了几分掩藏得很好的小心。别人不知道，但他自己知道，这半年，他的资源正迅速流失，像这次的杂志拍摄访谈，放在以前，这个等级的时尚杂志，他要是行程太忙了可能就不来了，但今时不同往日，每一个机会他都要好好珍惜，毕竟不知道哪天就突然没有了。

想到这里，付行云从小江那里拿回自己的手机，给经纪人孟清发了条信息。

"我的戏估计半个月后就要杀青了。"

过了很久孟清都没有回，付行云和孟清大概一个月没有联系上了。付行云深吸一口气，将手机扔回给小江，耐着性子坐下来，用最无懈可击的笑容迎接重新回来的访谈主持人。

拍摄访谈结束之后，付行云整个人累得快散架了，卸了妆之后往脸上盖了一张面膜，裹着浴袍，躺在酒店的床上，累得发胀的腿架起来，拿着手机漫无目的地看。看着看着，他心中一动，在社交媒体上搜闻逝川的名字。

不出意料，并没有搜出什么。付行云把手机一扔，勾起嘴角一笑，也不知道是在笑自己还是在笑闻逝川。

当天晚上，他原以为自己会像前一天晚上那样沉沉入睡，没想到的是，他做了很多梦，梦到的都是以前的事情，真假掺杂，光怪陆离，醒来的时候基本都不记得了，只留下了模糊的印象，就像昨夜的雨痕，被太阳一晒就蒸发了。

唯一记得的是，他梦到他和闻逝川六年前分别的那天，他背着沉重的行李包，背带重重地勒在肩膀上，勒得他有些喘不过气，他那时候好像还哭了，又好像没有。站在人来人往、嘈杂的、气味难闻的客运站，他准备要上的大巴还有五分钟就要开了。

他对站在他面前的闻逝川说："你等着吧，闻逝川，等我红了，再看你一眼我就是猪！"

那时候闻逝川是什么表情，付行云已经全忘了，也没有必要想起。他躺在酒店松软的大床上，闻着舒适的柑橘味熏香，看着挂在酒店墙上的精致油画。现在他是大明星了，闻逝川不过还是个没有姓名的小人物，没必要计较。

付行云好像突然浑身又充满了力量，翻身坐起，换上前一天搭配好的衣服，准备赶今天中午飞回影视城的飞机。

他没想到再见到闻逝川居然这么快。

那天在拍户外的戏，三十七八度的高温，付行云穿着里三层外三层的古装，导演一喊"停"，他就恨不得抱着冰风扇不放，最里层的衣服已经湿透了，还时不时有汗珠顺着前胸后背往下流，一阵阵发痒。

拍完了那天的戏份，付行云顾不上形象了，赶紧把上半身戏服脱掉，剩下湿透了的白色薄 T 恤，下半身是白色练功裤，扎得他的腰显得很细。太阳快下山了，鸭蛋黄一样挂在郁郁葱葱的山顶。

付行云带着几个助理往回走，见到了一伙人在和影城的工作人员吵架。

这个山头都是属于影视城的，专门给剧组拍户外的戏，要用的话肯定是剧组提前和影城约好排好期的。付行云路过听了一耳朵，应该是这伙人约好了要来拍摄，但是山头上付行云的剧组还拍着呢，估计是拖了时间，不过这也是常有的事，小剧组就只能吃亏认栽，改天再来。

付行云本不在意，直到他余光扫到了站在其中的闻逝川。

他还是那身打扮，黑色工字背心，宽松的短裤，肩膀手臂有些发红，应该是晒的，肩上扛着摄像机，眉头紧皱着，一副颇有些不耐烦的模样。他眉骨凸出，眉毛末梢的眼窝上有颗痣，显得锐气十足，生气时有些吓人。付行云站在那儿没动，按照他对闻逝川的了解，闻逝川是要生气的。

"大哥，"他面无表情地说道，"我们赶着拍夕阳的景，已经约了大半个月了。"

他声音隐含着怒气，但还算按捺着性子，让付行云有些意外。

那工作人员显然不吃他这套，上下打量了他们一行人几眼，连正眼也不屑于给，说道："不行不行，人家上面大导还拍着呢，改天再来，改天再来。"

听到这里，付行云走过去，以救世主的姿态，笑着问道："怎么了？"

影城的工作人员最有眼色，一口一个"付先生"，付行云只看着工作人员，一个眼神都没有分给闻逝川，但他们俩并肩站着，闻逝川好像比他们分别时高了一些，从前只高他半个头。闻逝川身上的热气直往付行云手臂上烘。

付行云笑道："这是我朋友的剧组，通融一下吧，在另一边拍，不会打扰到的，回头我和黄导说一声，不会怪你们的。"

付行云都这么说了，工作人员只有卖面子的份，还殷勤地问闻逝川要不要领他们过去。闻逝川没有理那个工作人员，扛着摄像机，领头走了，只留给付行云一个背影。他们一行人里有懂得看眼色的，忙不迭地低声喊闻逝川的名字，见他不理，只能有些尴尬地对付行云谢了又谢。

付行云笑得云淡风轻，声音提高了些，正好钻进闻逝川的耳朵里。

"没事，举手之劳而已。"

晚上，付行云在影城简陋的酒店里，吹着空调，回忆自己白天天降神兵一样拯救潦倒旧友的姿态，越想越觉得自己风度翩翩，得志又谦和，估计能让闻逝川心里恨他恨得捶墙。

付行云觉得空调吹得有点干，开了加湿器，出了露台。潮热的夏风扑面而来，他想抽烟，但不敢，这个位置太容易被拍了，他只能靠在栏杆上，徒劳地搓了搓手指。他低头往下看，看到酒店中心小花园的路灯下有个人，靠着灯柱在抽烟。

是闻逝川。

付行云转身回房间，给小江打电话。

"我昨天拍杂志坐的那辆车，后座椅子上放了一条淡绿色手帕，叫人帮我找找，别明天了，现在就叫人去看，找到了马上寄过来给我。"

助理小江跟了付行云三年了，他自认为不算太聪明，也时常搞不懂自己老板在想什么，别人都说他能跟付行云是他走了大运。

他刚来那会儿，付行云身边已经有三个助理，他勉强算助理的助理。有一回，他不小心打翻了付行云的咖啡，洒在了付行云沙发的白色坐垫上，他吓得魂飞魄散，守在沙发旁边，等待被解雇。

谁知道付行云没有骂他，没有解雇他，甚至一直留着他，直到其他人都被解雇了，只剩下他一个。剧情有点像傻秘书天天靠平地摔倒、泼老板咖啡、犯傻引起霸道总裁注意从而上位。小江知道，付行云就是看上他不聪明。毕竟太聪明的人，都会想很多，说很多，也会做很多。在这个圈子里，有时候这些并不一定是好事。

但这回，小江是真的搞不懂付行云想干吗。

前一晚，付行云刚挂电话，小江就连夜找人去车上找手帕，一开始那人还说找不着，小江急得让那人开了视频，摄像头对准车内，小江架上眼镜，隔着屏幕自个儿找。最后发现那手帕落在了座椅夹缝中，小江让人赶紧加急快递过来，时刻留意物流信息，亲手收了快递，敲门送到付行云手上。

小江出马，使命必达。

付行云打开盒子，拿起手帕。他明显没睡醒，有点迷糊地点点头，打了个哈欠，转身回去睡回笼觉。小江好奇的视线被门挡住了，只能当作无事发生，挠挠头回去补觉。

昨晚打电话找手帕，付行云不过是一时兴起，这会儿手帕真到手了，又觉得没意思。

醒了之后就睡不着了，付行云干脆拿起剧本来看。手头上拍的这部是古装仙侠剧，流量小说改编，中规中矩，制作班底也很拿得出手，付行云是绝对一番（"一番"，名字排列在演员表第一位的演员），前期造势也很到位，估计收视不会差。

但付行云并不满足，他现在需要的是真真正正能打响名头的作品。床边的桌上摆了几份新剧本，昨天刚送过来的，付行云昨天翻了翻就没兴趣了。都是些言情剧，都市、校园、古装、权谋都有，但质量参差不齐。自从孟清对他这边的工作全面放手，付行云收到的剧本质量正在肉眼可见地下降。

他十分烦躁，将剧本一扔，不想看了，转而想起了闻逝川。

付行云打了几个电话，很轻松地就问出了闻逝川在这儿拍什么。闻逝川拍的片名字叫《人间海海》，好像是个电影，具体什么内容，付行云问的那个人也说不上来，至于闻逝川一行人住哪儿，倒是轻易地就说上来了。

影视城这边的配套酒店都是影视城统一管理的，因为住的都是明星艺人及其团队，虽然住宿条件不算上乘，但保密这方面的工作做得很好。不过闻逝川又不是什么明星，和付行云相比起来，咖位落差太大，也没有什么隐瞒的必要。

闻逝川一行人是大半个月前住进来的，和付行云同一家酒店，但不在同一栋，而且他们剧组图便宜，住的是地下室房间，窗户只有半个在地面上的那种。

付行云以前也住过地下室，诸般不好不方便，他都还记得。

不见阳光，潮湿，到了雨季，墙壁上的墙灰会鼓起来一个包，一戳墙灰就扑簌簌往下掉，衣服没有地方晒，总是有一股发霉的味道。还会有很多小昆虫，以及老鼠。付行云天不怕地不怕就怕疼，闻逝川天不怕地不怕，就怕蜘蛛。

以前付行云和闻逝川合租的时候，屋子里最常见的小动物就是那种吃蚊子、蟑螂的白额高脚蛛，看着吓人，但其实性格温顺，怕人。闻逝川一看见蜘蛛就叫付行云，付行云使坏，让闻逝川闭上眼睛，说自己来处理。等闻逝川闭上眼睛，付行云就吓他："蜘蛛爬到你背上了——"

　　闻逝川吓得一抖，回身就和付行云打上一架，结果蜘蛛早就不知道溜到哪个角落里去了。

　　人间海海，人间海海。

　　付行云躺在沙发上，念叨闻逝川拍的这个片子。

　　人间海海，他们早就顺着不同的方向，漂到各自的海角天涯。

　　付行云今天要拍下午的戏，准备停当了，小江开车在楼下等着载他去片场了，场记才往他这头打电话，说要调整一下拍摄次序，付行云的戏份调整到明天一早。

　　调整拍摄顺序本来是很常见的事，据小江说，场记也很礼貌，再三说了抱歉。但付行云觉得不对头，亲自打电话回去问，也没生气，和和气气的，就问了句调整之后的次序。场记是个年轻的女孩子，语气中多有愧疚，吞吞吐吐。

　　付行云算是听出来了，原本他今天下午拍的，换成了陈忻拍。陈忻就是那个演他角色少年时期的小演员，有资方撑腰的那个。但问题是陈忻已经杀青了，没有他的戏了。

　　"那个……黄导……黄导给他加了两场戏……"场记妹妹越说越小声，生怕付行云生气。

　　付行云深吸一口气，忍住了，礼貌地挂了电话。

　　小江在电话里说话也是小心翼翼的。

　　"哥，咱们还去片场吗？"

　　付行云没好气地说："去什么去，今天休息。"

　　他正要挂电话，那头小江突然间惊奇地"哎"了一声，付行云问他："怎么了？"

　　"没怎么……"小江夹着手机，看着车窗外，"我看到了个人，就那天给云哥你递手帕那个，那天咱们在山上不也还遇见了一回吗？"

付行云挂电话的手指停了停，随口问："他一个人？"

"几个人一块儿呢，不知道在聊什么。"

"知道了。"

付行云挂掉电话，站起来，拿起搁在一旁的手帕。那天帮忙找手帕的人估摸着可能是付行云急着用，又洗过一遍，熨过叠好，现在手帕平整柔软又好闻，一看就是被精心对待了。付行云看着不顺眼，把叠好的手帕甩开，抓在手里揉了揉又重新叠好。

一切都要云淡风轻，一切都要不经意、不在意、举重若轻。姿态要好看，这是付行云行走娱乐圈这几年的准则。

他拿着手帕，对镜子看了看。镜子里的他，高鼻梁、桃花眼，笑起来眼睛弯弯，上唇薄下唇厚，唇珠微翘，皮囊万里挑一。他满意地架上墨镜，乘电梯下楼去。

他那时候还没想明白，只有不够从容的人才格外在乎姿态好不好看。

付行云住的这个酒店是影视城里最大的，好几栋呈环形，围着中间的小花园。小花园里有些灌木，以及几棵树和几张石凳，很是简陋潦草。毕竟来这里的明星艺人都来去匆匆，所有人在资本的运作下高速运转，花园弄得再漂亮也是徒劳。

果不其然，闻逝川正坐在石凳上，两腿伸长，双手后撑着石凳的边沿，抬着头打哈欠。阳光被枝叶筛碎，落在他眼皮上。他好像很困，眼下发青，下巴有胡茬，懒洋洋的，一副没睡够的样子，整个人像晒太阳的大猫。

付行云说："咦，这么巧？"

闻逝川停顿了好几秒才回过头来，看了付行云一眼，收回脚，掏出烟盒抖出一根烟，叼在嘴里，用烟堵住了嘴，一言不发。

付行云一时间有些尴尬，只是对话已经开了头，骑虎难下。

他摘下墨镜，随手挂在衬衫领口上，笑着说："你的片子拍完了？这么有空？"

闻逝川悠悠地吐了一口烟，在付行云心目中，他是落魄的不得志的，但就现在看来，他那被烟雾模糊了的脸上，有疲惫和困倦，但没有那种失意的人常有的寥落，反而是光华内敛，锐意不减。

他漫不经心地盯着付行云，反问："你呢？大明星。"

"大明星"三个字，平淡得让人听不出讽意，但付行云就是平白觉得硌耳朵，特别是最近他正着急于资源流失的问题，明明闻逝川根本不知道，但他就是讨厌对方那双深沉的眼睛，好像能看透一切。付行云突然就觉得乏味了，觉得这场"多年后重遇落魄旧友，高抬贵手施恩不望报"的戏码压根没有给他带来快乐，他只觉得没意思。

"你那天借给我的手帕……"

闻逝川打断道："不用还，扔了吧。"

他头发还没去理，风吹过有些乱。大半个月来紧赶慢赶地拍完剩下的内容，披星戴月，熬得全剧组的人都要升仙了，头发早就顾不上了。他嘴巴里叼着烟，随手抓起头发，从兜里掏了橡皮筋要扎起来，不知怎么的，撑开皮筋的时候手下失了轻重，塑料皮筋"啪"一下绷断了。

付行云手揣在兜里，紧紧捏着那块手帕，只觉得自己自讨没趣。正要回头走的时候，觉得脸颊上突然刺痛，他"嘶"地倒抽一口气。

闻逝川手上断掉的皮筋弹到他脸上了。

付行云天不怕地不怕就怕疼。他抬手摸了摸脸上，闻逝川站起来，眉头微皱。付行云自己看不到，但闻逝川看到，他白皙的脸上有道突兀的红痕。

闻逝川抬起手，像是要查看付行云的伤情。付行云条件反射地一下拍开他的手，清脆的"啪"一声，一时间流动的空气都凝固了。

"抱歉。"闻逝川沉声说。

付行云将一瞬间的慌乱和刺痛都藏了起来，重新戴上墨镜，冷冷地丢下一句"没关系"，转身走了。

一事不顺，事事不顺。

在闻逝川这里碰了壁，剧组里也不顺心。陈忻明明已经杀青了，但导演给他的戏份加了又加。这么加下去都要变成双男主了，付行云刻薄地想到。

天上掉下来个大馅饼，如果陈忻是个安分吃饼的也就罢了，偏偏他就是不安分，得了志就得全天下的人捧着他。好像生怕有命赚没命花一样，付行云又想到。

有时候他都认为自己过于刻薄了，但看着陈忻作起来，他又觉得再刻薄也不为过。

明明陈忻演的是主角少年时期，意味着他和付行云是没有对手戏的，但导演硬是加了一段。这段的剧情是付行云作为男主，幡然醒悟自己对女主角的爱，追妻火葬场，导演硬是让他在内心和少年时期的自己对话一番，美其名曰"不忘初心"。

就很是离谱。

付行云知道现在陈忻风头正盛，自己说什么都不好使，只能硬着头皮演了。结束打板之后，陈忻还笑嘻嘻地谢付行云，谢他"悉心指导"。

付行云忍着心头火起，笑着说："没有，小陈你才辛苦了，剧本上原本才那么点儿戏，二话不说加演了这么多，太敬业了，后生可畏。"说完，也顾不上陈忻脸色难看、场面尴尬，径自走了。

小江跟在他旁边，小声对他说："云哥，帅啊。"

付行云从鼻子里哼了哼，说："还行吧。"

他皮嫩肤白，脸上的那道红痕维持了两天也就消了，再过一段时间，电视剧有惊无险顺利杀青，他启程离开影视城，也就没再见过闻逝川了。

付行云从荒郊野岭匆匆回到A市市区，行李让小江拿回公寓，他自己开车径直朝孟清家里去。车开在高速上，时近黄昏，下班高峰期，高速都变了龟速，磨着付行云一点一点慢慢开。他嫌电台和音乐都太吵，全关了，车里静悄悄。城市的灯光接替阳光，渐次亮起，往前看去，高速路好像永远没有尽头。

付行云静下心来开始想。

六年前，他二十二岁，和闻逝川分道扬镳，来到A市。他也不是一下子就红了，前面熬了一段寂寂无闻的岁月，没有经济来源，咬着牙，就凭借着那股一心想红的劲儿，当群演跑龙套以及在酒吧唱歌，后来是遇到了孟清，在孟清的操作包装扶持下，他拍了个广告进入大众视野，然后开始拍电视剧，一炮而红。

这么多年来，孟清成立了工作室，但亲自带的艺人，只有他一个，他们俩关系不一般的传闻多如牛毛。

现在孟清撒手不管了，付行云无可奈何，但总得为自己争取一下。去孟清家的路付行云很熟，他在同一小区也购置了房产。付行云把车开进地下车库停好，直接摁了孟清家所在的三十楼，果然如他所料，门铃摁了又摁都没人搭理，但孟清肯定在。

付行云气急败坏，当红明星的架子全扔了，白色T恤的袖子卷到肩膀露出手臂，他叉着腰想了想，掏出手机给孟清发消息。

"我知道你在家，开门，我们谈谈，你要是不开门，我就等到明天，明天不开门我就等到后天。"

付行云隔一分钟发一次，连着发了二十分钟，门总算开了。

付行云第一次见孟清的时候就觉得很惊艳，温文尔雅也不过如此。

只是孟清的一切光芒都在渐渐消失，就像一张逐渐褪色的老照片。现在出现在付行云面前的孟清，已经完全褪去色彩了，只剩黑和白。黑如点漆的是眼珠和头发，苍白得像纸的是皮肤，手腕细伶伶的，好像一折就会断。

付行云吓了一跳，反手带上门，惊道："你绝食吗？瘦成这样。"

孟清无力地笑笑，坐在沙发上，整个人陷进去，不像坐在沙发上倒像是陷在泥沼里，好像松软的沙发也会将这个人吞噬。

面对这样的孟清，付行云心中一沉，觉得自己此行的目的必定要落空了，但他没办法放弃。他说道："你没必要这样，又不是天塌了。"

孟清还是朝他笑笑，笑得比哭还难看。

付行云有些焦灼地原地踱步，他语气尽量柔和，慢慢说道："你记不记得你第一次见到我的时候说的，你说只要你在，我就能红。现在你总不能撒手不干，孟清，振作一下好不好……"

孟清打断他，声音都是飘的。

"你不是已经红了吗？"

付行云一时语塞，坐在椅子上，半晌才说道："是……但还不够……"

孟清的眼神焦点一直落在虚空中，突然问道："你爱过谁吗？"

付行云好像被这句话刺到了，猛地站起来，觉得有种无力感。他问："什么时候出殡？"

孟清说："下周一。"

"为什么选周一？"

"帮不想来的人找好借口，只想让想来的人来。"孟清说。

付行云匆匆离开，空洞的孟清以及孟清空洞的家都很吓人。原来爱情是这样可怕的吗？爱情消失的时候会把人生命里的一切东西都带走。

周一那天，付行云换了一身黑西装，去参加阎星驰的葬礼。

参加葬礼的人并不多，相对于阎星驰数年前在娱乐圈的热度与地位来说，人算是非常少了。付行云看着崭新的墓碑上的黑白照片，觉得阎星驰真的是配得上这个名字了，微笑时眼里有星辰流动。

鞠躬时付行云站在孟清旁边，孟清瘦得衣服都穿不住了，好像脚下有些站不稳，但当付行云想去扶一把的时候，又发现孟清站得稳稳的。

第一次见孟清的时候，付行云很狼狈。

当时他已经在 A 市闯荡了两年了，租的房子越来越小，能用的钱越来越少，锐意被一点点消磨，拍过的最长的镜头不超过两分钟，没有说过三句以上的台词。夜深人静的时候，他偶尔会绝望地想：我这辈子都红不了了。

冲着他的皮囊，也不是没有人给他抛出过橄榄枝。他也曾以为是自己的才华被发掘，但娱乐圈从不缺才华，更不缺好看。投资人给他描绘灿烂前景，只要愿意听话，你想要的一切也就有了。

付行云气愤过，拒绝过，一次两次三次。

到了下一次，再有人暗示他的时候，他脑子一热，点了头。

但当他真的要去赴约时，他又害怕了。

他怕得牙齿打战，甚至心慌腿软，他不合时宜地想起曾经。

那天他十分伤心难过，原因已经不记得了，但就是很难过。

那一天外面很冷，他穿着单薄的毛衣，冷得嘴唇发白。他手上拿着一枝玫瑰花，就一枝，因为临近圣诞节，玫瑰花太贵了，他只买了一枝。他把玫瑰放在鼻子下面闻，脸上还有泪痕，脸埋在枕头里。手机就放在枕头边上，流淌出一个温柔的嗓音在他耳边背书给他听。

"你们的确一点也不像我的花，你们没有被驯养过，也没有驯养过别人。对我来说，她比你们加起来一起还重要，因为她是我亲手浇灌的……都是因为，她是我的玫瑰花。"

付行云渐渐听得困倦起来，悲伤难过全部都消失了，只剩下懒洋洋的舒服。

温柔的嗓音还在继续背："我在世界上只有你，你在世界上只有我，都是因为，你是独一无二的玫瑰花。"

如今，此时此刻，付行云面前的花瓶里有一大束玫瑰，上面的玫瑰花瓣很多，新鲜水嫩。

它们和自己的那朵花一模一样，但它们都不是它。

最后付行云夺路而逃。

走廊里，他撞上了孟清。

据孟清所说，那时候他的眼神和阎星驰特别像。阎星驰抑郁症发作的时候，会抓住孟清的手，好像溺水的人抓住浮木，眼睛里的星辰都暗淡了。但孟清还是没有成功救下阎星驰，三金影帝阎星驰抑郁症发作，从高楼跃下，没死，但成了植物人。

有人说是他拍戏入戏太深，也有人说是他早年被黑留下的心理创伤。

孟清说："我救不了他，总能救你吧？只要我在，你就能红。"

孟清出身好，本来做着和娱乐圈不沾边的工作，和阎星驰扯上关系之后才接触的娱乐圈。孟清聪明又不自作聪明，圆滑又不世故，就着阎星驰过往的人脉，加上自己的人脉，带着付行云在娱乐圈真的闯出了一片天。

阎星驰躺在床上苟延残喘了数年，如今总算解脱了。付行云心里这么想，但看着孟清失魂落魄的模样又不忍心说。他实在忍不住烟瘾了，找了棵大树，松了松领带，躲在树后点了根烟，抽起来。

孟清在他旁边，一而再再而三地说："行云，对不起。"

"没事。"付行云真诚地说，"你已经帮我够多了。"

孟清说："你也攒了些房产，手上代言也不少，想拍戏就挑几部出不了错的拍拍。说出来你不要怪我，你不是拍戏的料，不要太勉强自己。人总有起落，避着些别人的锋芒，做点自己开心的事情。"

付行云哂然一笑，不得不说，孟清对他过于了解了。

但他心有不甘，说道："你真的不能……"

孟清打断他，长长地叹了口气，轻轻地说道："我实在是撑不住了，得歇歇。"

风吹过，枝叶簌簌摇动，好像情人在耳边的低语。孟清最后回头看了一眼阎星驰的墓碑，拍了拍付行云的肩膀，走了。

剩下付行云一个人站在原地把烟抽完。

付行云从前完全没觉得自己演技不行。

十七八的时候他也有怀疑过自己，但更多的是踌躇满志，觉得假以时日，奥斯卡不颁给我都只是因为他们眼瞎。那会儿，他和闻逝川都买不起贵的摄像机，只能买便宜的或者二手淘汰的。

住的地方离海并不近，他们三五成群坐几个小时的大巴车去海边。住不起酒店，在海滩边买便宜的啤酒，对坐着聊天能从日落坐到日出。闻逝川总是拿着摄像机拍，什么都拍，他镜头下的画面总是有神奇的魔力，连星星和大海都会说话了。

他镜头里最美的自然还是付行云。

那时候付行云叛逆，给自己剃了个光头，头圆溜溜的，显得他一双桃花眼更大了，水汪汪的，唇珠微微上翘，未语先笑，顾盼多情。失意落寞的时候他抱着膝盖看大海，半合的眼睛里满是寥落，一回头看到镜头，眼睛里又点起了火焰。

闻逝川把有付行云的画面剪成一段影片，足足有好几个小时，在付行云生日那天送给他。明明只是一些生活的片段，但就是很有故事感，镜头有情，人物有情，一桌一椅一花一草都有情。

结尾是付行云的笑脸，光头的，好看得热烈直白。

片名这会儿才出来——《宠儿》。

闻逝川解释说："你是镜头的宠儿。"

那时候，付行云从来不觉得自己不会演戏。演戏，多简单啊，只要闻逝川的镜头对着他，他嬉笑怒骂，就像他手上拿捏着遥控器，情绪的流露比电视机转台还要简单。但后来，他真正在孟清的扶持下进入娱乐圈，真的拍戏了，他才发现一切都变得很难。

他铆着一股劲要演好，反而动辄得咎。

付行云第一部电视剧是校园言情剧，一炮而红，那时候就有不少人说他演技不好，眼神空洞，演技模式化。孟清背后运作，把舆论压下去了，明面上看是夸的人越来越多，骂的人越来越少。

但他面对镜头的时候开始怯了，后来他发现，最保险最安全的演法就是模式化的演法。

开心就咧起嘴唇，生气就皱眉，伤心就嘴角下撇，疑惑就挑眉，深沉不用他演，镜头拉远糊焦，人物自然而然就深沉起来了。慢慢地，不止孟清，付行云自己也默认自己的演技不太好，至少不是有灵性的那一类，只能靠勤能补拙了。

但娱乐圈，分分秒秒都是钱，他前面苦日子已经过得够久了，没有时间和本钱去沉淀。为了掩饰短板，孟清给他接的角色都很讨巧，不需要剧烈的转变，没有太多的灰色地带，人设讨喜情节直白，容易圈粉。

从阎星驰的葬礼回到家，付行云把束缚得他浑身不自在的黑西装换下来，平躺在沙发上，双手交叠放在肚子上，开始想孟清和他说的话。

难道他真的得认命了？

手机响了，付行云伸手摁亮落地灯，拿过手机来一看，是小江发的信息，说最近邀约的剧本他大概看了看，剔除掉一些明显不靠谱的，剩下都发到付行云邮箱了，让付行云有空去看看，又说了说接下来的一些行程安排，主要是配合刚杀青电视剧的后续宣发。

付行云匆匆看过，连点进邮箱都没兴趣，只是漫无目的地打开社交平台，看看最近发生了什么。毫无意外的是，阎星驰的葬礼根本没多少人在意，娱乐圈是争分夺秒的地方，大浪淘沙，一不留神你就被拍死在沙滩上。他心里颇不是滋味，继续往下翻，愣住了，一个翻身从沙发上坐起来，把灯拧得更亮。

居然是闻逝川。

付行云皱着眉头，仔仔细细地看。

是最近在法国的一个电影节，在国外并不算小众，只是在国内少有耳闻。闻逝川的新电影，就是付行云之前撞见他拍的那部，《人间海海》，参展了，居然还有奖项斩获。关于电影内容和获奖介绍，媒体并没有多说，毕竟不是出名的班底也不是出名的电影节，引起大家反响的是一段视频。

闻逝川一个人去的电影节，没有带剧组其他的工作人员，就他一个人。

电影节本身并不隆重正式，是法国特有的浪漫随性，闻逝川也就没有穿正装，只是宽松的纯白色 T 恤，深色牛仔裤，头发也还没理短，在脑后扎起来，被法国海滨小城的风撩动，T 恤也被海风灌满。

电影节的媒体采访他，问他的电影名字，问他为什么只有一个人来。闻逝川英语流利，开口是纯正的英腔："剧组经费只够我一个人来。"

他说得认真，眉眼线条刚硬锐利，但说到结尾，他又轻轻一笑，显得狡黠不羁，不知道他说的是真是假。采访到了后面，有另外一个剧组的嘉宾走过，穿长裙和高跟鞋的女士在他身后绊了一下。闻逝川仿佛身后长了眼睛，转身去扶，还和那位女士对了几句简单的法语，并不算纯熟，小舌音说得含糊而富有磁性。

只是短短一段采访，视频都不足五分钟，付行云反复看了好几遍。

怪不得国内社交媒体因为这段视频而讨论纷纷，的确是养眼。再者，最近社交媒体关于国内新生代电影质量的讨论一直没有停过，这时候突然有国人——还是如此年轻的导演斩获国外奖项，这个光环非常值得大家讨论了。

大家开始期待闻逝川的这部电影会不会在国内上映，也开始好奇这个闻逝川是何方人氏。

　　付行云把那个短短的视频又看了好几遍，心中五味杂陈。

　　最后他还是点开了邮箱，一个个剧本认真看了起来。

　　电视剧剧本居多，虽然都是主角，但全部都和他之前拍过的那些区别不大。令他在意的，是其中一部电影剧本，那是一部喜剧电影，黑色幽默居多。片方邀约他演的并不是主角，而是反派，一个耐人寻味的反派。

　　付行云来了兴趣，好好坐起来，大概浏览了一下剧本，觉得大有可为之处。班底不错，虽然编剧是新人，但导演在国内是有些代表作的，不算寂寂无闻。付行云马上发给了小江，说想和这个片方接触一下。

　　小江打回了电话，有点犹豫地说道："云哥，这个电影的主角好像已经敲定了。"

　　"没事儿，我就想演那个反派。"

　　"啊……"

　　付行云不耐烦了："干吗？有话快说。"

　　"云哥，资方指定了男主角，好像是陈忻。"

　　爬得真快啊！

　　付行云想道。

　　孟清真是个神算子啊，提前就预言到了他必须得"避着些别人的锋芒"。人生是有起落，但付行云没想到这个起落来得这么快。

　　上一次见面时，陈忻还是一口一个"付老师"，这回再见，各种架子都拿起来了，前呼后拥，助理都有三五个，墨镜架着，见了付行云，墨镜往下滑到鼻梁中间，微微低头从墨镜上沿看人。

　　"好久不见呀。"他伸出手来。

　　付行云倒也不怯，打量了他半天，才露出恍然大悟的表情，满脸写着"是你呀"，伸出手去礼貌地握了握。或许人锋芒正盛的时候就会容不下一点怠慢，陈忻明显不开心了，但也没说什么。

今天是电影的第一次碰头会，剧组人员纷纷落座，等着导演过来。陈忻最近的确是风生水起，他之前和付行云一块儿拍的那个电视剧还没有开播，但他的部分视频"意外"流出。陈忻和付行云有三分相似，在镜头前的确灵动，社交媒体上再推波助澜一下，讨论度马上就上来了。

还有不少人踩付行云的，说他这些年灵气一点点消磨，还不如一个新人后辈灵动。

付行云看着这些评论，说不气是假的，但气又能怎么样？在社交媒体上依旧要云淡风轻，你越气他们越来劲。

再说了，他明白，能帮他站得住脚的只有好作品。

忍一时意气、忍一时意气、忍一时意气。

陈忻正在他对面低头看剧本，时不时和旁边的演员聊两句。付行云再三提醒自己不要太冲动了，盯着剧本实际却在走神，反思自己刚才打招呼那会儿是不是没做对。

导演没来的间隙，付行云抽空刷了下手机。

果不其然，闻逝川的电影在国内院线上映了，因为题材和表现形式的问题，排片并不多，但好评如潮。网络上有不少"自来水"（自费来当水军），要求增加排片。付行云面无表情地匆匆刷过，深吸一口气，收起手机，站起来和刚进门的导演握手问好。

电影正式开拍是在好几个月后，导演和编剧都讲究，事前组织碰头会、剧本会。

陈忻一开始还没什么，付行云也不主动找事，用"互相尊敬"来形容也差不多。但后来，见付行云主动避开锋芒，陈忻倒拿起架子来了。主要是这个剧组里，除了付行云，就没有几个太叫得出名字的演员，陈忻也就更没有顾忌了。

两人对手戏多，最密集的对话出现在电影末尾，其中有一段，付行云所饰演的反派情绪激动地说了很多，陈忻演的主角只回答了两个字"是的"。陈忻非得说这短短的两字内涵丰富，顺道吹捧了编剧导演一番，说自己要在这细微处表现出作品的意蕴，于是短短俩字说了一遍又一遍，他自己都不满意。

付行云一遍一遍给他抛词，一次一次调动情绪，如此过了三五遍，在座的只要不是傻子都知道这是陈忻在找事。偏偏陈忻找的借口冠冕堂皇，付行云咽下一口气，努力配合他。旁边的人都没说什么，左右交换了目光，统统闭嘴。

他知道其中有陈忻风头正盛的缘故，但也有他自己的原因。

圈子里没有秘密，消息没有长腿，却传得飞快。孟清撒手不干了，退圈了，付行云背后的人没有了，这样的消息每个人都知道了。当初付行云一炮而红，还红了这么几年，眼红的人很多，跟现在冷眼看热闹的人一样多。

又来了一遍，陈忻说："哎呀，感觉还不是很到位，辛苦云哥了，一直给我递词，不过我说得不好，效果还没出来。"

旁边几个人附和，纷纷称赞陈忻"敬业""后生可畏"。

付行云已经觉得自己快忍出内伤来了，陈忻还在作："云哥这个地方可能得情绪再饱满一点，不然我不好接。"

"已经八遍了，不如你回去再琢磨一下剧本？"付行云嘴快，话一说出来就后悔了。大家都静下来，场面一时很尴尬。

陈忻脸上也不好看，趁他没说话，付行云站起来，说："抱歉，大家先读，我去上个洗手间。"

小江正在外面，一见付行云出来就问他怎么了。付行云摆摆手，从小江口袋里摸了烟和打火机，揣自己兜里，去了洗手间，关上隔间门，点了根烟。

洗手间里很干净，没有异味，整个洗手间只有他一个人，他站在排气扇下面抽烟，看着阳光被旋转的扇叶分割，光斑在洗手间的地面上时而出现时而消失。付行云觉得自己想了很多，又好像什么都没想，抽完一根烟，整个人都冷静下来了，这才推门出去。

一出门就见到陈忻在洗手。

付行云调整了下表情，假笑着说道："你也出来了？"

陈忻把他脸上腻死人的笑容收走了，表情显得有些刻薄。他从鼻子里哼了一声，整条走廊上都没人，但他还是很谨慎，声音压得很低，只有他们俩听得见。

"付老师。"陈忻故意这样喊他，"再不找下家，你就没几天蹦跶了。"

付行云知道一直有人传他和孟清，多不堪的话都有人传，但只要不闹大，他从不在意。虽然没有交易，但孟清之于他真的是一个大外挂，他运气好，碰上了孟清，得了便宜就不要卖乖了，他也从来不去看不起那些想尽办法交换机会的人。

只是现在，陈忻在他面前，像是被他觊觎了什么东西，气急败坏的。付行云追溯起来，能想到的只有那天吃饭的不愉快。

走廊那头有人过来了，付行云懒得和他多说，扬起声音说了一句"好的，待会儿见"就顺着走廊回去了。整个剧本会后面都很平静了，陈忻也不作了，只是付行云有时候碰上他的目光，总觉得心里不舒服。

没两天，夜里，早早睡了的付行云被小江从睡梦中叫醒。

"哥，出大事了，你快起来看看——"

付行云被他一嗓子叫清醒了，连忙翻出手机来看，一打开社交平台，差点被新消息震到手麻。

有人匿名爆料，爆的正是付行云的黑料。

拉拉杂杂、真真假假一大堆，看起来是攒了一段时间了，一副要把付行云踩进泥里的架势。

里头讲的最多的就是付行云傍大款，放了几张影影绰绰的照片，一张是那天晚饭，付行云在影视城喝多了的那天。在包间的门口，付行云腿软，那个四十岁左右的资方给扶了一下。付行云当时就甩开她了，只是照片拍得好，没拍到资方的脸，只拍到他的，清清楚楚。

还有一些以前付行云和孟清的照片。其中还夹杂了不少付行云"耍大牌""轧戏"之类的莫须有罪名，还放了付行云在阎星驰葬礼之后抽烟的照片。一下子所有的这些内容堆在一起，轰炸网民，刺激他们的神经。

付行云格外冷静，马上联系了工作室做公关，只是孟清不在，他们的公关整个反应慢了不止半拍，操作起来也很蹩脚。付行云怕搞出反效果来，吩咐他们："别多弄有的没的，发律师函吧。"

放下手机之后，已经是凌晨了，付行云睡意全无，盯着天花板等天亮。

第二天要去拍电影的试妆照，付行云失眠了一整夜，起来的时候觉得镜子里头的自己跟疯子一样。他睁眼第一时间就忍不住摸手机，一打开社交平台，铺天盖地的消息，三五条撑他的评论里夹杂一两条谩骂，私信里更是乌七八糟什么都有，付行云随意点进一条骂他的私信里，往上翻三条还是"哥哥是宝藏"这样的表白。

付行云嗤笑一声，把手机往旁边一扔。

试妆会有化妆师，付行云也有自己的化妆师，但他看着自己镜子里这个憔悴的样子，还是在出门前自己动手上了点妆，好歹把黑眼圈和失眠之后冒出来的毛孔遮一下，比平时还要着意打扮。

一路上，小江在驾驶座上都欲言又止，表情跟便秘似的。

付行云从墨镜上沿横他一眼，说道："你到底要说什么？"

小江心里百转千回，最后只说："哥，吃早饭了没？后座有吃的。"

"吃了。"

其实没吃，付行云压根儿吃不下。老毛病了，情绪一有起伏，胃里就不舒服，加上晚上没睡好，胃里像塞了石头，不用吃就已经顶着喉咙了。

小江的车开得又快又稳，付行云闭目养神，没一会儿就到了。

这次出的试妆照是在摄影棚里拍的，估计拍好之后会上一期杂志，联动一下做个宣传。这个宣传资源对于一个连拍都没开始拍的电影来说算不错了，付行云心里琢磨，陈忻抱的这根"大腿"真的不错，自己算沾光了吧。

化好妆，一进摄影棚，付行云就觉得所有人的目光都集中在了自己身上，但大家都不动声色，好像约好了一起顿了一秒，之后又各做各的。

"付老师早，今天气色不错啊，昨晚睡得挺好的吧？"

放在平时只是普通寒暄，这会儿一听，怎么都觉得硌耳朵。付行云告诉自己，心态要平和一点。

"还不错。"他笑着说道。

付行云先拍单人的，然后陈忻来了，拍单人，然后他们俩要拍一个合照，然后再是其他角色。付行云拍完自己的，坐在旁边看剧本。他其实挺困的，眼皮都有些打架，因为没吃东西，脑袋有些晕乎乎，但他不敢流露出疲态，因为大家都在看他。

他拿着剧本，但注意力根本集中不了。

眼角余光扫到旁边闲下来的一个小助理，手机屏幕没贴防窥膜，正在看的估计就是付行云的八卦，因为他看到了自己的照片。这下付行云更集中不了注意力了，他觉得所有人都在看他，都在想他，都在议论他。

工作室的微博已经发出了律师函，法务在跟进，他只需要等就行了。道理都懂，但他就是觉得不舒服，就像走在悬崖边上，风猎猎而吹，每一步都颤颤巍巍，一不留神就会摔下去。

轮到他和陈忻拍合照了，陈忻倒是光彩照人，拍照的间隙，陈忻小声对他说："付老师，昨晚睡得好吗？"

付行云愣了愣，摄影师正好按下快门，提醒他："付老师，看我这里。"

付行云看向镜头，露出微笑，礼貌体面地回答："挺好的，谢谢关心——"

摄影一结束，陈忻凑过去看，付行云没心思看，他觉得反胃得难受，胃里一阵一阵反酸，他快步走去洗手间，特意上了三层楼，去别的楼层的洗手间，就是生怕撞见刚刚拍摄的工作人员。

付行云进去洗手间，见到里头几个隔间门都开着，没人，他反手把洗手间门关上，扑在洗手池边干呕了两声，胃里没有东西吐，只吐出来了一些刚喝的水，比真真正正地吐了难受十倍。

他蹲下来缓了缓，站起来用手捧了点水漱漱口，撑着洗手池的边沿，深呼吸。

推门出去的时候，外面有人，付行云吓得一顿——是闻逝川。

为什么每次遇见他都如此狼狈？付行云分神想到，也不知道是因为他倒霉，还是因为他最近一直在狼狈。

闻逝川正靠在墙边抽烟，窗被他打开散味了，夏日的热浪从窗里钻进来，以霸道的气势驱散空调的冷气。付行云抬手擦了擦下巴上的水渍，烟草味让他的胃痉挛了一下，更让他想起那些黑料里说他抽烟，带坏未成年粉丝。

他脸色难看，脸是白的，眼睛里还有刚才呕吐时的生理性泪水，嘴唇上的口红却顽固，惊讶使他来不及戴上面具伪装，整个人脆弱得一碰即碎，偏偏他还带三分倔强，勉力自持，这三分倔强让他更显难堪了。

"让让。"付行云没心情和闻逝川多说，低头冷声道。

闻逝川把烟掐了，扔进了垃圾桶。

他今天是来拍一个杂志专访的，他的电影进入了大众视野，有个电影杂志邀约他和几个新生代导演一起做一期专题，他答应了，一大早就来了。策划说，要拍点随性又有质感的照片，让他还穿白T恤牛仔裤，不过上衣是无袖的，会露出他右边手臂内侧的文身，化妆师给他贴上了。

付行云的目光落在他被遮掩的文身处，没看清，以为他把文身洗了，胃里像被钩子勾了一下，又是一阵痉挛。他没来得及说话，一下子蹲下来，捂着胃，张嘴欲呕，却什么也没吐出来。

闻逝川急急地也蹲下去，见付行云的脸更白了，额头上还有些冷汗，他忙问："早上没吃东西吗？"

付行云只觉得头晕得不行，说不出话来。

闻逝川干脆地把他一把背起来，付行云双眼紧闭，小声说了点什么，闻逝川听不清，低头凑过去，闻到了付行云身上微辛的香水味。

"会被拍到……"

"不会的。"闻逝川说。

闻逝川背着付行云直接坐运送摄影工具的货梯下去，一路上都没有人。付行云顾忌着遇到人，又实在晕，顾不上别的。闻逝川带着付行云一直到了地下停车场，他年初就给自己配了个车，二手小面包车，又旧又破，胜在能装。

付行云被闻逝川放在面包车的后座上，他躺下后马上背过身去，面朝椅背蜷起来。

又过了一会儿，付行云听到闻逝川再次打开车门。

"还晕吗？起来吃点。"

付行云坐起来，发现闻逝川手上提着一个塑料袋，里头装的应该是吃的，很香，味道很熟悉，是付行云以前最爱吃的咸骨粥，但他已经很久很久没有吃过了。

他说："手机借我一下可以吗？我给助理打个电话。"

闻逝川将粥放在他旁边，掏出自己的手机解锁好递给他，退出去，关上车门，站在车旁抽烟。

付行云把目光从粥上收回来，给小江打电话："我在地下停车场，把我东西收拾一下，下来接我回去，我有点不舒服。"

小江来得特别快，他来的时候闻逝川一根烟都没抽完。

他搞不清楚状况，只能忙不迭地向闻逝川道谢。付行云见他来了，下了车，小声地说了一声："谢谢。"

闻逝川没说话，探身到后座上，把那打包来的粥勾在食指上，递给付行云，付行云不想接，小江不明所以，帮他接了，又替他向闻逝川谢了又谢。

回到自己车上，付行云坐在后座上，最终还是打开了那碗咸骨粥。

粥很香很稠，付行云以前觉得，冬天最能慰藉人的，就是一碗热腾腾的咸骨粥。他用勺子刮最上层变温的粥，小口小口地吃。

小江突然说："啊！我想起来了——"

付行云差点被他吓死。

"我想起来了，刚才那个，之前在影视城见过好几回，他不就是最近那个导演吗？去了法国的那个，他的那个电影还挺好看的，他叫什么来着，闻……闻什么……"

"闻逝川。"付行云接道。

这个名字后两个字都是翘舌，读音缱绻温柔，偏偏名字的含义又是那么理性而冷静。

子在川上曰："逝者如斯夫，不舍昼夜。"

像河水一样不分日夜地流走的是什么，闻逝川告诉过付行云："是时间。"

小江看上去好像还有话说，付行云连忙换个刁钻的角度打断他的话："你怎么有时间去看电影？最近这么闲吗？"

小江忙向老板表忠心："没时间啊！我买了电影票然后下了资源在家看的……"

他原本还想接着讲电影的事情，但看自家老板垂着眼睛小口吃粥，一副不想讲话的样子，他也就闭嘴了。快到家的时候，付行云把粥吃完了，他摁电梯上楼之前，小江对他说："今天那个定妆照，合照的部分摄影师后来说不够，得改天再补拍一点。"

付行云说："我提早走了没人说什么吧？"

"没，"小江说，"陈忻也提早走了。"

付行云点点头，自个儿上楼去了。

他回家后没敢再去社交媒体上看了，用脚指头想他都知道大概会怎么样。工作室正儿八经地出了律师函，一部分的人会相信他，但另一部分肯定还是会说诸如"无风不起浪""苍蝇不叮无缝的蛋"之类的话，甚至还会有人怀疑是他背后的资本在操作。

最后，即使删帖道歉，还是会有人心中认定他就做了那些事，百口莫辩。最可怕的就是这样真假掺杂的爆料，一旦和真的混在一起，那些假的、夸张的、坏的也就都无端沾上了三分真，而那些原本就真的，其中的罪恶程度也随即加深，反正就是洗不清了。付行云又安慰自己，娱乐圈中，谁身上不背几个黑料？有了拿得出手的作品之后，一切好说。

过了没几天，在法务的努力下，最先爆料的那家果然删帖道歉了，底下的讨论也果真如付行云的预料，一丝一毫都没有偏差，还有人说他是为即将开播的电视剧炒作的，说什么的都有。

他把这些都抛在脑后，在家里看了几天剧本，补拍那天，他的状态还没调整过来，胃里还是不舒服，但整个人精神已经好多了，拍摄过程中还差遣了小江去买附近有名的糖水，请工作人员喝。

桂花桃胶糖水，盛好的小巧的一碗一碗，甜而不腻。

陈忻也分了一碗，拿着小勺子在那儿搅啊搅啊的愣是没喝。付行云用余光瞄他一眼，腹诽道，怎么，怕他下毒了吗？

拍摄中途，付行云去上洗手间，回来的路上遇到了一个熟人——陈忻的资方。付行云礼貌地和她打招呼。她低调地站在电梯附近打电话。付行云心想，也不知道她知不知道，陈忻偷拍了她和自己的照片，知道了之后估计会生气吧。

付行云一推门进去，就和陈忻的眼神对上了。

付行云心里咯噔了一下，果不其然，拍摄结束之后，陈忻特意在地下停车场堵了付行云。两人都怕被拍，条件反射地就躲在了一个隐秘的角落。付行云作势往旁边看了看，问他："咦，只有你一个吗？"

陈忻堵住了付行云的路，说："你以为这就算完了吗？"

付行云有点烦躁，皱了眉头，将墨镜摘下来挂在衬衫衣领上，开门见山地说道："这个事我也不想追究了，就这么算了，咱们就好好拍戏成不？"

　　陈忻听到付行云这样说，并没有放下戒备，反而整个人更紧绷了，像只被激怒的猫，背都拱起来了，他说："你知道吗？我就是最讨厌你这个样子——"付行云没兴趣解释，也理解不了陈忻这种神经过敏的性格是怎么来的。他又感觉有点胃痛了，这几天他的胃就没好过，断断续续地闹腾。他只想赶紧结束这场闹剧。

　　"你找人拍的照片藏好了。"

　　话一说出来，付行云就后悔了，他想息事宁人，没想要故意激怒陈忻，但陈忻明显被他带有威胁意味的话激怒了。陈忻先是怕，然后是怒，最后是得意冷笑。

　　他拿出手机，调出一个页面，在付行云面前晃了晃。

　　"你以为那就算完了吗？之前那些都是虚晃一枪而已，我这儿还有些真料。付老师，你把自己端得这么高干什么？你不过就是个——"

　　后面的话他没来得及说出来。

　　他的手机只在付行云面前晃了晃，那是一张旧报纸的页面，旧报纸上有大幅的照片，付行云看到了那上面有个七八岁的小男孩，脸部打的马赛克很薄，付行云看见他瞪着一双大而无神的眼睛看着镜头。

　　就像脑海中发生了爆炸，付行云浑身发冷，失去了思考能力，下意识地就要去抢陈忻手上的手机，要将他自己不堪回首的噩梦一样的过往藏起来。陈忻自然不会让他抢到手机，将手机收在身后，推了付行云一把。

　　"你想干吗——"

付行云觉得一切声音像隔了一层厚厚的玻璃，他什么都听不见，感觉不到，他只想把那个手机抢过来，将那张照片删掉。他急得眼眶都红了，咬紧后槽牙，捏着拳头，最近的所有压力都一股脑涌上他的心头。

直到陈忻痛呼一声，他才反应过来，在混乱中，他捏成拳头的手擦过陈忻的脸。陈忻捂着侧脸，跌坐在地上，他的手机摔了出去，还有别人的惊叫声。有人！付行云脑子乱如麻，脸色煞白，像个做错事后无措的孩子，不知道如何是好，只能落荒而逃。

付行云一个人在家。

小江不知道发生了什么事情，但见到付行云的脸色太差，想陪陪他来着，结果被他赶回家去了。付行云一个人在家待着，觉得家里静得可怕，打开投影，在白墙上循环播放电影。

是一部国外悬疑片，正好播到大片的血喷溅在雪地上，像雪地上绽开了花。

付行云神经质地抖了一下，一脚将放在茶几上的投影仪踹到了地上，"嘭"一声，投影仪断了电源，整个房间暗了下来，一片寂静，静得可怕。

他卷了条毯子，蜷缩在沙发上，觉得世界静得就只剩下他一个人。

付行云在家待了好几天，连手机没电了自动关机都没发现，还是小江冲到家里拍他的门。付行云拖着脚步去开门，小江把他家里的灯都打开了，家里乱糟糟的，付行云整个人都很憔悴，窝在沙发里，一言不发。

小江找出他掉在沙发缝里的手机，帮他充上电，打开给他看。

铺天盖地都是关于付行云的消息，有人见到他在地下停车场打了陈忻，也不知道是真的路人还是陈忻提前找人蹲着拍的。这么一来，之前的那些黑料又被翻出来了，这下就有更多人相信之前的爆料都是真的了，删帖道歉只是资本和公关的结果。

小江气急败坏："哥，你怎么那天不说啊？要是提前说了咱们还能……"

付行云面无表情地划动手机，发现没有自己担心的内容，他松了一口气，同时觉得浑身疲惫，连手指都抬不起来的那种。

小江的话被他自己的电话铃声打断了，小江一看来电显示，走到阳台去接，没一会儿就说完了，进来的时候脸色很难看。他看着窝在沙发上的付行云，字都是从牙齿缝里挤出来的。

"哥，陈忻那边说，要求你在社交平台上发道歉视频，不然要追究法律责任。还有，电影那边……他们说，哥你的那个角色，可能要……要换人……咱们要不要联系一下孟老师……"

付行云冷冷一笑："道歉？他疯了吧？别得了便宜还卖乖。"

他把自己的手机捡起来，找到那张之前造谣的照片，直接发给了陈忻的投资方——幸好之前有留过联系方式。投资方和小明星，不过是互相利用的关系，要是惹麻烦上身了，投资方肯定第一时间踹掉小明星，明哲保身，陈忻也不怕玩火被火燎了。

"管好你的人。"付行云毫无顾忌地编辑好消息发过去。

他把手机放下，觉得浑身都没有力气了，爱谁谁吧，他真的是太累了。付行云径自起身进房间，关门之前对小江说："走的时候帮我把垃圾扔一下，带上门。"

陷进柔软的床里，灯全部关上，黑夜和被子一起将身体包裹起来，付行云就这样陷入了睡梦里。所有的一切都全部被他抛在了梦境之外，他什么都不想管了。但是时不时的，他还是会梦见鲜血溅在积雪上，红白分明。

有熙熙攘攘的人涌来，用黑洞洞的镜头对准他，喊他看镜头。

他茫然地找，找那唯一不会让他害怕的镜头，找了好久都没有找到。当他醒来的时候，正平躺在大床上，看着雪白的天花板，天还黑着，他一看，竟然睡了一天一夜，抬手一摸，脸上是湿的，他在梦里哭了。

接下来小半个月他都没有出门，手机卡一拔，也没有联系任何人，物业打他电话不通，还上门来了，说小区外头连着好几天都有人想混进来，有记者也有想偷拍的。如此又过了好多天，付行云觉得再这么下去他都要发霉了，将手机插上卡，先把所有社交软件都卸了，一条消息也不看。

已经是凌晨了，付行云搜索到附近有专门凌晨营业的小型电影院，打算看个电影。

一打开售票页面，首先映入眼帘的是一张天空蓝色的海报，蓝底白字——《人间海海》。付行云的手指在屏幕上顿了顿，最后还是决定点下去，买了凌晨三点十分的电影票。

付行云穿着大T恤和居家裤出门，小电影院就在小区出口不远处。他也没做掩饰，只戴上了口罩，头发还是刚睡醒时的样子，乱糟糟的，估计娱记和他迎面撞上了都认不出他来。再说了，凌晨出门看个电影又有什么好写好拍的呢？付行云的思绪乱七八糟，从打着瞌睡的前台售票员那里兑了票，买了一大桶爆米花。

小小的电影厅，有股不通风的霉味。虽然只有付行云一个人，但他还是习惯性地坐到了最后一排的角落，觉得特别有安全感。

电影时长一小时四十八分，并不算很长，纪录片式的镜头和叙事，很闻逝川的风格。

故事内容简单得堪称简陋，就是讲一个龙套演员拍戏的一天。主角是一个其貌不扬的姑娘，五官并不太有明星相，但一双眼睛格外摄人心魄，偶尔盯向镜头的时候像丛林中的豹子，野性十足。

故事太简单了，但闻逝川直接在电影里打破了真实和虚幻的那一面墙，他将整个拍摄的过程也都拍下来了，幕后的故事也变成了这个故事的一部分，他自己也出镜。

他拍电影筹集经费，投资人其中之一是一个从事房地产中介工作的中年男人，胖，慈眉善目，一看就是业绩不错的那种，因为大家都愿意相信他。付行云认识他，以前叫他"锣哥"，付行云以前还和闻逝川在一块儿"混"的时候，一群人里面就有他，他那时候搞摇滚的，有把破锣嗓子。

锣哥那时候瘦得像根杆儿，摇滚至死，以天为盖以地为庐，没想到人到中年发福了就去卖房子了，付行云差点没认出他来。

电影里有个镜头，是锣哥和闻逝川蹲在影视城的仿古城墙下抽烟。锣哥说："小川啊，咱这电影，还得多少钱？哥跟你交底，之前补给你的那五十万，已经是我压箱底了，我在媳妇床跟前跪着发了誓能要回来才拿出来的。"

闻逝川吐了口烟，说："哥，你已经帮了大忙了，肯定能回本，帮我谢谢嫂子。"

锣哥有些难为情，窘迫地站起来，拍拍膝盖上沾的灰："小川，不是哥不愿意投钱，实在是年后你侄子上小学了，嗐，这……电影啊摇滚啊艺术啊这些事……"

闻逝川站起来，碾灭了烟头，抱了抱他，在他后背拍了拍。

这一段最后一个镜头，是锣哥匆匆地离开，赶去上班了，闻逝川站在原地看他。大中午的太阳让他们俩都汗流浃背，湿透了闻逝川的 T 恤也湿透了锣哥的西装衬衫后背。

电影也拍那个担任主角的姑娘，她没有名字，幕后工作人员喊她"小乖"。

拍她在群演堆里，拍她蹲在破城墙下狼吞虎咽地吃盒饭，拍她蹲在夕阳的山上抽烟。闻逝川的镜头就对准她烟雾后面的眼睛，她回头恶狠狠地说："别拍了，抽烟有什么好拍的？！"

闻逝川的声音从镜头外传来："你头抬一点，光更好看。"

小乖突然就情绪爆发了，站起来哭着大喊道："我都说别拍了，不拍了，你听不懂人话吗？不拍了！"

粗话被消音处理了，付行云猜的。她哭着冲过来，镜头摇晃，估计是被她推了。一阵混乱之后，镜头歪了，估计是被她推倒了，斜对着夕阳下的一朵无名野花，只听得到声音，没拍到人。

是小乖的声音，哭着的："我妈生病了，导演，咱们这个片能卖钱吗……我不想拍了，我想回去看她……"

她还没说完，就又有工作人员惊慌地喊："烟头！快踩灭了，待会儿着火了……"

一片混乱。

付行云怀里抱着的爆米花一颗都没吃，他看着闻逝川拍的镜头，里面连路边的一株野草、墙上的一截阳光、台词间隙的一声叹息都是有情的。

整部电影的最后居然是一段街头采访，采访了十来个小朋友，问的都是同一个问题："你的理想是什么？"

答案五花八门。

想当警察、医生、明星、科学家，想拍电影、上月球、摘星星。

最后，画面淡出，片名留在最后。

"人间海海"。

第二章

玉在石中，钗待时飞

闻逝川是石中之玉，总有一天
会大放异彩

付行云走出放映厅的时候，爆米花一口都没动，他随手放在马路边一个熟睡的流浪汉手边，整个人都有点恍惚，插着兜，听着早晨的鸟叫声，慢慢悠悠地走回家。

他想起第一次和闻逝川见面的时候。

那会儿是在一个酒吧地下室的摇滚乐演出现场，唱完最后一首歌后，锣哥把他存了半年钱买的新吉他在台上给摔了，把在酒吧打工下班后来听歌的付行云吓得够呛，醒过神后又觉得好笑，站在后排咯咯笑。

他一抬头，发现台上还有个人也和他一样在笑。

那个人藏在舞台后面的角落里，不会唱歌也不会弹琴弹吉他，手上拿了个沙锤，叼着烟一下没一下地甩，也不知道有没有合上节奏。前边砸吉他的主唱情绪激动，他笑得弯下腰，就很离谱。

他们目光碰上了又匆匆移开。

演出之后，付行云随着散场的人流走出去，在昏暗的楼道上被拿沙锤的人拦住了。他们贴着墙，侧着身，让出位置给鱼贯而下的人。他叼着烟，烟头的光明明灭灭，他问付行云："我叫闻逝川，是拍电影的，你呢？"

拍电影？

付行云上下打量他，看他的旧 T 恤和人字拖，不服输地嘟
哝道："我还是演电影的呢。"

闻逝川把烟夹在手指间，懒洋洋地靠在墙上，笑着看他："你
好看，演电影正合适。"

回到家，付行云把卡插回手机里，又把社交软件一个个下
回来，消息"叮叮咚咚"不断进来，把手机震得拿都拿不住。
消息太多了，不论真心假意，来问候他的人都比他想象中要多
得多。他看了一圈，他的工作室也发了些声明，上了他的账号，
以他的名义郑重道歉。但这回打人的事儿是真的，没法说人家
造谣，声明只是不痛不痒。

陈忻倒也没有不依不饶地要追究法律责任，只是阴阳怪气
地发了好些图文，编造些和付行云的恩恩怨怨，彻底把付行云
打造成欺压后辈职场霸凌的坏前辈。陈忻发的那个图本意是拍
自己脸上的伤口，说是伤口，但只是红肿了一点，估计过两天
就消了，但评论也是一边倒的多。之前付行云拍的那个古装电
视剧开播了，他的主角戏份被剪了好多，好些观众喊着要抵制
他。

付行云手上的代言有好几个都来要求解约，说付行云形象
不好，拉低品牌路人缘。

和一路往谷底滑的付行云不一样，闻逝川倒是声名鹊起。

他上的那期电影杂志已经出来了，好几个新生代导演里，
他不是实绩最好的，也不是最年轻的，但他无疑是最好看的。
好些平时根本不看文艺片的女粉丝都在哄买杂志，拍图上传社
交软件，圈了一堆粉，有些电影院甚至重新给《人间海海》排片。

看脸的人吹他的脸，热爱电影的人赞他的电影，一时间倒是很热闹。

付行云翻出那个访谈里属于闻逝川的那段，主持人问了些《人间海海》幕后的故事，问了闻逝川下一部片的打算，都是常规问题，但他都答得很好，言之有物，很容易让人对他心生好感。这期新生代导演专题的名字叫：玉在石中，钗待时飞。

付行云心情复杂。

昔日搭档光芒初绽，而他自己逐渐暗淡。他本该愤愤不平，但其中又夹杂着一点嫉妒，一点欣慰。就如那个标题，闻逝川是石中之玉，总有一天会大放异彩的。付行云从前就知道，甚至会对闻逝川产生嫉妒，因为他虽然拥有才华但不自恃才华。

付行云拿着手机窝在沙发上刷，不知不觉天都亮了，太阳出来了，晨光熹微。

刷着刷着，付行云看到有不少人把闻逝川以前拍的一些作品片段发出来，他以前的作品很多，有长有短，只是都不如现在的成熟，其中有一个两分钟的片段，截取自他送给付行云的生日礼物——那部以付行云日常生活影像为主要内容的片子，叫《宠儿》。

截取的那个片段正好是付行云在沙滩上喝醉了酒，歪歪扭扭地走，在沙滩上留下了蛇形的脚印。他可能刚哭过，鼻子红通通的，眼里有水光，亮晶晶的。

他对着潮起潮落的大海，大喊："滚啊——"

喊了两句之后，自己又被自己逗笑了，回过头来看着镜头，弯着眼睛笑。拿摄像机的人也笑了，低沉的笑声响起，又因为视频的结束戛然而止。

付行云很紧张，本来以为这样子的片段是算出丑，而且他最近风评正差，认出他来的人估计都会骂。点开评论后，里头的内容却出乎付行云所料。

"这是谁？长得真好看啊，怎么跟前几天都在说的那个打人的那么像？"

"这就是付行云吧，怎么这么可爱？"

"他们俩认识？次元壁破了。"

"不是我刻薄，这两分钟的灵气比付行云所有电视剧加起来都多。"

评论五花八门的，什么都有，付行云半懂不懂地往下翻，见到了一条让他出离愤怒的评论："付行云现在不长这样了吧？我看有点像陈忻，有灵气多了。"

付行云冷笑一声。一天到晚灵气灵气，网友人均"修仙"吗？

他从沙发上一跃而起，进衣帽间去，把灯全部开了，对着镜子端详自己的样子。最近他太颓废了，皮肤状态肉眼可见下降了，眼睛也有点肿，头发乱糟糟的没了形，衣服也皱巴巴的，从头到脚写满了"过气"两个字。

付行云更气了，掏出手机，直接转发了那个视频片段，配字:满满都是回忆呀（笑脸）。

一下子涌出好多评论转发，除了那些还在继续骂他的，绝大多数人都在感叹次元壁破了。

这下付行云满意了，把手机一放，又大字形地躺到了床上，看着天花板发呆。他心里细细地盘算了一下，电视剧开播，估计也不会找他去做宣发了，电影角色换人了，代言掉了好几个，加上他之前因为资源质量下降，都没怎么接新的活，这下是彻底没有通告了。

付行云长叹一声，决定这段时间对外就说是"沉淀自我"。

接下来连着两个月，付行云每日在社交平台上维持"岁月静好"生活表象，天天发些美食图、阅读图，发点心灵鸡汤，渐渐地，总算评论底下骂他的人变少了，光速推进的娱乐圈飞快地把他甩在身后。

付行云天天问小江，今天有新通告吗？

通告不是没有，付行云好歹红过，再怎么着也不会沦落到没有通告，但现在这个境地，找上他的，要么就是站台带货，要么就是电视剧，电影是没有了，电视剧也是一些付行云完全看不上的低成本、低质量作品。

付行云原本还耐心满满，但一天天的，他又开始烦躁起来，偶尔会想，他的职业生涯说不定也就这样了。

直到三个月后的一天，有个综艺邀约找上来了。

付行云向来不太爱接综艺的，他总觉得现在流行的这些综艺他都玩不来，总害怕自己人设破灭，怕镜头不好看，怕这怕那，这次他本来想拒绝的，但小江很激动，说这个机会很难得，让他必须要看看。

这是个网综，叫《左右之间》，是一位很出名的老牌综艺节目主持人策划的。

《左右之间》是个访谈类节目，每一期时间不长，也就十几分钟。每一期会请两位嘉宾，两位嘉宾都是不同领域的成名者，八竿子打不着但他们就是认识，会让观众高呼"次元壁破了"的那种，然后就看他们的谈话能否碰撞出火花。

节目本来不温不火，但刚播出的一期，请了一位娱乐圈顶流女明星和一位奥运会冠军运动员，她们俩本来是中学同学，也是多年好友，但年少时期不同的选择让她们现在有了完全不同的人生。

这一期节目，流量有了，深度也有了，一下子成了大家的讨论热点，这个节目也火了。

付行云看着觉得还行，问小江："他们请谁和我搭档？"

小江兴致勃勃地说："是你的熟人啊云哥，就那个闻导，闻逝川。"

付行云第一反应就是拒绝，多尴尬啊。而且他和闻逝川有什么好碰撞的，声名鹊起和日落西山的碰撞吗？在小江的再三劝说下，付行云最后松口了，他说："好吧，等我想几天，先别回复。"

放下手机，付行云想了又想，去网上找了这个网综往前几期翻，播放数据都很不错，特别是女明星和奥运冠军这一期，网友从多个角度去讨论这一期的内容，短短十几分钟的聊天，被网友们讨论了个底朝天。

付行云不由得又犹豫了，过了两天，他打电话给小江，说想答应。小江叹气："哥，我这几天都在打听呢，好像说闻导那头不想接，说是最近在忙着拍一个什么片子，空不出时间。"

付行云皱眉："那换个人和我搭档？"

小江为难地说道："我探了下口风，好像节目组那头没有这个意思……说是如果不接的话，就先等等看，先拍后面约好了的……"

"先等等看"也就是"没戏"的委婉说法罢了。

刚接到邀约的时候付行云还想着回绝，现在换成他乐意了别人拒绝，这个感受就不一样了。付行云越想越觉得这是个好通告，错过了一个这么好的机会，他不知道该什么时候才能再次以正面的姿态进入大众视野。

付行云想了想，说道："你帮我要一下闻逝川的联系方式。"

小江下意识问道："哥，你们俩不是认识吗？"

付行云："……"

小江立马改口："好的，我马上去要。"

小江做事还是很利索的，很快就把闻逝川的联系方式发到了付行云手机上。付行云一看，这串数字格外熟悉，这么几年来闻逝川居然都没换过手机号，这个号付行云到现在还能背，倒着都能背。

付行云抓着手机在家里转了好几圈，给自己不停地做心理建设，牙一咬心一横把电话拨出去，电话没一会儿就接通了，那头有些嘈杂，听声音像是在公交车上，有报站的声音。他清了清嗓子，拿着架子，礼貌地说道："喂，你好，请问是……"

"嘟嘟嘟嘟嘟——"电话挂掉了。

付行云："……"

他盯着手机看了半分钟，站起来踹了沙发一脚，把脚趾给端疼了，单脚跳着，"嘶嘶"吸气，拿着手机躺在沙发上，脚跷到靠背上，怒气冲冲地再拨过去。

手机一接通就是公交报站声："沿江西路站到了，请……"

报站声渐渐远去，闻逝川下了车，说道："喂，哪位？"

付行云像是一口气噎在了喉咙口，不上不下，吐不出来咽不下去，他翻身坐正，说："是我，付行云。"

"嗯。"

就这么一个字，多的没有了，付行云一时间不知道该怎么往下说，他听到手机那头有打火机打火的声音。

付行云抠着沙发缝，硬着头皮说道："最近是不是有个网综找你，叫《左右之间》。"

闻逝川回答道："是吧。"

付行云觉得这天简直没法聊了，他干脆一口气把话全说了，省得说话说得像便秘一样。

"挺好的一个网综，如果你最近没什么事的话就接一下，一期才十几分钟，很省事的。"

那头的闻逝川一点犹豫和停顿都没有，直接说道："我再看看吧，有事，先不说了。"话音未落，电话又一下挂掉了，付行云看着手机，愣愣地坐在沙发上，听着"嘟嘟嘟"的忙音，半天回不过神来，像是一脚踩空了，心里空落落的。

是呀，就算他们以前关系再怎么好，那也是以前了，他们都分道扬镳了整整六年，分别的时间比待在一起的时间还长，分开的时候还吵得那么厉害，难道他还心存侥幸，希望能在闻逝川那里得到什么特别的待遇吗？

"帮助落魄旧友"这个戏码里面的"落魄旧友"变成了他自己。

付行云也就失落了一小会儿，马上就调整好了心态。他想起自己刚刚来 A 市的时候，到处找拍戏的机会，还要打不同的零工，那时候的脸皮无比厚，被拒绝一次又一次也能不当一回事，怎么现在就不行了？

付行云想明白了，心里把闻逝川当成了一个要攻克的难关，一切都豁然开朗起来。到了第二天，他又给闻逝川打电话，这次电话没有拨通。付行云直接开车到了沿江西路的公交站，车就停在江边，车里广播开好音乐，眼睛盯着公交站。

反正也没别的事情，车里空调开得低低的，车窗是防窥的，付行云也没什么顾忌，脱了鞋子，脚架到方向盘上，翻出好久以前放在车里的零食，边吃边等。公交车过了一辆又一辆，都没见到熟悉的身影，付行云也不气馁，等待的间隙还去打了一次闻逝川的电话，没接通。等啊等，等得付行云都有些困了，头一点一点地打瞌睡。

忽然，对面的公车站有车到站了，从上面下来一个穿着无袖白 T 恤和牛仔裤的高大男人。

付行云一下子就睡意全消，手忙脚乱地穿上鞋子，关车门前还急急忙忙地把掉到车座底下的墨镜捡起来戴上，车也顾不上锁了，车门一关，趁着绿灯冲到对面去。

闻逝川走得不快，付行云一下就追上了他，叫住他："闻逝川——"

闻逝川一转头就看到了付行云，两人在人来人往的路上四目相对，两人都个高腿长，特别是付行云，还戴着能遮半张脸的大墨镜，过路的人都要看他们。闻逝川手上拎着个塑料袋，看上去有点缺觉，满脸写着"困"字。

他回头示意了一下他身后不远处的一栋居民楼，说："屋里说吧。"

付行云跟在他身后上了楼，老式的居民楼，没有电梯，只能拾级而上。即使是大白天，楼道里也有点昏暗，斑驳的墙上贴满了小广告。他们默默无言，一路上到了五楼，闻逝川掏出钥匙来开了门。

"不用换鞋了，随便坐。"

付行云有些紧张地走进去，不大的两居室，绿色的老式地砖，墙刷成浅灰色，家里有种久不通风的气味。闻逝川把空调打开，将布艺沙发上堆着的几件衣服抓起来，往房间里一扔，坐下来，开始吃东西。

原来他拎的是外卖。

闻逝川低头扒了两口又停住，好像才发现付行云站这儿，整个人都有点恍惚，他说道："坐。我先吃，拍一个东西，熬了几天了，有点饿。"

　　付行云在沙发上坐下来，就这么看着闻逝川吃东西。他一走进来，就觉得整个屋子都充斥着闻逝川的味道，这个味道很难说清楚是什么味道，不是香水也不是烟草，每个人身上都有独特的味道，闻逝川的味道既像不动的山又像汹涌的海。

　　见闻逝川快吃完了，付行云说道："我那天在电话里跟你讲的，那个网综，也邀请了我……我最近的情况，不知道你知不知道，我挺缺这个机会的。节目组那边的意思，大概就是，如果你不接，我这边也……"

　　说着说着，付行云就有点说不下去了。这比想象中要难堪许多，求任何一个人都比求闻逝川要容易得多得多。

　　幸好，闻逝川没有奚落他，也没有说任何多余的话，只是说道："好的，我看看。"

　　付行云猛地从沙发上站起来，有点无地自容，只好说道："我去个洗手间。"

　　他顺着闻逝川指的位置，进了洗手间。小小的洗手间，收拾得干干净净，他也没真想上，就靠在门后，静静地待了一会儿，摁了冲水，开水龙头洗了洗手，出去准备告辞，谁知道闻逝川居然靠在沙发上睡着了。

　　付行云走过去看他，茶几上的外卖盒都还没盖上，他窝在沙发里，闭着眼，眼下面的黑眼圈有点重，眉头微微皱着，肉眼可见的疲倦。

　　时隔六年，付行云再一次这样静静地端详他。

　　闻逝川睁开眼。

付行云吓了一跳。他连忙说："那我先走了。"

闻逝川嗓音沙哑："我送你。"

"不用了。"

付行云匆匆离开，觉得这间狭小的房子有奇妙的魔力，让他重新走回到大路上的时候，有种如梦初醒的感觉。

就在当天晚上，小江给他打了电话。

"云哥，闻导接了那个综艺，制作组说下个月开事前讨论会，理一理访谈大纲，没问题就开拍。"

因为只是低成本网综，工作组并没有提供服装，嘉宾穿自己私服就可以了，没有特别要求。越是这种"没有要求"就越是让付行云紧张，他得精心打扮一下，但又不能让人看出他的精心，得随性中凸显精致，精致中又觉放松。

付行云给自己搭了个灰色的休闲衬衣，他一向嫌弃自己身材太瘦，肩膀不够宽，穿这种宽松衬衫能让他整个头肩比都优越起来。他还特意喷了不常用的香水，头发随意一抓，墨镜一架，自个儿开车出门去了。

《左右之间》的总策划是一位以风格热辣出名的老综艺人了，四十岁上下的年纪，保养得极好，整个团队风格也特别轻松，付行云一走进去就有人纷纷和他打招呼。

"庭姐。"付行云摘下墨镜，很郑重地问了声好。

章庭正在和摄影师交流，朝他笑笑，说："化过妆没？要不要让化妆师给你再来点儿？"

"出门前随手化了一点。"

说是这么说，但付行云今天特意早起了两小时，出门前给自己倒腾了很久。章庭扫了他一眼，觉得挺满意的了，说："你准备一下，闻导晚点儿就来了。"

闻逝川来的时候，付行云正在戴麦克风，收音设备要别在他身后，于是造型师帮他把后腰原本束进裤腰里的衣服拉起来。付行云觉得后腰凉飕飕的，被收音设备和麦克风线蹭了蹭，鸡皮疙瘩都冒出来了。造型师是个年轻活泼的小姑娘，小声说道："哇，付老师，您后背还有文身啊，真好看。"

付行云有些不自在地"嗯"了一声，一偏头正见到闻逝川推门进来，连忙侧过身，配合造型师将衣服掖好。

他率先朝闻逝川打招呼，语调轻快："闻导，好久不见啊！"

闻逝川似乎愣了一下，几不可见地皱了皱眉头，朝他点点头。付行云暗地里撇撇嘴，什么啊，这么冷淡。

闻逝川穿的也是自己的私服，无袖的宽松白T恤，牛仔裤，和付行云前几次见他并没有什么区别。但他穿着就是好看，个高肩宽，化妆师帮他大略上点妆就已经很好看了。这回他终于把头发剃了，剃得有些彻底，短得不行的圆寸，显得他的五官愈发立体有攻击性。

造型师小姑娘说："哎，闻导，你手臂上也有文身啊。"

付行云眼角余光看过去，闻逝川的左边手臂内侧，有个文身，是声音波纹形状的。付行云上回还以为他把文身给洗了，原来没有。

小姑娘问："这文的是啥？"

闻逝川一抬眼，正好抓住了付行云看过去的目光，他说："一段声音。"

付行云像被猫发现的老鼠，连忙移开目光，欲盖弥彰地低头喝了口水，化妆师一边给他补妆一边说道："哎呀，付老师，你慢点儿喝。"

付行云心里骂他多嘴，语气轻描淡写："知道了。"

节目组之前已经将节目流程给他们都发过了，先是两人各自进行十个快问快答，然后在几个问题的引导下，两人进行对话。访谈流程非常简单，甚至可以说是简陋，弄得付行云心里一点儿底都没有。

付行云先进行快问快答。

问题都很直接很热辣，天马行空，但付行云已经被大大小小的访谈练出来，说得难听点，他像巴甫洛夫的狗，再刁钻毒辣的问题，他都能够四平八稳地答出来，从话术上尽量做到滴水不漏。他自认答得还不错，十个问题一下子就完了，但章庭在监视器里看回放的时候，表情不像是满意的样子，微微皱着眉头。付行云有些不安，在椅子上挪了挪，有些犹豫地问道："庭姐，怎么样？要重来吗？"

章庭没说什么，只让闻逝川接着来。

付行云已经答过了，所以问题不需要向他保密，他在旁边看，闻逝川回答问题的答案都很简短，甚至没有怎么组织过语言，是真正的快问快答，同样的问题，在付行云和闻逝川这儿，回答的风格简直南辕北辙。

最后两个问题。

分别是"评价一下自己的外貌"以及"你觉得什么是爱情"。

付行云回答的是"娱乐圈里好看的人太多了，我觉得自己的外貌算不上特别帅，和前辈们比只能说还过得去吧"以及"每个人对爱情的定义都不一样，我觉得只要适合自己就行了"。

闻逝川在回答前面的问题的时候，都没有笑，他往后靠坐在椅背上，腿自然地分开，当主持人让他评价自己的外貌时，他好像被逗笑了，轻轻勾了勾嘴角，抬手摸了摸自己近乎光头的短寸，简短地说道："挺帅的吧。"

现场大家都笑了。

当问到"你觉得什么是爱情"时，闻逝川压根儿没有思考，直接盯着镜头，沉声说道："一个人的眼睛里有两个人的眼泪。"

很有意思的回答，很迷人。

付行云甚至看到他旁边的造型师小妹捂住心口无声地"哇"了一下。轮到两个人对坐交谈的环节了，他们俩分坐一张桌子的两边，付行云一瞬间觉得有些诡异的尴尬，忍不住一再挺直自己的背，压根不敢直接看闻逝川的眼睛，在摄影师和灯光师调整镜头和灯光的过程中，付行云一直不停地喝水，一杯柠檬水被他三两口全喝完了。

章庭忍不住提醒他："付老师，自然一点，你们看起来很不熟的样子。"

付行云有些尴尬，闻逝川直接似笑非笑地说："的确很不熟。"

听起来像开玩笑，整个摄影棚里除了付行云，大家都笑了，付行云也配合地笑了笑，假装无事发生，深吸一口气，抬眼看向闻逝川，这会儿闻逝川却不看他了，低头看手机。

访谈开始之后的第一个问题是：你们是怎么认识的？

付行云生怕闻逝川说出点什么不该说的话来，抢先直视镜头回答道："好多年前了吧，那时候他跟着乐队演出，我看了那场演出就认识了。"

轻描淡写的一句，省略了太多太多，省略了很多哭和笑，省略了很多陪伴和争吵。

他们在楼道里进行了第一次聊天，然后接下来每次，付行云只要在酒吧里打工就会见到闻逝川，有时候是跟着锣哥的乐队来演出的，但更多的时候是他一个人来喝酒。喝了好几天，只喝同一种酒，龙舌兰加冰。

闻逝川第二次和付行云搭话，问他："你能让我拍一下吗？"

付行云对镜头有排斥，源于他童年的一次阴影，他总觉得那黑洞洞的镜头如同一双双冷漠的眼睛，会将人吞噬。他原本不想答应的，但是闻逝川的眼睛并不冷漠。闻逝川看着他的时候已经微醺了，酒吧里昏暗的光也阻挡不住对方眼里的热情。

付行云说："好吧，怎么拍，我不太会。"

闻逝川说："没事，你就坐着，往前看，然后回头，看镜头。"

付行云有些紧张，这点儿紧张不知道是因为镜头还是因为镜头后面的人。他坐下来，闻逝川拿着有些旧的手持摄像机，往后坐了坐，将镜头对准他。

付行云的耳朵里充斥着酒吧里嘈杂的音乐，他一回头，看到的不是镜头，而是闻逝川的眼睛。闻逝川的眼睛很好看，眉骨高耸，眼窝很深，阴影投在眼睛上，显得专注而认真。

付行云一瞬间觉得受到了尊重，垂下眼睛，笑着问："这样可以吗？"

闻逝川过了好一会儿才回答道："很好看，离镜头近一些。"

付行云从恍惚的旧梦中醒过来时，他们已经在聊下一个话题了。章庭请他们俩来做嘉宾，无疑就是看中了他们的截然不同：流行和小众，商业和文艺，冉冉上升和江河日下，于是问题无形之中就有点危险了。

"你们怎么评价对方的作品？"

相比起付行云说了约等于没说的拐弯抹角，闻逝川就直接多了。

"——审美更加大众化，更通俗，有更大的市场。"

话是没错，很合理很客观，但付行云听着就是觉得不得劲，就是觉得闻逝川在讽刺自己的作品没有内涵。他轻轻一笑，悠悠说道："闻导以前可不是这么说的，看来这么些年，想法变了挺多的。"

以前的闻逝川对大众审美不屑一顾，"大众审美都是臭狗屎"，这是他们常挂在嘴边的一句话。他们一起搭档四年，因为很多事情吵过架，但真正使他们分道扬镳的，是他们不同的理念和追求。

闻逝川表情不变，回道："付老师这些年倒是一点都没变。"

火药味这就来了。

付行云最后对这个话题做总结的时候，都有点真生气了，整个语气都没有之前那么平和："市场很大，受众很广，有的人喜欢曲高和寡，有的人就喜欢大众审美，这就跟不同的职业是不同的社会分工一样，没必要把这两者对立起来。"

章庭很会搞，适时抛出了闻逝川的作品列表，其中他四年前拍的一个电影在这个列表里格外显眼，和其他作品格格不入，叫《大闹新春》，网络评分4.2，上线院线一周，票房寡淡，内容简介就是常见的贺岁片剧情，甚至更加俗套。

她说："闻导，看来你也曾经尝试过走大众审美路线。"

付行云一看，都有点不敢相信这是闻逝川会拍的电影，这个电影毫无水花，四年前正是他声名鹊起、一夜爆红的时候，这种边角料电影他不知道也是正常。

他莫名生起气来，原来闻逝川以前抨击了这么久的大众审美，尖锐地指责过他"想红"，原来自己也想红，自己也想靠大众审美上位，这是什么？这不就是又当又立吗？几乎有些控制不住自己的脾气了，付行云嘴快，接了章庭的话："——但是失败了。"

闻逝川很坦然地一摊手，平静地重复付行云的话，说道："失败了。"

话题很快就翻篇了，整个访谈结束了之后，章庭检视了一下录好的素材，表示满意，和他们俩道谢道别。付行云去化妆间准备把妆卸一下，闻逝川也在同一化妆间，两人都坐着让化妆师折腾。

卸好妆后，付行云素着一张脸，抹了点随身带的护肤品。化妆师走了，走的时候还带了门，化妆间里就剩下他们两人。闻逝川站了起来，一副要走的样子。付行云也不知道自己怎么想的，站起来直接杵在了闻逝川面前，两人有将近一头的身高差，闻逝川垂着眼睛看他，问道："还有事吗？"

一句话就提醒了付行云，今天他能来录这个节目，还是托了闻逝川的福。

付行云脸上一阵红一阵绿，脑子里转了又转，最后说道："没想到你还拍过那样的片子，你不是一向瞧不起这样的吗？"

"没有什么瞧不瞧得起的，合不合适而已。"闻逝川轻描淡写地说，侧过身要走。

看着他无波无澜的表情，付行云越来越气得磨牙，好像一拳打在棉花上，力道全部被卸掉，好像自己再说什么，都引不起闻逝川一点的情绪变化。就好像水和沙子被捧在手心，越是抓紧越是漏掉。付行云说道："我以为你早就改行了，毕竟有那样的爹，不可能混这么久都不出头——"

他满意地看到闻逝川的背影僵了一下。

闻逝川回过身来，眼神变得很冷，微微抬头，用下巴看人，一副似笑非笑的模样。付行云知道，他生气了——这个表情就是真生气了。

"你求人都是用这个态度的吗？"闻逝川沉声说道，"求人的时候身段放低一点，你以前不是很会吗？"

这句话一下子就把付行云点着了，果然他们俩还是最懂得戳彼此痛处的人。付行云声音变得很尖，他瞪着闻逝川，质问道："你什么意思？"

"没什么意思。"闻逝川说。

付行云以前就最讨厌他这样的神色，好像自己在他面前变得格外渺小，他是家学渊源、才华横溢但不得志的艺术家，而自己就只是个挖空心思想红的孤儿，没有底蕴没有学识，只有一副漂亮的皮囊。

闻逝川转身又要走，付行云简直要气坏了，不想让闻逝川走，就想明明白白吵一架，伸手就去抓闻逝川的衣服，闻逝川反手扼住他的一只手腕。付行云另一只手也没闲着，只是他一动，闻逝川又把他制住了。

闻逝川手大，将付行云的两只细细的手腕扼在一起，一用力，付行云就挣不脱。他气红了眼，上嘴就要咬。闻逝川一手攥住他的两只手腕，"嘭"一声把他摁在门板上。

付行云被撞得浑身一震，后背都疼，他最怕疼了，本来以为这些年来这个怕疼的毛病早就改了，但这会儿他发现，他还是受不住一点儿疼。

他气得眼眶发红，就这么朝上瞪着闻逝川，猛地挣了一下。闻逝川收紧了手，付行云眼泪一下子就出来了，也不掉下来，就在眼眶里转，他说："你干吗？很痛啊！"

"砰砰砰……"有人敲门，估计是听见动静了，"怎么了？

闻导？付老师？还在里头吗？"

付行云呼吸一窒，闻逝川先他一步开口："还在，没事儿。"

外面的人听见没事儿就走开了，只留下他们俩，姿势尴尬地待在门后。付行云推开闻逝川，将衣袖放下来遮住手腕，戴上墨镜遮住红眼圈，整理好一切之后，发现闻逝川还在那儿站着。

"还想吵架吗？"付行云问。

闻逝川没说话，只是抬手指了指他脸颊上没擦干净的一滴泪。

其实付行云并不想哭，他只是控制不住泪水，情绪一激动，眼泪就自个儿流下来，老毛病了。付行云痛恨自己身上这些软弱的毛病，他总希望自己是没有破绽的金刚不坏之身。

他还记得他们吵架吵得最厉害的那一次，那是腊月寒冬。付行云瞒着闻逝川应邀去参加了一场巡演拼盘演唱会，当然，只是作为热场的歌手，给那些已经过气的走穴歌手开场。本来主办方邀请的是锣哥的摇滚乐队，但他们都不屑一顾，拒绝了。

付行云简直不能理解他们的脑回路，虽说只是筹备简陋的拼盘演唱会，估计还会和什么楼盘的开售仪式并在一起搞，演唱会上却都是正儿八经的过气歌手——红过的那种，主办方是一家娱乐公司，付行云还特意去查了。

虽然不一定能成功，但如果能搭上线不就是一个很好的机会吗？他们不愿意做热场歌手，付行云也不愿意。他也不喜欢不被注视的感觉，他以前在酒吧驻唱的时候就已经受够这种感觉了，但想要出名就要抓住一切机会不是吗？

他找了个借口偷偷出门去，自己在简陋的后台化妆，穿着单薄的衣服，冷得瑟瑟发抖、嗓子发紧。唱歌并不算是他的强项，但他自己学了点吉他，声音条件也还可以，在台上自弹自唱也算是能看，只是台下基本没有人听他的，他的歌声被淹没在了观众席嘈杂的人声里。

唱完后，付行云并没有走，他一直等到整场演唱会结束，主办方组织了酒宴。这本轮不到他参加，不过他长得好，又有礼貌会说话，也就被带上了。

付行云从没有出席过这样的场合，但他心里的那股想红的劲儿支撑他去搭话敬酒，有点过分殷勤了，但谁不爱被漂亮的年轻人奉承呢？酒席上最有分量的也不过是娱乐公司的一个中层管理，但付行云那时候哪里懂呀！敬了几杯酒，那个身材走样的女人就醉醺醺地说公司最近在筹拍一个剧，看付行云的形象很合适。

可能是喝了点酒，也可能是野心看到希望，付行云整个胸腔都热乎乎的，不再冷了。饭后，即使是平时酒量还不错的付行云都有点脚底发飘了，他见面前这个人已经冷下脸了，惴惴不安，小心问道：“刚才您说的那个电视剧……”

那女人冷淡地扫他一眼，那眼神好像在看脚边的垃圾。

“再说吧。”

席上的其他人纷纷打车或者开车离开了，只剩下付行云一个人愣愣地站在饭店门口。下雪了，细碎的雪花落在他头上肩上，冻得他止不住地抖。刚才还仿佛触手可及的梦想，一下子就变成了被戳破的肥皂泡，泡沫水溅他一脸。

付行云被一阵冷风吹得一激灵，突然发现有道黑影快步走过来，一把将拦在他面前的人推开，那人踉跄着后退，跌倒在了雪地里，骂骂咧咧地就要站起来。

是闻逝川。

他穿着黑色羽绒服，表情比这寒冬腊月还要冷，一脸戾气，弯腰揪着那人的衣领把人提起来一些，另一只手已经捏了拳头。付行云吓了一大跳，生怕他闯祸，忙上去拦住他的手臂，不住地劝他："别打架……咱们走吧……"

闻逝川看着那人，刀子一样的眼神直接把对方的粗话堵回了嗓子眼里。闻逝川手一松，那人又重新摔回到雪地里，付行云忙拉着闻逝川走开。

走在回家的路上，付行云不免心虚，嗫嚅道："你怎么来了啊……"

闻逝川一言不发，将黑色的长羽绒服脱下来裹在他身上。衣服还带有残留的体温，付行云一下子就暖了起来，只是鼻涕止不住地往外淌，鼻子一吸一吸，鼻头通红。他们默默走回去，闻逝川走在前面，付行云跟着他的脚印走在后面。

走到半路，付行云忍不住了，问道："你怎么不说话？"

他们租的房子就在前面不远处了，狭小的巷子里，地上脏兮兮的积水被冻得蒙了一层霜。闻逝川沙哑着嗓子问道："马上就要去拍电视剧了是吗？我有没有坏你的好事？"

他都听到了。

付行云有一点心虚，又有点无地自容，他大声说道："我不知道那个管理是那个意思，我以为她说的是真的。"

闻逝川面无表情地说："你就这么想出名吗？"

付行云被他踩到了痛处，声音尖利地反问："你不想出名？那你一天到晚拍个什么劲儿？"

闻逝川显然也被他踩到了痛处，像只困兽，原地踱步，薄薄的积雪被他踩出凌乱的脚印，他说道："你想这样出名吗？

拍那些没有营养的电视剧？走穴给别人热场？根本没有人在听你唱什么，没有人在意你要表演什么！"

眼泪又开始不受控制了，付行云一点儿也不想表现出软弱，但他就是忍不住要流眼泪。

"难道现在就有人在意你在拍什么？没有人看你的东西，你再有才华又有什么用？别再扯什么'电影是和自己对话'这一套了，电影是赚钱是卖座。"付行云边哭边说，但嘴里的话还是和刀子一样往外丢，"你有个出名的爸爸，你要是不想过苦日子了，转头回去就住大房子，拍大电影，做大明星，想干什么就干什么，我和你不一样——"

空荡荡的巷子里一下子没有了其他声音，过了很久，闻逝川才轻轻地说道："是没有人在意我在拍什么，但我以为，至少你在意。"

付行云哭得满脸是泪痕，他蹲下来，羽绒服有点大，下摆被脏脏的雪濡湿了。

闻逝川接着说道："我但凡有一丁点想借势一步登天，我就不在这儿了。"

他们一个站着一个蹲着，付行云哭得上气不接下气，抽噎着打嗝，又气又伤心，细瘦白皙的手指冻得关节都是红通通的，他抓起地上一把雪碴，有气无力地朝闻逝川那头扔，边扔边骂："那你滚啊……"

闻逝川沉默了一会儿，突然说道："我不走。"

这句"我不走"永远留在了寒冬腊月的那条小巷里。

第三章

行云

行云徘徊，游鱼失浪，归鸟忘栖，

这是一种很怅然若失的感觉

付行云匆匆地离开了那个化妆间。

过了没几天，章庭那边就把这一期访谈的预告剪出来了，放在了平台上。很短的预告，还不到一分钟，剪了一些短句，将两人谈话过程中那一点火药味放大了许多倍。果不其然，转发量一下子就上去了，付行云那头的消息提醒也不断地增加。

付行云连着好多天没有出门，连小区门口的狗仔都蹲不住了，尽数散去。付行云在家里跷着二郎腿，边吃零食边刷手机。

其中竟然是讨论闻逝川的人居多。

付行云之前红过几年，前段时间闹了一阵，他的脸估计大众都看腻味了。

倒是闻逝川，现在正是大众对他好奇新鲜的时候。

付行云想了想，编辑了一段话，转发了那个预告。

"多年未见，川哥还是这么帅。这次聊得太畅快了，期待节目上线！"

带上节目上线时间和几个可爱俏皮的小表情，腻歪得付行云自己都有点受不了了。但他心想，既然这个热度蹭了，就要蹭到底，闻逝川不是说他想红吗？那他就想红到底。有热度，不蹭白不蹭。

付行云又回看了这短短的两句话，还是觉得肉麻得不行。他还从没喊过闻逝川叫"川哥"，以前都是连名带姓地叫。

果不其然，付行云这一转发，转发评论里马上就有了讨论度。付行云甚至还看到有人用闻逝川以前拍的旧片剪他们俩的短视频，他没有再进一步蹭了，就这样就好，不能过了。但一直到节目正片出来了，闻逝川都没有回应过。

付行云点进去闻逝川的主页，发现他基本没在用社交软件，也不存在说配合宣传这回事，这就显得付行云有点热脸贴冷屁股的意思了。大众审美估计多少都有些受虐倾向，闻逝川越是这样，大家越是把他吹到天上去。

付行云心里也就别扭了一下，好歹他也算是重新进入大众视野了，借着闻逝川的东风，他的形象总算正面了一些，手头上也有了一些能看的通告，他认真挑选了一下，挑了一部电视剧，一个线上访谈。

线上访谈是章庭牵的线，算是《左右之间》的衍生栏目，单人直播采访。付行云二话不说就应允参加，决心要把这个节目的热度一直蹭到底。这个直播采访居然是章庭亲自出马，她从事综艺行业十多年了，前几年刚从幕前转到幕后，没想到居然会亲身上阵。付行云提前做了功课，看了看章庭以前做的访谈，她风格犀利，直播当天付行云是提着一颗心出门的。

到了直播现场，付行云和章庭两人落座，没有任何寒暄，直接提第一个问题。

付行云愕然地看向镜头："已经开始了吗？"

章庭笑了："一直拍着呢，早开始了。付老师，啊，你介意我这么叫你吗？好像最近都流行这么叫，动不动就'老师'

来'老师'去的，被这样叫的时候你会不会不自在？"

付行云整个人马上进入备战状态，提起十二分精神回答。

果不其然，章庭很快就问到了闻逝川，她说："你和闻导是故交？你们以前关系很好吗？"

付行云是打定主意要把闻逝川的热度蹭到底的，他脑海中大概组织了下语言，正要开口说话的时候，他见到助理小江进来了，正在摄像机拍不到的角落左右踱步，一副很着急的样子。章庭的助理也在旁边朝章庭使眼色，章庭示意摄像机给付行云拍特写，自己低头看了看手机。

付行云有些茫然，不知道发生了什么事，只能假装没看见，继续回答刚刚的问题。

章庭明显没有留意他刚刚回答了什么，等镜头再次切回他们两人的时候，章庭整个人都有些兴奋了，藏在眼镜后的眼睛发亮，像见到了肉的母狮子般盯着付行云。付行云有些不好的预感，屁股在椅子上挪了挪，等着章庭出招。

她推了推眼镜，犀利地看着付行云，问道："你四年前成名至今，好像都没有谈到过你的童年生活，你不是本地人吧？"

这个问题问了付行云一个措手不及，他一下愣住了，说道："什么？"

他的反应在章庭的预料之内，她接着问道："你的父母是从事什么职业的？我这儿看到了你小时候的一张照片，你还有印象吗？"

章庭把手机屏幕亮给付行云看。

付行云整个僵住了，是那张照片，老旧泛黄的报纸，报道着耸人听闻的故事，配图是八岁的他，茫然无措。章庭没想到他反应居然会这么大，但她能预料到直播镜头之后的观众是如何好奇心爆棚，她知道这期节目必定大爆。

她说："你想谈谈吗？"

付行云完全丧失了说话的能力，他浑身都在抖，用尽全身力气都止不住颤抖，上下牙都在相互碰撞。他突然站起来，撞到了小玻璃桌，桌上放的柠檬水被撞到，洒了章庭一身。章庭惊叫一声站起来，她还没来得及说话，就见到付行云脸色苍白，逃跑似的离开了现场，助理紧紧跟在他身后，留下一房间的工作人员面面相觑。

小江一路跟着付行云跑出去，付行云跑得太快了，一下子就进了电梯，他都追不上，只能上了旁边的电梯，一路追到了地下停车场。他眼看着付行云上了自己的车，油门一踩，车猛地往前一趔趄，差点撞到墙上。

小江吓得冷汗都出来了，忙喊道："云哥，我、我、我来给你开车！"

他拉开车门，付行云正瘫坐在驾驶座上，安全带都没系，整个人像刚从水里捞出来，衬衣都贴在了身上。小江一句话都不敢说，乖乖地给付行云开车，把他送回家。他看着付行云游魂似的走进卧室，将自己摔在床上。

小江不放心付行云一个人在家，帮他虚掩上房门，工作室那头的电话一个接一个，他手机都快炸了，一打开社交软件，付行云的名字赫然挂在热搜上，关联的词语都很耸人听闻。

"杀人犯""孤儿""杀夫"……

小江回头看了看卧室里窝成一团的付行云，有点紧张，点开看了看。

他跟了付行云四年了，对付行云的这些过往不太熟悉，只隐约知道付行云是个孤儿，他也不敢问。他匆匆浏览，人们传播得最广的是一则旧新闻，某地山村有一个农妇，意图砍杀丈夫，过后服农药自杀，留下八岁的儿子。

这个八岁的孩子就是付行云。

底下议论纷纷，有冲着猎奇来的，把案件说得耸人听闻，说那间破陋的农舍里墙上都溅满了血。有冲着付行云来的，说杀人犯的孩子居然也能当明星，影响太坏了。还有纯粹来八卦的，整个场面热热闹闹。

章庭的采访是直播的，付行云从直播现场落荒而逃的视频也一下子传开了。

"砰砰砰——"

有人敲门，小江整副心神都在这桩旧案里，被急促的敲门声吓了一跳。门外敲门的人见无人应答，敲得更着急了，小江忙去开门。

门一打开，外面站着的人出乎小江的意料，他愣住了。

闻逝川正站在门外，手还抬着，一副正准备继续敲门的样子，额上满是汗，T恤前胸好几块汗渍，眉头皱着，嘴巴微张着喘气，他问："他呢？"

闻逝川后头还跟着保安，保安警惕地看着闻逝川，朝小江辩解道："江先生，这是你们认识的人吗？他一路闯进来的，我都挡不住，需要我报警吗？"

闻逝川没有理他们，直接侧身从小江旁边挤进屋里，环视客厅，眼神准确地锁定了半掩门的卧室，径自去了。

小江只能和保安面面相觑："没事没事，麻烦你了，认识的。"

拉着遮光窗帘的昏暗房间里，付行云觉得自己又变回了那个手足无措的八岁孩子，因为应激反应而全身颤抖着，躲在被子里，神经质地咬自己的食指关节，妄想这就能避开所有不想面对的伤害。

有人轻柔地扯开他的被子，拍了拍蜷缩的他。

他闻到了陌生又熟悉的味道。

味道的主人小声说话："……听到我说话吗？别咬手指，松松，没事儿，我在呢。"

小江在客厅里来回踱步，想偷看一下卧室里是什么动静，但又不敢。他不晓得这个闻逝川是何方神圣，也不晓得自己老板到底现在是什么情况，他只能徒劳地在客厅里走来走去，时不时到阳台去打电话，尽量给付行云收拾残局。

领助理的工资，干经纪人的活儿，生活不易，小江叹气。

过了好一会儿，卧室的门开了，小江忙迎上去，闻逝川从里头出来，简短地问道："家里有泡腾片吗？"

小江茫然："不知道，应该没有吧……"

"没有就买，最普通的那种就行，温水冲。"

话音未落，他又回到卧室里头去了，还关上了门。小江到楼下药房买泡腾片，等泡腾片都抓在手上了才突然反应过来，他怎么被闻逝川给使唤了。但他也就这么一想，付行云的状态太吓人了，看来闻逝川知道要怎么处理。

小江一路马不停蹄地回去，装了一大杯温水，泡腾片往里头一扔，"滋滋"地融化了，暖融融的橘子味儿一下子冒出来。小江轻轻地敲了敲卧室门，闻逝川给他开的门，接过杯子，低声说了句"谢谢"，没等他说点什么，又把卧室门关上了。

卧室里，光都被厚厚的遮光窗帘挡了，付行云侧躺在松软的大床中央，像是睡熟了，但仍旧不安地蹙着眉头，嘴唇紧紧抿着，身体时不时颤动，仿佛在经历难熬的噩梦。

闻逝川赤着脚踩在厚厚的兔毛地毯上，坐在床边，伸手轻轻地将付行云的额发拂开，露出他光洁的额头和紧闭的眼睛。一别数年，付行云不再那么孩子气了，但这么没有安全感的模样却还是和以前没有什么两样。

　　"喝点水再睡。"闻逝川叫他。

　　付行云没反应，烦躁地用被子蒙住头。闻逝川温柔却坚决地拉开被子，用老方法叫他。果不其然，付行云在被子里徒劳地蹬了蹬腿，睁开了眼睛。他的眼神还很茫然，还在应激反应的余韵里，脸色苍白，食指关节处被自己咬得血肉模糊，但血已经不流了，白皙的手指上都是血痂。

　　闻逝川一只手托着他的背，另一只手拿着水杯，一点点把加了泡腾片的橘子味儿温水喂给他。付行云像个茫然的小孩，小口小口地啄，一杯水喝了好久。闻逝川放下空杯，拿张纸揩掉付行云嘴边的水渍，让他重新睡回去。

　　付行云就这么窝在松软的床上，半张脸都陷在枕头里，半眯着眼看闻逝川翻出药箱，托着他的手，给他的手指清洗上药。付行云怕疼，闻逝川的动作已经轻得不能再轻了，但他还是时不时要缩回手，闻逝川一边上药一边哄他，不住地往伤口上轻轻呵气。

　　"没事儿，不疼，马上就不疼了……"

　　等一切都料理得当，付行云的食指用纱布包扎好了，闻逝川说道："好了，睡吧。"

　　付行云的睫毛像是一只犯困的蝴蝶。一下一下又一下，不一会儿，蝴蝶安然地停止扇翅，安稳地睡了。

　　闻逝川长长地呼出一口气，又看了一会儿，见他是真的安稳睡着才从床上站起来，出了卧室。

小江正守在门外，见门开了就想往里看，被闻逝川给拦住了，他说："没事，睡着了。你先回去吧，我看着，睡一晚就好。"

小江哪里能答应，还等着付行云醒过来交流一下怎么公关呢，网上都掀起大浪了。

"不行，"闻逝川马上说道，"别让他看手机，等缓过去再说。"

小江急得像热锅上的蚂蚁，反复地说道："这哪儿能啊，这……"

无奈闻逝川不为所动，只是朝大门那头抬了抬下巴，小江糊里糊涂地就被"送客"了，直到他一路下到了地下停车场才反应过来，他又被闻逝川给使唤了。

付行云半夜又被噩梦惊醒了一次，梦中，呛人的农药一直灼烧他的喉咙和食道，他干呕着醒过来。房间里是黑的，黑得伸手不见五指，但有一个宽阔温暖的怀抱，将他包裹起来，他就像被包在蚌壳里的珍珠。

他又喝了一杯橘子味儿的热水，这个味道冲走了喉咙里并不存在的农药味，让他安心。

闻逝川坐在床边，用低沉的声音背诗给他听。

"倘若我的心脏必须破碎……"

付行云在背诗的声音里昏昏欲睡，带着诗韵的声音比床头柜里空了一瓶又一瓶的褪黑素安眠药都好使千百倍，在黑暗里等待他的不再是血腥的噩梦，而是平稳的好梦，一觉到天亮。

第二天付行云是被饿醒的，他一睁眼，房间里还是很暗，他分不清白天黑夜，整个人都有些混沌。被窝里很暖，但只有他一个人，他总觉得自己仿佛做了一个旧梦。他翻身坐起来，也顾不上穿鞋，踩在地毯上，卧室外面也空无一人，开放式厨房的灶台上滚着一锅粥，熟悉的咸骨粥味儿。

"田螺姑娘"——付行云的第一反应。

下一秒，"田螺姑娘"闻逝川就叼着没点着的烟从阳台进来，仿佛没看到付行云一样，越过他，把灶台的火灭了，随手摸了个勺搅了搅，带着香味儿的白烟袅袅上升，勾得付行云肚子叫了又叫。

付行云恍然大悟，对了，泡腾片冲水、念诗、咸骨粥，这些都是独属于他们俩的摩斯密码，谜底就是那些追逐过梦想的时光。一时间，好像中间那些分开的岁月都不复存在，光鲜亮丽的公寓开放式厨房变回出租屋的公共厨房，唯一不变的就是他们俩，还有味道正好的咸骨粥。

"我先走了。"闻逝川说。

付行云抱着手站在卧室门口，不知道该说什么，只能点点头，看着闻逝川放下粥勺，拿着手机走了。一直到屋子里只剩下他一个人，他才恍然大悟，默默地舀了一碗粥，一口一口吃完。

咸了。

唯一不变的不是他们俩，而是闻逝川稀巴烂的厨艺。

为了把闻逝川从脑子里赶出去，从应激反应里缓过来的付行云开始想别的人，比如陈忻。

陈忻陈忻陈忻，一定是他。

付行云用勺子一下一下地刮着碗底的一点点粥，心里百思不得其解，为什么陈忻这么恨他呢？

付行云的手机快被小江打爆了。

"喂。"

小江见电话总算接通，却突然吞吞吐吐起来："哥，网上写的那些，是真的吗……"

付行云的手一抖，瓷勺子落在碗里，清脆的一声响，把他自己吓了一跳。他努力不去想那些会让他情绪不稳定的画面，又给自己舀了一碗粥。

他说："真的。"

小江犹豫着说道："好多人讨论这个事儿，你看咱们要不要……开个发布会说清楚。"

付行云想也不想，直接说道："不行。"

他从八岁开始，在福利院长大。一直到满了十八岁离开福利院，他觉得时间已经足够长，足够让他忘记那些童年的回忆。但那些回忆并没有被遗忘，只是深深地藏在他的记忆深处。

他第一次出现严重的应激反应是在十九岁的时候，那时他和闻逝川已经合租半年了。

福利院的院长是个高瘦的老头，对孩子很好，他给付行云打电话，说他的生父找到福利院来了。

"小云，他问你的去向，要不要告诉他，你想见他吗？"

付行云不知道他爸还活着，他努力在自己的记忆深处搜索，那个粗野的男人的面目已经模糊，付行云只记得他躺在血泊里，脸颊上豁了个大口，血从里面往外淌，他妈手里的柴刀"咣当"落地。

再下一秒，他就什么都听不见了，手机掉在地上，把本来睡着的闻逝川吓醒。他蜷缩在床边的地上，浑身发颤，防止自己尖叫出声，他咬着自己的手臂，结果咬出了血。闻逝川吓得不轻，照顾了他一天一夜他才缓过来。

他喜欢喝温水冲泡腾片，因为这是他在福利院喝到的第一种除了水之外的饮料，他以为是热的橘子汽水，但其实是因为他感冒了，福利院的阿姨让他喝的。

缓过来之后，他在被窝里窝了整整一天一夜，他蜷缩着，将故事简略地小声告诉闻逝川。闻逝川沉默了一会儿，没有像其他知道了之后对他倍感同情的人那样，用那些冗长的道理劝他，他只是说："这又不是你的错。"

接下来，他们该干吗干吗，仿佛一切从未发生。

这又不是他的错。

小江还在电话那头絮絮叨叨地说着什么，付行云突然道："还是开吧。"

小江反应不过来："开什么？"

付行云说："发布会啊，你刚不是说了吗？"

小江说："好！我马上安排！"

电话挂掉了，家里又重新恢复安静，付行云把剩下的半锅味道并不好的粥放进冰箱里。他重新钻回被窝，发现被子上洒了些粥，他把被子一掀，烦躁地坐起来，将被子蹬到了地上，打开衣柜扯了床新的被子。

等真正到了开发布会那天，付行云从早上一睁眼开始就后悔了，他不知道到底是什么东西给了他勇气让他答应举行这场发布会，他很害怕自己会在发布会上失态。稿子是他自己写的，没让团队动一点点。

要把伤疤豁开给所有人看并没有想象中容易。

小江开车送他过去的，一路上，小江都很紧张，时不时转头看副驾驶座上的他。付行云努力让自己表现得轻松正常，但他其实好几次脚都止不住有些发抖，胃里也有点翻腾痉挛，但一切都还在控制之内。

他的车绕开了媒体蹲守的大门和后门，从一个隐秘的侧门进了停车场。小江正好停在了一辆破旧的小面包车旁边，付行云正觉得那车眼熟，闻逝川就从车上下来了，两人正好打了个照面，一时间都没人说话。

小江说："我……我先上去？"

不等沉默对视的这两人说话，小江就率先走了。

"你……"付行云说，"你是……"

闻逝川打断道："约了一个编剧在这里楼上的咖啡厅见面。"

付行云把原本要问的话全部咽回肚子里了，点点头，把挂在衬衫领口的墨镜戴上，越过他去摁电梯。闻逝川没有跟着付行云一块儿进电梯，而是靠在车边先抽了根烟，电梯门合上的时候，付行云瞧见的。

发布会在这栋楼的酒店小礼堂里开，付行云在化妆间里等。

他没怎么化妆，这种发布会，还是朴实大方为妙，他穿得也挺正式，挺括的白衬衫和黑西裤。他最后浏览了一次稿子，然后揉成团扔进垃圾桶里，小江和几个安保一起领着他走出去。礼堂里人声"嗡嗡"的，像夏天烦人的蝉，黑压压的长枪短炮对准了他，准备着捕捉他的失态，闪光灯频繁地闪着，他微眯着眼，挺直后背，努力把每一步都踩得稳稳当当。

付行云坐下来，面对着架在面前的数个麦克风，还有对准他的镜头，一时有些茫然，喉咙干涩得发不出声音，忍不住有些发抖，他和台下那些"嗷嗷待哺"的记者一一对视，企图将自己的慌张掩饰成沉着。

稍一抬眼，付行云就见到了站在人群最外围的闻逝川，鹤立鸡群。

时隔多年，他发现自己还是能清晰地记起那句安慰："又不是你的错。"

刚才到了嘴边却突然忘记了的稿子又回到了脑子里，勇气凭空而来，付行云清了清嗓子，沉着地说出了第一句话："谢谢各位媒体朋友今天拨冗前来，近段时间以来，费心大家一直关心我——"

　　一旦开了头，一切就都简单了，接下来的话顺理成章地就说出来了。

　　"我出生在一个偏远的农村，我的母亲是个普通的农妇，长期受到我父亲的家暴，很长时间以来，精神状态都很差。正如大家所了解的旧新闻……"

　　付行云摆在桌上的双手，在其他人都看不见的角度，拇指的指甲深深地陷在另一只手的手心里，他眼角的余光捕捉到了闻逝川的身影，他仍旧在那儿，沉默且专注地看着自己，他们对视了。

　　"在我八岁的那年，我的母亲蓄意伤害了我的父亲，事后她服农药自杀了，自那之后，我一直在福利院长大。事情已经过去了很久，当年的案件，已经结束调查并且尘埃落定。"

　　付行云极尽简单客观地描述这件事情，他省略了很多，包括血淋淋的伤口，溅到墙上、雪地上的鲜血，还包括他的母亲掐着他的脖子将农药灌进他嗓子里，要带着他一起死，这些他都省略了，因为他并不想让这些成为媒体的谈资。

　　"感谢大家这段时间以来对我的关注，作为一名演员，很抱歉以这种和作品无关的旧闻占据大家的关注。接下来，我也将会专注于打磨演技，给大家呈现更好、更成熟的作品，谢谢大家——"

　　话音未落，付行云就见到了闻逝川正转头往外走。

　　因为担心付行云的状态，发布会没有安排媒体提问，他发言之后整个发布会就结束了。付行云忍住心头的躁动，站起来朝台下鞠了个九十度的躬，停了三秒才站起来，下台的时候，他的步速有点快。

等到厚重的门掩上，所有的媒体都被关在门后，付行云的心突突跳着。

小江在他身后喊他："哥！你去哪儿啊……"

付行云绕着礼堂朝另一头走，脚步几乎快得要跑起来，拐了个弯，他一眼就见到了走在前面的闻逝川。

这一瞬间，他觉得安全极了。

媒体收拾好自己的东西，正鱼贯往外走，准备守在酒店楼下的几个门处等待付行云出来，付行云和闻逝川只要拐个弯就能见到他们。闻逝川回过身来，抓着付行云，拧开就在他们旁边的杂物间的门，带着他躲了进去。

是个很小的杂物间，放着些扫把、拖把，还有散发着霉味的毛巾、抹布，灯管坏了一半，剩下的一半散发着昏暗的光，门外人声不断，由远及近。付行云的心脏有力地敲击他的胸腔，他紧张得呼吸有些凝滞。

"怎么了……"闻逝川低头小声地问他，语调平静且柔和。

突然间，付行云被唤起了一点久远的回忆。

他突然冷静了，就像一桶冰水迎头浇下。他猛地将闻逝川推开，门外的人声、昏暗的灯光、抹布的霉味，所有的感官全部恢复了，他又回到了此时此地此刻。

付行云突然明白了陈忻为什么这么恨他，都是因为闻逝川。

四年前。

付行云接了孟清精心给他挑的剧本，校园轻松爱情喜剧，电视剧播出后，他一炮而红。一时间，他的讨论度极高，他有一组剧照传播极广。他穿着宽大的白色校服衬衫坐在单杠上，领带解开松松挂在领口，风灌满他的衣服，拂过他的发梢，他嘴角挂着笑，眼神却透露出一点迷茫和不知所措。

如他所愿，他红了。

红了之后，付行云忙得脚不点地，有拍不完的广告杂志，上不完的节目，看不完的备选剧本。过了好几个月之后，付行云才挤出了一点可怜的时间，给自己放了个假，假期只有小半天，大概五个小时。

付行云在电话里和孟清说谎了，他说自己要好好地补个觉，睡满这五个小时，但其实他偷偷买了机票，刚挂上电话就过安检登机。

以前，他坐可以过夜的卧铺大巴，颠簸了一天一夜，车上味道难闻，隔壁的臭脚大叔打着震天的呼噜。他全无睡意，看外面混沌的夜色，看雨水打在玻璃上，留下泪痕般的痕迹。

但现在不一样了，他坐着头等舱，能舒服地把长腿放松伸长，给他服务的年轻空姐不住地偷偷瞅他的脸。他摘下墨镜，竖起食指抵在嘴唇上"嘘"了一声。

"我是去休假的，能不告诉别人吗？"

那空姐明显是他的粉丝，不错眼地盯着他看，红着脸猛地点头。

付行云笑着朝她眨眨眼，重新戴上墨镜，靠在椅背上，假装睡觉，但其实在看着窗外棉絮般的云朵发呆。

他不知道自己到底为什么要走这一趟，明明已经发过誓了不是吗？

红了之后再看闻逝川一眼他就是猪。

这回可以说是上赶着当猪了。

付行云心情复杂地下飞机。机场近海，空气里都有那股咸腥味，空气黏黏湿湿的，让他很熟悉。付行云把帽子墨镜全部戴上，幸亏是个阳光灿烂的大热天，这个装扮走在街上也不显突兀。

出了机场，付行云扬手打车，报出烂熟于心的地址。

司机将他载到狭窄的巷子口，车进不去，付行云爽快地下车走进去。大白天的，路边的烧烤啤酒摊都还关着，昨夜遗留的烤串竹签扔了一地。付行云皱了皱眉，因为路边脏污的积水弄脏了他的白色板鞋。

付行云沿着路一直往前走，发现这条小巷子既陌生又熟悉，他以前和闻逝川租的房子，就在这个巷子的尽头，旧楼的地下一层。

拐了个弯，付行云猛地停住脚步，他看见闻逝川了。

就在楼道口的路边，闻逝川蹲着在抽烟。付行云突然有些紧张，近乎近乡情怯，他就这么站着，透过墨镜，他看到的所有景物和人都黑白分明，只有闻逝川是有色彩的。

他正蹲着，手伸长架在膝盖上，手指间夹着一根燃到一半的烟，看不清表情。他穿着暗灰色的无袖 T 恤，从付行云的角度能看到他手臂内侧的文身，是一段声音波纹。

付行云犹豫地踏出一步。

突然，从闻逝川身后出来了另一个人，年轻、高挑、清秀，手里提着一个摄影包，是闻逝川从来不会让人乱碰的摄影包。

付行云瞳孔猛地收缩，他死死地盯着，看见闻逝川一脸平静地伸手接过摄影包。

他顺着巷子落荒而逃，一路回到机场，坐了能买到的最快一班飞机回去。

回去找闻逝川，是难忘过去也好，是夸耀自己的一炮而红也好，付行云设想过很多个结果，他们可能会互不计较重归于好，也有可能冷嘲热讽大吵一架，但他没想过结果居然是这样。

没有人有义务一定会在原地等你，付行云冷静地想到。

此时此地此刻，付行云在这个昏暗狭窄、充满霉味的杂物间里，突然想起来了，四年前那个年轻、高挑、清秀的男孩，就是陈忻。虽然只有一面之缘，但一旦想起来了，付行云发现自己记得牢牢的。

果然，这个世界上没有无缘无故的恨。

闻逝川沉默着，看着瞪大眼睛、不住喘气的付行云，他偏过头，听了听外面的动静，说道："外面好像没人了。"

付行云低着头，随口应了，他想走，但高大的闻逝川把杂物间的小门堵得严严实实。

"能让让吗？"付行云问道。

他说出来的话是冷冰冰的，像寒冬腊月的冰雪。

闻逝川侧过身，让出路来，付行云低着头要走，空间狭窄，连转身的空隙都几乎没有。

"我今天看了个剧本……"闻逝川突然说道。

付行云抬头："什么？"

闻逝川小声说道："那个剧本很好，我打算接下来拍，如果你有兴趣的话，我可以发给你看看。"

付行云难以置信地瞪大眼睛。

闻逝川似乎闻到了付行云的香水味，很淡很干净，好像稍不留神就要溜走了。

"如果你……"

付行云的眼睛越瞪越大，迅速地打断了他："你这是在可怜我吗？"

闻逝川不知道为什么付行云的脑子会拐到这个弯上面，他皱着眉，分辩道："不是，我……"

不等他继续往下说，付行云迅速地拧开杂物间的门，一团燃烧的火似的往外冲，顺便反手重重地把门摔上，门板差点撞到来不及躲开的闻逝川鼻子上。

发布会的效果还不错，起码舆论开始扭转过来一些了，付行云也不知道这到底是团队公关的结果还是大众回过神来了，毕竟在这件关于付行云家庭的陈年旧事里，他是个彻头彻尾的受害者。

有时候就是这么奇怪，人们倾向于体谅弱者。

章庭向付行云道歉了，恳切地请求付行云原谅她那天鲁莽的提问，并且邀请付行云再进行下一次直播采访，内容就是关于他在发布会说的事儿。

付行云没答应，但也没说死，只说自己最近的状态不好，之后再说。

倒也不是因为他恨上了章庭，他没有。娱乐圈里谁也不是慈善家，无利不起早，他从直播间匆匆离开的视频点击率涨得飞起，某种程度上来说甚至算是双赢。

做人嘛，只要你不把自己的痛处当回事，那就不再是痛处了，只是付行云目前还做不到，父母的事是一件，他对闻逝川的遗憾也是一件。

是的，当他回到了家里，坐在沙发上发呆，却开始无意识地搜索闻逝川的时候，他就恍然大悟了，他对闻逝川确实心存遗憾。他回到卧室，将被蹬到了地上的那床被子又捞回来，裹在身上，裹住脑袋。

被子拱起一个小山包，他弄出窸窸窣窣的动静。

付行云在回忆，他回忆的是他们一起去文身的时候，那是付行云觉得最温馨最满意的回忆，也是这几年里他回忆得最多的一次。回忆的次数太多了，导致里头的好些细节都有点亦真亦假，不知道是真的发生过，还是付行云自己在回忆中补上去的。

就在他们的小出租屋里，那已经是凌晨了。闻逝川拿着摄像机，捕捉着付行云的一举一动，他没有台词，也不需要做什么特别的事情，就是重复着他平日里做的事情。

打开电视、关上电视、倒水、看着斑驳的白墙发呆。

天气太热了，付行云打着赤膊，抱着腿坐在沙发上。电视又坏了，屏幕上尽是雪花点，发出"沙沙"的声音。他好像已经忽略了摄像机，所有的声音、情绪都被抽走，他在真空中，沉寂而孤独，平静而快乐。

直到闻逝川说了"停"，他才回过神来，撑着沙发跳下地，要去看。摄像机里的他，像破旧出租屋里的幽灵，起来坐下，整个画面充斥着说不出的孤寂感。付行云眼尖地看到了自己背部的胎记，半个巴掌大，瘀红色，好像一摊干涸后的血，又像一个陈年的暗伤，在白皙的背部上格外刺眼，不好看。

付行云用手指点了点屏幕，说："真难看。"

闻逝川点根烟抽起来，瞄了一眼，笑了："哪里难看了？辨识度很高。"

付行云不理他，撇撇嘴，想了想，说道："能不能弄个文身，遮住。你不是也文了吗？"

闻逝川的文身在手臂上，是一段起起伏伏的声音波纹。那是闻逝川拍的第一段成片的第一句台词，是一句诗。

"一个人的眼睛里有两个人的眼泪。"

付行云觉得新鲜得很，现在提起这茬来，就想着也要弄一个文身，把胎记遮住。可文身是件大事，得想清楚。付行云没有主意，问道："文什么好呢？"

闻逝川通宵剪片子，付行云看他实在辛苦，打算给他煮夜宵。他们住的地方条件很不好，地下一层整整一条走廊八个房间，共用一条走廊一个洗手间。凌晨到处都静悄悄的，付行云的夜宵刚煮好，关了火都还没来得及盛到碗里，闻逝川就完成了剪辑到厨房里。

"煮的什么？"

"冰箱里剩的速冻饺子。"

"你的文身，我想好了。"

付行云连夜宵也顾不上了，兴冲冲地问道："什么？"

"你过来。"

闻逝川不知道从哪里顺来了一根拍摄时女演员落下的口红，让付行云背过身去，将口红旋出来，在他背上画。付行云只觉得痒痒的，好奇极了，扭过头去看又看不见。

"好了。"

付行云对着镜子看，闻逝川用口红在他背上随意勾勒了一朵玫瑰，花瓣有棱有角，红色的胎记成了玫瑰花瓣上的一抹艳色。

文身的时候，付行云都要疼哭了，但碍着文身师是不认识的，不好丢脸，到了家才后知后觉地疼。

付行云闭着眼睛，放任自己沉湎在回忆里，他一跃而起，穿好衣服整理好仪容，开车出门。

他去找孟清。

车才开出小区，他就发现后面有车在跟，大概率是记者，不远不近地跟着，他也不在意。车开了一个多小时，到了一个郊外的别墅区，记者的车在门卫那儿被拦了，付行云开了进去。这里比起小区，更像一个大型疗养院，背靠青山，独栋的别墅和别墅之间隔老远，绿化覆盖率极高，是让人心情愉悦的地方，付行云都不自觉放松了很多。

大门开了，付行云边进去边说："是个好地方。"

孟清穿一件灰色的长针织外套，站在楼梯上等他，看起来还是瘦，但精神状态比阎星驰葬礼上好多了，整个人神色都很平和。明明两人只是一小段时间没见，但这中间发生的事情太多了，导致付行云都有点儿恍如隔世。

"到外面坐坐。"孟清说。

孟清领着付行云到了别墅背面的院子里，那里有个玻璃花房，里面温度湿度都刚刚好，错季的花一起开放。孟清捧着一杯热茶，看着付行云，说道："最近辛苦了。"

付行云短促地笑了一声，环顾四周，说道："我还以为你在这儿不问世事呢，都知道？"

孟清说："最近精神状态好一些了，不需要医生二十四小时看顾，也关心点儿外面的事。"

付行云知道孟清状态差，没想到竟是需要医生二十四小时看顾的程度，一时间，他自己的那些烦恼倒不好意思说出来了，他犹豫着，低头一点点喝茶。孟清还是看着他。孟清总是这样，以前当经纪人的时候就这样，雷厉风行但声音眼神总是很柔和，像永远理解你包容你，有时候付行云看着对方都有些惭愧。

"不打扰你，我先走了。"付行云站起来。

"等等，"孟清说，"有个剧本找你，电影剧本，你看看？"

付行云惊讶道："什么剧本？怎么会找你？"

孟清说："小江发给我的，他说你肯定不想接，所以发给我看，让我劝你接。"

"他为什么说我不想接？"

孟清说："你看看吧。"

孟清拿过来打印好的厚厚一叠剧本递给付行云，然后把整个玻璃花房留给付行云一个人。付行云翻开剧本，编剧不认识，导演一栏赫然写着"闻逝川"三个大字，阳光透过花房的玻璃把闪烁跳跃的光斑打在那个名字上，看得付行云有些晃眼。

他分神想道，娱乐圈里聪明人太多了，小江绝对排不上号，但小江有种奇怪的直觉，而且往往很准，这也是付行云留下他当助理的原因。他没猜错，付行云的确不想接这个剧本，但既然都到了手上了，而且是孟清亲手给他的，那也不妨看看。

看看而已，看看而已。

付行云想，边想边往下看。当他把整个剧本细细浏览一遍合上的时候，已经过去两个小时了，太阳渐渐下山，玻璃花房水池里的睡莲合上了花瓣。

孟清重新推开花房的门进来，说："看完了？接吗？"

付行云看着剧本封底的空白页发愣，他发现他没有刚开始那么斩钉截铁了，"不接"两个字一时间竟然挤不出来。

孟清也不催他，只是说："你把本带回去看吧，再想想。"

付行云点点头，将剧本卷着攥在手里，走之前，他让孟清别送了。

"你继续好好休养吧。"

孟清笑着点头。付行云清楚地看到，孟清的笑意并不达眼底，对方眼底还是有着难以掩饰的疲态，这个疗养别墅的摆设，总给付行云一种似曾相识的感觉——阎星驰。

付行云有幸去过一次阎星驰的家，在他去世之后，那儿的摆设和孟清这儿差不多。

付行云开车离开，记者的车居然还蹲着，又跟着他一路回家。付行云压根不在意，他也没有什么出格的事情值得记者说的，他的所有注意力都在那个剧本上面。剧本被他搁在副驾驶座上，雪白的封面赫然写着电影名——《行云》。

没过两天，付行云就知道记者有啥值得说的，还是那老三样。也不知道他们是怎么打听出来孟清住在那儿的，标题也写得酸里酸气的，说他受旧事打击，上门向旧时情人寻求安慰，在旧情人的别墅一待一个下午。没砸出什么水花，付行云也就笑笑，将新闻迅速滑过去了。

有另外的事情占据他的心神。

小江在电话里小心翼翼地问他："哥，咱们和编剧导演碰个头。"

付行云躺在沙发上，故意装傻，问道："哪个编剧哪个导演？"

"就那个啊，孟老师给你看的那个啊。"

付行云拖着声音说："那个啊，我说接了吗？"

小江着急地说道："这本子孟老师都说好啊，而且闻导最近势头正猛，大家都盯着他的新片呢。再说了，这个本子和哥你的名字一样啊，多有缘，多有看点，你不再看看吗？"

"先碰个头看看吧。"付行云说。

"哎，好好好，我这就联系安排。"

付行云从沙发上坐起来，连忙警告道："我没说接啊，你别把话说满啊。就说不一定接，知道吗？"

小江满口答应着挂了电话。

等到碰头的那天，小江负责开车，地点是他定的，定的付行云最喜欢的一家江边的红酒会所，付行云专用的包间，高层大窗景就对着江，一览闹市夜景。小江在时间上从来没出过错，停好车时，预留了五分钟电梯时间，估计进包间的时间就和约定的差不离。

但停好车后，付行云偏偏在车里硬是磨蹭了十分钟才下车。

上楼之后，包间里已经有人了，闻逝川一个人坐在窗边。付行云在他对面坐下，两人还没说话，小江就笑着说："云哥、闻导，你们先聊，我去叫点吃的喝的。"

哪里需要他去叫啊，这个红酒会所是付行云常来的，都不需要去叫，估计待会儿就有人按着付行云往常的习惯送东西上来了，但小江还是脚底抹油地溜了，让付行云再一次打心底里佩服他这种趋利避害的直觉。

闻逝川还是穿着他常穿的无袖 T 恤和牛仔裤，一点儿都不像个小有名气的导演。付行云的目光飞快地从他手臂文身上收回来，看向桌面上摆着的剧本，扬了扬下巴，傲慢地说道："说说？"

闻逝川看着他，说道："等编剧来说吧，她上洗手间了。"

又沉默了。付行云被他噎了一下，看向窗外，心里很不得劲。幸好没一会儿，小江回来了，剧本的编剧也跟着进来了。

很意外，这个编剧付行云居然认识。

是一个头发是黑色自然卷的年轻女生，穿 T 恤和牛仔裤，五官不出色，只有一双眼睛黑白分明，看人的时候直勾勾的，野性十足。付行云知道她，她是闻逝川那部《人间海海》里的女主角，她在里头叫"小乖"，剧本上写着她的大名，余向晚。

闻逝川很敏锐地察觉到他的神色，问道："认识？"

付行云移开目光，不想让他知道自己看了他的电影，掩饰道："之前不认识，现在认识了，余编，幸会。"

付行云站起来想和她握手，余向晚却径直坐下了，过了一会儿才反应过来付行云要和她握手，受了惊似的，匆匆地握了，好像握的不是付行云的手而是什么奇怪的东西。

"抱歉，我……"余向晚匆匆喝下一大口柠檬水，说道，"唔……之前没这么正式过……"

付行云和小江坐一边，闻逝川和余向晚坐一边。

小江干笑着活跃气氛打破僵局："云哥看了剧本之后觉得很感兴趣……"

付行云在桌子底下猛地踩了一下他的脚，他倒吸一口气，闻逝川不置可否："是吗？"

小江连忙改口："是我……我很感兴趣……"

场面一时间非常尴尬了，只有余向晚好像完全不受这个尴尬的氛围影响，她正在兴致勃勃地打量付行云。付行云不清楚这个剧本的创作是他们俩中谁主导，他不去看闻逝川，只问余向晚："余编，你为什么觉得这个本适合我？"

余向晚眨了眨她那双大眼睛说道："我看了一些你近期的作品……"

付行云挺直了腰，挪了挪屁股坐直了，做出一副洗耳恭听的模样。

她接着说道："说实话，你演得挺一般的，如果不是……哟！好痛！川哥你踩我干吗！？"

闻逝川沉默着看向窗外。

付行云："……"

更尴尬了。

小江左看右看，坐立不安，好像沙发长了嘴在咬他的屁股。付行云一时间心情有些复杂，他知道自己演技不算顶好的那种，但被一个年轻小姑娘当面这么直说，面子上还是有点挂不住的，尤其当闻逝川还坐在对面，他只觉得今天来的这一趟简直有些自取其辱。

他说："其实这个本子一开始我没打算接的。"

付行云脸上还带着点笑，但小江看着他就知道他生气了，只得连忙接在付行云后头说道："这个风格其实很有挑战性，我还把本子发给了咱们经纪人。孟老师很有眼光的，说了这个很值得一试咱们才来的。"

他意思就是付行云给了孟清面子才来碰头的，给付行云打了圆场。付行云这下火气下去一些了，反而轮到闻逝川不开心了，谁也没察觉出来，但付行云能察觉。闻逝川依旧沉默着看窗外，姿势表情都没变，但付行云就是知道他不高兴了，虽然不知道原因是什么，但他此时不高兴，付行云就高兴了。

余向晚好像压根没搞懂他们的潜台词，依旧以一种初生牛犊不怕虎的倔劲儿继续说。

"我把这个本给了川哥看，川哥和我说……"

余向晚的话突然停了，因为付行云突然皱着眉叫了一声，每个人都看过去，付行云只是瞪着闻逝川，冷冷地说道："你踩到的是我。"

现场气氛降至冰点。

付行云问道："和你说什么了？"

闻逝川突然站起来："我出去抽根烟。"

他匆匆从包厢里出去了，剩下三个人面面相觑，小江连忙站起来："我、我去找闻导。"

最后只剩下付行云和余向晚四目相对。

为了免去尴尬，付行云移开目光，低头去翻桌上的剧本，"簌簌"地翻了几页，最后又回到封面，他看着封面上的标题，那两个与他名字重合的大字，问道："名字谁取的？"

一时间，付行云也不知道自己心里到底有些什么样的期盼。

余向晚说："我。"

"是吗？"付行云干巴巴地问道，"为什么这么取？"

余向晚两只手臂都搁在桌上，整个人身体呈现前倾的姿态，她对付行云十分好奇，她的心情完全不受刚才的一系列尴尬对话影响，她解释道："'行云'就是飘浮的云嘛。一提到'行云流水'这样的词，大家都会觉得很潇洒、不受拘束。但其实飘浮的云都特别孤独。你有读过曹植的《王仲宣诔》吗？'行云徘徊，游鱼失浪，归鸟忘栖'，这是一种很怅然若失的感觉。"

付行云学历只有高中，他没读过，也没怎么听懂她解释的意思。

他抬头看向余向晚，余向晚正盯着他，她眼神很直接，有侵略性，甚至让他感觉到有一点冒犯。

她说："其实都是瞎编的。我觉得这个题目川哥会很愿意拍，他不买的话我这个剧本卖不出去啊！"

第四章

试镜

普通的文本被人剖析，

优秀的文本剖析人

闻逝川重新进来的时候，余向晚正乖乖地坐着，他马上知道她肯定乱说话了。付行云正安静地坐在她对面翻剧本，两人没吵起来，跟在后面进来的小江长舒了一口气。

付行云闻得出来，闻逝川根本没抽烟。人再次凑齐了，付行云拿着剧本站起来，朝余向晚说道："我回去再看看。"

余向晚满口应道："好的。"

付行云和闻逝川擦肩而过，出了包厢，小江匆匆忙忙地跟在他后面，直到两人重新坐回车上，小江才试探着问道："云哥，你想接吗？"

"你觉得呢？"付行云漫不经心地反问道。

"我不太懂电影，"小江边打方向盘边说道，"但我挺喜欢这个剧本的，而且闻导嘛，最近口碑都很好……"

付行云打断他："喜欢这个剧本什么？"

小江被他问得一顿，飞快地瞥他一眼："就觉得挺触动的，虽然故事平平淡淡的，但看得人很共情。"

付行云不置可否地"嗯"了一声，不说话了，开始默默地翻起了剧本。

他觉得无论这个剧本叫什么名字闻逝川都会感兴趣的，生活化的题材，真实的内容和情感，是闻逝川这么多年以来一直没有变的审美取向。刨除掉闻逝川的原因，付行云对这个剧本本身也心情复杂，这个剧本的确很打动人，但这个剧本和它的创作者余向晚一样，掩藏在平淡的外壳下是犀利而直接的内核，这个内核甚至刺痛了付行云。

他有点抵触排斥被剖析，被余向晚剖析也好，被这个剧本剖析也好，他都不喜欢——是的，普通的文本被人剖析，优秀的文本剖析人。

接连几天，他都在家看这个剧本。

小江给他打电话，问他："云哥，你想好了吗？"

"怎么？"付行云边说边翻剧本，"他们催你了？"

小江说："不是，没催。他们开始面试演员了，所有角色都面。"

付行云盖上剧本，皱起眉头，这个剧本的角色不多，有名有姓的就更少了，能值得正儿八经面试的也就是主角了。他想了想，问道："他们在哪儿面试啊？"

"我看看，"小江说，"闻导弄了个工作室，就在江边的创意园里。"

付行云说道："地址发我，我去看看。"

第二天，付行云拒绝了小江的陪同申请，是自己开车去的。创意园就在江边，里面都是一些展览馆和工作室，安安静静的，出入要登记。闻逝川的工作室在最里头角落的一栋红砖小楼的三楼，连着顶层，付行云提早查好的。

他把车停在不远处，没下车，透过车窗看了一会儿。时不时有人进出，看着像是试镜的演员，没有付行云认识的人，估计都是些名不见经传的文艺片演员。正当付行云准备下车的时候，他看到一个熟悉的人。

是陈忻。

付行云收回开车门的手，紧紧盯着陈忻进门的身影。陈忻没有带经纪人或者助理，自己一个人来的，穿着衬衣和牛仔裤，戴着帽子和墨镜，遮得严严实实的。

他实在不想和陈忻碰面，再加上，新仇旧恨还没一并还回去呢，见了面要是再闹起来很难收场。付行云略有些焦躁地坐在车里，将空调又往下调低了两度，冷风呼呼地往外吹。他无意识地开始盯着手机上显示的时间，足足等了半个小时。

半个小时。

这是干吗？付行云忍不住去想象，要是他现在上楼，能撞见什么吗？

这种冷酷刻薄的想象让付行云心里又爽快又焦灼，他拍了拍方向盘，不小心摁了一下喇叭，把急匆匆地出来的陈忻吓了一跳。付行云自己也吓了一跳，完全没必要地往下缩了缩，生怕被陈忻看见。

幸好，陈忻步履匆匆地上了自己的车，飞快开走，压根没有留意。

付行云松了口气，下了车，推门进去之前借着玻璃门的反光着意打量了下自己。他没化妆，没有行程的时候他一般懒于上妆，但他涂了点带淡淡颜色的润唇膏，使得原本就丰润的下唇更突出了。

一楼二楼都是挂了牌的美术工作室，三楼是闻逝川的地盘，没有挂牌，完全没有任何文字标示，如果不是付行云预先查过，肯定会以为自己走错了。他推门进去，本来该放前台的地方，放了个咖啡吧台，余向晚跷着二郎腿坐在高脚凳上喝可乐。

听到有人进来的动静，余向晚头也不抬："试镜吗？预约了几点？"

付行云摘下墨镜，说道："你是前台吗？"

余向晚抬头，盯着付行云看了一会儿，才说道："专职前台，兼职编剧。今年经济下行，招人难啊。"

付行云没打算来试镜，他也没预约，就这么看着余向晚。余向晚眨眨眼，扬了扬下巴，说："走廊最尽头的房间。"

"谢谢。"

付行云敲门的时候闻逝川正在看剧本，沉声应道："请进。"

付行云推门进去。

很舒适的一个房间，陈设简单，大大的落地玻璃窗外面是树，郁郁葱葱，挡住了阳光。付行云进去后反手带上门，站在门边，不知道该以怎样的话开头。事实上，他此行的目的他自己都没搞明白，自从重新遇上了闻逝川，他的好多行为都很没有目的，无头苍蝇似的乱撞。

闻逝川见到他，好像一点都不意外，拿过剧本来，翻开一页，说道："试镜的话试这段。"

付行云抱着手站在门边，一脸戒备："我没预约试镜。"

闻逝川看了看时间，说道："下一个试镜的人约的是十五分钟后。"

这什么意思？赶客吗？

付行云被他无所谓的态度一下子激怒了，或许还有刚才陈忻出现的原因在里头，反正他现在是生气了。明明是闻逝川自己先和他提这个剧本的，现在又一副爱演不演的模样，到底是什么意思？耍他玩吗？

他完全忘记了是自己端着架子不愿意答应。

"明明是你先邀约的，我还没给答复，你就试镜了，不觉得很不礼貌吗？"付行云语速很快，说话跟机关枪似的，像个突然失去关注然后开始无理取闹的孩子。

闻逝川不痛不痒地说道："你不是不愿意演吗？"

"我是不愿意……"

"但你还是来了。"

闻逝川英俊的五官变得很柔和，甚至带了一些笑意，眉毛上挑，坐在沙发上，微抬着下巴看付行云。

该死。付行云想着，他故意的，他故意要让自己来的。

付行云更生气了，气闻逝川也气自己沉不住气，气得牙痒痒。

付行云回头拉门就想走，一拉开门正好和余向晚四目相对。

她示意了一下自己手上的木托盘，说道："喝杯水再走？"

他只好默默地让开位置让余向晚进来，看着她将木托盘放在桌子上，倒了两杯柠檬水，然后夹着托盘带上门出去了。付行云坐在了闻逝川对面，闻逝川问他："考虑得怎么样？"

"还行。"付行云没好气地说道。

闻逝川说："原本不是说不演吗？"

他的态度过分得意了，这种落于下风的感觉付行云很不喜欢。以前两人合租的时候，闻逝川让着他的时候多，但有时候两人也会这样针锋相对地斗嘴。

付行云无意识地舔了舔嘴唇，说道："我不懂电影，这个风格我没试过。但是孟清，就是我经纪人，你认识吗？孟清倒是很有见解，劝我再看看，我听我经纪人的。"

闻逝川脸上那种隐隐的得逞的笑一扫而空，他那两道线条锋利的眉毛微微一蹙又分开，下颌紧绷的线条很性感。付行云放松下来，靠在椅背，闻逝川脸上的笑搬家到了他脸上。他接着说道："虽然我不太喜欢，但我的经纪人喜欢就好，孟清眼光很毒辣，你知道的吧，混娱乐圈得有贵人相助，不然很难混出头……"

随着一个个字说出来，付行云觉得心里越来越爽，眼睛紧紧盯着闻逝川的脸。闻逝川没有回避付行云的目光，他正视付行云满是挑衅意味的眼睛。

付行云收了笑，面无表情地说道："你看什么？"

"看你。"闻逝川简短直接地说道。

付行云刚才所占的上风一下子又丢了，他气急败坏，站起来转身就走。他说道："我今天还有事，试戏的话和我的经纪人联系。"

闻逝川也站了起来，两个人面对面站着，气氛剑拔弩张起来，说剑拔弩张倒也不准确。

"我觉得这个剧本……很适合你……"闻逝川低声说道。

付行云嘴上并不饶人："适合吗？我是不是得和你赔礼道歉才能演？"

付行云回身开门匆匆出去，闻逝川并没有追出来。

前台没有人，余向晚不在。这个工作室实在是作风散漫，付行云边想着边脚步不停地下楼，一直到了一楼推门出去，他才发现了余向晚，她正蹲在不远处角落树荫下面的花坛边上抽烟，见到付行云出来，懒洋洋地抬手朝他招一招。

不等付行云说话，余向晚又从烟盒里抖出一根烟来，递给他："抽吗？"

付行云接过烟拿着，没抽。他问道："不是后头还有人试镜吗？你不去前台守着？"

余向晚眨眨眼："没有啊！没了。"

付行云："……"

又被骗了。

"其实我之前认识你，看了你演的电影，《人间海海》。"付行云又说道。

"啊。"余向晚吐出一口烟，不咸不淡地应了一声。

"里头的剧情是真的吗……我是说，关于你妈妈生病那里……"

余向晚说："真的，那时候她真的生病了，不过现在已经去世了。"

付行云说："抱歉，节哀。"

"没什么，生老病死嘛，现在看回去觉得那时候太丢脸了，又哭又闹又撒泼的。"余向晚站起来，甩了甩蹲麻了的腿，说道，"那天说你演得一般，不好意思。"

"没事。"

"不过我说的是实话。"

付行云不想和她说话了，想把刚刚接过来的烟扔回她脸上。余向晚很坦然地继续说道："你以前明明演得很好呀，很久以前。川哥给我看了一些片段，你的，我看了觉得特别好。"

付行云干巴巴地说道："是吗？怎么好？"

余向晚无论说什么，你都觉得她是真心的，批评也是真心的，夸奖更是真心的。

"就是觉得你和镜头特别亲密，你的一举一动都是坦诚的、真实的，但又有一点恰到好处的距离感。不像现在，就特别端着，总是口是心非。"

付行云板着脸说："有吗？"

"有啊，"余向晚说，"你明明就不想抽烟，你接我的烟干吗？"

她太敏锐又太尖锐，付行云都有点讨厌她了。

余向晚突然抬头，朝上面招招手，付行云跟着抬头，只恰好见到闻逝川在上面把窗帘拉上了。

当天晚上到家之后照镜子，付行云拿起剧本，翻到今天闻逝川说的试戏的片段看了起来。主角坐在狭小家里的沙发上看电视，镜头一直对准他被电视亮光照得忽明忽暗的脸，不知道在看什么节目，但他笑得很开心，看得津津有味。笑着笑着他开始沉默，开始哭，电视里播的是凌晨重播的晚间新闻。

剧本上就只有短短几行字，简单描述画面，然后主角行动就是从笑到哭，没有写出台词，也不知道该不该有台词。

付行云好久没看过这么难懂的剧本了。

往常的剧本好懂，表演起来也容易发挥，笑就咧嘴，哭就皱眉。这不一样，笑不是真的笑，哭也不是完全的哭，看着揪心，演着也不好演。而且从这个镜头提示来看，根本没有任何花里胡哨的，镜头就是一动不动地拍着主角的脸，脸上所有的细节都在镜头上无限放大，一点偷工减料和投机取巧都不能有。

付行云坐在沙发上，愣愣地琢磨，一直琢磨到了凌晨，打开电视机，电视里播的是某个不知名的情景喜剧，配了一阵阵虚假的哄笑声。付行云突然觉得屋子里空得吓人，他不由自主地把电视的音量调低，静静地看，但也没看进去，后来他靠在沙发上睡着了。

早上醒来的时候，电视还开着，吹了一夜的空调，付行云手脚都是凉的。

小江给他打电话了："云哥，试戏在后天下午，在闻导的工作室。"

"知道了。"付行云躺倒在沙发上，长长地叹了口气。

试戏那天付行云起了个大早，心里还是很虚，没什么底，导致他出门的时候多花了一倍的时间修饰自己，化了妆，搭了衣服，小江开车送他过去，一路上他都没说话。小江还一直从后视镜里瞅他，又不敢瞅得太明显，鬼鬼祟祟的。

一进工作室，余向晚在咖啡吧台边吃油条，朝付行云打了个招呼："早啊付老师。"

都快下午两点了，付行云也是服了她，匆匆点了个头就当打过招呼了，朝闻逝川的办公室去。里头大概布置了一下，厚厚的遮光窗帘拉上，沙发摆到房间正中央，沙发旁边摆了落地灯，亮了之后灯光昏黄，场景很舒服。

闻逝川和一个男助手在架摄像机，镜头对准沙发。

付行云站在门边，礼貌又刻意地喊了一声："闻导。"

闻逝川轻描淡写地看他一眼，继续低头调摄像机的参数，反倒是那个助手很礼貌，朝付行云鞠了个九十度的躬。付行云走了进去，余向晚跟着他，反手关上门，房间里四个人，付行云径直走过去，坐在沙发上。

余向晚问他："要再看看剧本不？"付行云摇摇头，看什么呀，看来看去也就那么干巴巴的几行字。

闻逝川坐在付行云的正对面，眼睛盯着摄像机监视器，余向晚吊儿郎当地坐在后面的茶几上，男助手估计是新招来的，站在闻逝川椅背后头，跟罚站似的，一张娃娃脸特别紧张严肃。

付行云觉得自己的心情都被他影响了，很紧张，手心一直出汗，他不动声色地在裤子上蹭了蹭，说道："开始吧。"

闻逝川沉声说道："开始。"

这段戏付行云琢磨了好几天了，什么时候哭什么时候笑，他在家里试了好几遍，虽然他自己不算特别满意，但应该也还过得去。但当他演完这五分钟的戏之后，他就知道不好了。闻逝川在看监视器里的回放，余向晚托着下巴皱着眉头看他，说："这不对。"

付行云从沙发上站起来，有些尴尬："抱歉，我再来一遍？"

闻逝川的目光从监视器上收回来，他看向付行云，好像在思考一个苦恼的问题。付行云觉得忐忑不安，又觉得无地自容，他从来没有觉得表演是这么难的。他知道自己的演技不如人意，但真正站在闻逝川面前暴露这一缺点的时候，他觉得格外难堪，他不得不承认，在面对闻逝川的时候，他时常是自卑的，时至今日还是如此。

付行云有些泄气，他再次说道："抱歉。"

闻逝川站起来走到他面前，端详他的脸。付行云原本还抬着头迎接他的目光，被看了好一会儿之后，他没忍住侧过头去，嘟哝道："看什么。"

"去洗把脸，"闻逝川说，"这个状态不对，把妆都洗了，放松点。"

付行云还以为自己听错了，没有反应过来，他说："什么？"

"洗手间在隔壁。"闻逝川的语气很强硬，一副没得商量的样子，不容置疑。付行云晕头晕脑地就照着做了，出门进了隔壁洗手间，余向晚给他递卸妆湿巾，付行云道了谢，关上门自己把妆卸了。他双手撑着洗手池的边沿，看着镜子里的自己——水珠还挂在睫毛上，脸色有些苍白，没了眼妆之后眼睛显得没那么有神。

这样会更好吗？

付行云重新回到房间里，重新坐在沙发上。很奇怪，只不过是没有了妆而已，他觉得自己仿佛赤裸裸地暴露在摄像机面前。他一张脸很素，显得他比实际年龄更小一些。闻逝川看了他一眼，移开目光，然后又回头再看一眼。

闻逝川指了指自己的嘴巴，快速地小声说道："嘴唇没擦干净。"

"没东西，都擦干净了。"付行云用手背蹭了一下，示意给他看，感觉莫名其妙。

"那是我看错了……"闻逝川说着说着声音低了下去，轻咳两声，假装无事发生。

余向晚撇了撇嘴，说道："快开始吧。这里加一下好不好，来个人坐在付老师旁边。这个人在剧情里是不存在的，付老师你边看电视边和他说话，他不回应你，这样情感过度会自然一些。"

他们自然而然地将目光落到男助理的身上，那个小男生涨红了脸，连连摆手。最后是闻逝川坐在了付行云旁边，这回轮到余向晚盯着监视器，指挥付行云。

"付老师，你放松点儿，鞋子脱了，你在家里怎么看电视的呀？"

付行云听她的，把鞋子脱了，藏在沙发后面，赤着脚，右腿踩到沙发上。闻逝川在他旁边，靠坐在沙发上，监视器里他只出镜小半点儿身子。付行云努力让自己放松下来，陷进柔软的沙发里，闻逝川说话的声音好像带动着整张沙发都在颤动。

"开始吧。"他说。

以前在他们的小出租屋里，摆不下大的沙发，只放了一张小的单人沙发，就在床旁边，正对着一台二手破电视——遥控器常常不好使，换台靠拍。沙发小，要么就只坐一个人，如果要坐两个人，只能挤着。

现在坐的这张沙发舒服多了，软绵绵的，付行云整个人都陷进去了。他回忆起以前为数不多的，与闻逝川一块儿看电视的时候。他开始笑了，想起那天晚上一个人看的情景喜剧里头的剧情，后知后觉地觉得逗趣。他甚至侧过头去和闻逝川搭话。

但闻逝川的沉默，让付行云的喜悦情绪慢慢凝固。

他看着黑洞洞的摄像机，想起了很多他面对过的镜头，想起无数次他独自一个人在空荡荡的家里发呆，想起余向晚说，怅然若失的感觉。笑容在他脸上凝固，他没有皱眉，眼睛眨了几下，眼泪涌出来的速度比他想象的要快得多。

眼泪扑簌簌地流，流过脸颊的时候有些发痒，付行云不好意思似的朝镜头咧了咧嘴，迅速地用手掌抹掉了眼泪。

"停。"余向晚轻轻地说道。

付行云的眼泪有些止不住了，他迅速从沙发上站起来，赤着脚踩在木地板上，难为情地反复抹去眼泪。房间里的气氛一时间有些尴尬，可能是因为付行云的情绪过于逼真和外放，这回连余向晚都有些尴尬了，仿佛不小心偷窥了别人的私生活。

她迅速借尿遁跑出去了，娃娃脸男助理也跟在她后面落荒而逃。付行云从沙发后面拿回他的鞋，坐着穿，但穿得不太顺利，因为他的眼泪还在往外冒，跟坏掉的水龙头似的，他得不停地边吸鼻子边抹，实在丢人。更丢人的是，闻逝川还待在那儿呢，将他的窘态尽收眼底。

付行云的声音有浓浓的鼻音："你先出去一下可以吗？"

闻逝川没有听他的，蹲在他面前。从付行云的角度，只能看到闻逝川头顶的发旋，他没忍住，一滴眼泪顺着脸颊滑到下巴上，没来得及擦就落在闻逝川的手背上。

好像被眼泪烫到了一样，闻逝川的动作停了停。

鞋子已经穿好了，付行云重重地吸了吸鼻子，总算是止住了眼泪。他找到刚才搁在一边的墨镜，重新戴上，把红眼圈遮住，转身开门就走了。他走了好一会儿，余向晚才走进来，房间的窗帘已经拉开了，午后的阳光倾泻而入。

闻逝川正在反复回放刚才几分钟的试戏片段。

"走了？"余向晚说，"本来还想让付老师多试几段的，不过刚才的效果挺好的，看得我都难受了，咱们可以定个时间勘景开机了吧……"

闻逝川没理她，自顾自从抽屉里摸了个 U 盘出来，把这段拷进去。

闻逝川和余向晚挑的拍摄地点是千里之外的一个西南小城，他们俩带着团队已经提前勘过景了。两个月后，付行云带着助理小江和他们一起飞过去。

付行云已经在社交平台上透露了自己即将出演的消息，有热度傻子才不蹭，更何况他都在过气的边缘反复试探了，更要努力打造自己急流勇退、潜心研究演技的形象挽尊一下。他也没明着说，半遮半掩地拍了下剧本封面。

粉丝都是支持的多，但也有些不太和谐的声音，无非是让他别糟蹋好剧本了，换有实力的来。付行云这会儿倒不觉得心烦了，心情好得很，打扮得漂漂亮亮地走机场。

机场有知道行程特意来守着的粉丝，带了鲜花礼物，举着写他名字的牌，秩序井然。付行云也好心情地一个个签名，小江帮他去办值机托运，他被几个安保围着，一个个地签名合影。

突然，有人来拍了拍他的肩，提醒他："该走了。"

付行云一转身，发现是闻逝川。

闻逝川带着团队去西南勘景了，一去就是两个月，高纬度的阳光把他晒得黑了不少，原本浅麦色的皮肤都晒深色了，瘦了一些黑了一些，显得五官与身体线条都更利落一些。他头发长长了，又重新扎起来，穿无袖 T 恤和牛仔裤，站在精心打扮的付行云旁边并不逊色。

付行云发现他的粉丝里有悄悄在拍照的。

他随身有个手提包，为了空出手来签名，随手放在了脚边的地上。闻逝川很自然地弯腰要帮他提起来，提了一半见付行云从墨镜上沿盯着他，意识到有些尴尬，放也不是提也不是。付行云连忙接过来，回身朝粉丝们告别，一块儿过安检去。

机票什么的都是闻逝川那边解决的，付行云没去管，登机的时候才发现是小航空公司的小型飞机，经济舱。付行云和闻逝川挨着坐，两人腿都有点伸不开，闻逝川站起来放行李的时候头差点撞到行李架。

付行云穷怕了，红了之后就没委屈过自己，怎么坐都觉得不舒服，虽然没说什么，但肉眼可见地不高兴了，墨镜也没摘，只看窗外。闻逝川也沉默着，连句"经费紧张"之类的场面话也不说。

整个行程大概四个多小时，付行云戴着墨镜，闭目养神，打算一路睡过去，没想到倒是真的睡着了。睡得还算舒服，飞机有规律的轰鸣声像安眠曲，等付行云迷糊着睁眼的时候，发现闻逝川也睡着了，呼吸平稳。

付行云发现自己的墨镜被摘了，放在旁边，窗户的遮光板也被拉下来了。他没动，怕把闻逝川弄醒了两个人尴尬，他发现自己略显急促的呼吸，一点点随着闻逝川的节奏平稳了下来。

闻逝川皱着眉哼了两声，可能快要醒了。

付行云转念一想，只要我不觉得尴尬，尴尬的就是别人。他定定地睁着眼，瞪着闻逝川。闻逝川带着困意睁开眼，两人四目相对，像是在比谁不眨眼的时间长，谁都没动，也没移开目光。

失策了。

闻逝川没怎么样，付行云倒是尴尬起来。主要是闻逝川的眼睛太好看，眼窝深邃，还带着一点没睡醒的懒洋洋，像打盹的大猫，就这么看着他。

想不尴尬也难。

付行云在自己露馅之前，迅速地撇开头看向窗外。正好是黄昏，夕阳像倾泻的颜料盒，染红了所有的云朵。闻逝川在旁边伸懒腰，碍于位置狭窄，伸懒腰也伸得缩手缩脚的。

此时，付行云想起了当年和闻逝川决裂的时候，自己发的毒誓。

"你等着吧，闻逝川，等我红了，再看你一眼我就是猪！"

付行云愤恨地想到，这段时间以来，他已经猪了千遍百遍了。

十月份的西南已经不太热了，尤其是太阳下山之后，穿着单衣都有点儿冷。机场降落的城市并不是他们的目的地，他们又辗转乘绿皮火车，要坐过夜。虽然这么多年过去了，火车都已经比多年前舒适很多，但付行云还是十分难受，从身到心的难受，因为这让他想起他离开闻逝川那年坐的大巴，颠簸、味重、心情茫然。

付行云已经完全没有了明星的样子，大晚上的墨镜已经摘了，妆也掉得差不多了，在机场就已经把修身的衬衣和长裤换成舒适的 T 恤和牛仔裤。

当时闻逝川和团队勘景之后和付行云大概说过拍摄地的情况，付行云其实已经心里有点数了，而且他感觉，这种艰苦的拍摄过程，正好是个极吸睛的卖点，他也就逆来顺受了。

只是坐过夜火车的感觉比他想象中的要差更多，大概是从俭入奢易，由奢入俭难。付行云压根儿没有睡着，他觉得枕头被子都有股霉味。他摸出自己的香水喷了一遍又一遍，强迫自己闭上眼睡觉，只是窗帘太薄，压根挡不住外面极偶尔闪过的路灯。

付行云干脆睁开眼看着窗外发呆，车里有此起彼伏的呼噜声，他觉得烦躁，摸出香水又喷了一次，下面铺位传来了一声喷嚏，付行云扒着床沿往下看，正好看见闻逝川在搓鼻子。付行云扒着铺位，有些笨拙地爬下去，脚一下没踩准踩到闻逝川的小腿上，闻逝川闷哼一声，付行云忙挪开脚。他别别扭扭的，不愿意坐在闻逝川的铺位上，站着穿鞋子，摇摇晃晃地站不稳。

付行云走到火车车厢之间的吸烟区，他点了根烟，可以看到窗外飞快后退的树影、起伏的群山还有星星。他抽了半根烟，门被拉开，闻逝川也来了，手上也夹着烟。两人对视了一眼，付行云若无其事地收回目光，仍然看窗外。

耳边响起打火机打火的"咔嚓"声，不知是不是打火机没油了，他好几次都没点着，付行云颇有些幼稚地幸灾乐祸起来。

突然，闻逝川走了过来，付行云旁边就是车厢壁，退无可退，他睁圆了眼去瞪凑过来借火的闻逝川。闻逝川拿着烟，将烟头凑到付行云的烟头旁边，不一会儿，烟就被点着了。他手指间夹着烟，没有退回去的意思，分走了付行云一半车窗，和他挤在一处。

付行云也叼着烟，看着窗外，粗略地回想了一下和闻逝川重逢以来发生的事情。

影视城重逢，一起上访谈，应激反应时被照顾，发布会后他单方面吵架，现在合作电影。付行云边想边有种不真实感，而陈忻的存在连同他们分开这几年，这些彼此远隔千里、没有对方参与的岁月，都像一根刺，哽在他的喉头，让他清醒，尤其是陈忻还把他害得这么惨。

他们有时针锋相对，有时候又和平共处。

付行云看向闻逝川，看向他面无表情地抽着烟的样子，冷不丁地说道："你记得的吧，我们已经决裂了。"

闻逝川吐出一口烟，含糊地应了一声。

"如果不是我们要一起上综艺，我要拍你的电影，我们可能都不会再见面了。"付行云面无表情地继续往下说，仿佛一个顽皮的孩子，非要在平静如镜的湖面扔石子。

过了好一会儿，就在付行云以为闻逝川不会再说话的时候，他碾灭抽了一半的烟，说道："我知道。"

然后他就转身走了。

付行云愣愣地站在原地，烟灰落在他的鞋面上，他扔进湖心的小石子全然没有掀起波澜，这种感觉憋闷得让人难受。

第五章
举手之劳

他一个人在房间里，任由时间
从身上流过

他们下火车之后又辗转坐了一个多小时的大巴，停在一个隐藏在山间的旅游小镇里。在离旅游小镇十公里外有个聚居小镇，住的都是在旅游小镇里工作的人，以及他们的家人，青壮年少，老人小孩居多，他们路过的时候，在路边乘凉抽水烟的老头都在看他们。

　　闻逝川的团队已经带着摄影器材提前来了，租了同一栋小楼里的几间房，两人一间，付行云独自一间，因为他住的地方也是拍摄场景之一。

　　付行云不带任何期待地打开了他住的那间屋子，发现比自己想象的还要糟糕。里头除了必需的桌椅床柜，其他东西都是没有的，甚至被子都只有被芯，没有被套。房子空空荡荡，仿佛风穿过都有回声。

　　付行云都有点儿控制不住表情了，僵硬着关上刚打开的房门，企图和这间破房子解除关系。他看向旁边一间，闻逝川和小江住他们旁边，余向晚和娃娃脸男助理小何住在旁边，小何战战兢兢，仿佛被狼叼住脖子的小狗。

　　余向晚一巴掌拍他背上，说道："干吗？怕我吃了你啊。"

他们的房间并不像付行云那间那样，他们的房间虽然简单，但东西齐全，看着就是能直接住人那种。

"导演，我这房间没弄错吧？"付行云礼貌地问道。

他这语气过于礼貌客套了，弄得闻逝川差点儿没反应过来这是在叫他。自从下了火车，付行云和闻逝川相处都是这副互相尊敬的样子，就和一般不熟的导演和演员一样。当事的两人倒没表现出什么，随行的其他人却很不习惯，余向晚天天轮流打量他们俩，满脸写着"看戏"两个字。

闻逝川进门的脚步顿了顿，说道："忘了跟你说了，这房间里起居的东西你得自己置办，等我放下东西和你一起去，这样你才能最快融入这个环境。"要不是付行云知道闻逝川对待电影从不含糊，他都要以为这是在故意为难他。

闻逝川是在电影学院正儿八经上了三年的，他初中时跳了一级，遇到付行云那会儿他刚刚肄业，十九岁。他的理念是斯坦尼那一套，体验派，演员要真听真看真感受，付行云稍一思考就明白他的用意了，但心里还是有点不爽。

大家都安顿好了，闻逝川领着付行云出去购置东西。

小镇不大，从这头走到那头可能只需要半个多小时，就和每一个普通的经济不发达小城镇一样。但这儿比那些城镇更加冷清，劳动力基本上都不在，全都去了旅游区工作，付行云一路上都没见到年轻人。

闻逝川因为来勘过景了，很熟悉这儿，路上甚至和几个抽水烟的大爷打招呼。他的皮肤不比长期住在这儿的人黑，气质也和他们不同，但是毫无违和感地融入了他们。倒是付行云，有种格格不入的感觉，他开始还戴着墨镜，渐渐也就摘了，揣进兜里。

他们俩到了一个杂货店，面积不大，卖的东西不少。

付行云按着自己的心意选，闻逝川时不时根据实际的拍摄需要给点建议。虽然还是客客气气的工作状态，但付行云又想起了他们以前一块儿租房子、添置东西的时候。付行云其实很不喜欢和别人一起住，他的童年和少年时期几乎都在福利院过，人多，永远找不到独处的空间。

但闻逝川是他第一个能交心的朋友，和闻逝川相处总是很舒适。

恍惚间，他们杂七杂八置办了一大堆东西。

付行云还顺手拿了个陶瓷小狗摆件，和他家里的那个很像，家里的那个是当时决裂的时候付行云带走的，这么多年都没扔。他们以前的出租屋太小，房东也不允许养宠物，付行云想要小狗，想要得不得了，但只能买小狗摆件。

决裂时，付行云唯一带走的、属于两个人回忆的东西，就只有这个小狗摆件。颇有种小孩子圈地盘的感觉，很幼稚。

他们买的东西整整装了两个大编织袋，闻逝川提起其中一袋，小狗摆件从大袋子里探出头，闻逝川看了一眼，没说话，付行云有些尴尬地伸手把狗头摁回袋子里。

他们提着两大袋东西过来，小江自觉地过来帮忙整理，等一切都整理好之后，正好是午后，饭点没到，太阳晒得人都困倦了，小江自动离开，付行云一个人大字形地躺在新铺的床上，小狗摆件在床头的架子上。

在《行云》这部电影里，付行云演一个在西南小城的酒吧里打工的年轻男人，他日常独来独往，但他有一个女朋友——一个所有人都没有见过的，他常挂在嘴里的女朋友。他每日上班下班，没有朋友，一下班就回家陪女朋友。他的女朋友在隔壁栋买了一间二手房，正在装修，他没事儿的时候就过去监工。

电影的一开始，一切都是平淡的，近乎乏味，唯一有些刺激的，就是他那不知道是否存在的女朋友。

付行云躺在床上，回想剧本。他看着透过窗帘缝隙照进来的阳光，那一线阳光像是表盘上的指针，随着时间，一点点移动。他听着窗外传来的人声车声，一切都是那么陌生，他一个人在房间里，任由时间从他身上流过去。

逝者如斯夫，不舍昼夜。

付行云突然想到。

他没有系统地学过表演，以前在读书时成绩也是吊车尾，高中后就没读书了。他以前从来没有这样彻底地明白过斯坦尼那一套理论，现在他好像有些明白了，什么是真听真看真感受。

在这样一间房间里，东西都是他买的，他熟悉，但他又那么陌生，他住在这儿又不住在这儿，他孤单又麻木，怅然若失。

他近乎自嘲地想到，闻逝川和余向晚在电影上真的有一套。

旅游淡季，小镇里人不算多，往常人挤人的仿古街道上并没几个人，依山而建的古寨灯光渐次亮起，像散落在山间的星星。半山腰上有个酒吧，里头寻常客人三三两两，一边的吧台被摄像机、打光板等等围了起来。

付行云刚刚拍完一段在吧台工作的镜头，摇雪克杯摇得手都酸了。为了这一段镜头，付行云结结实实地跟着酒保学了一个星期调酒，虽然没有精通，但也挺像那么一回事儿了。他凑过去和闻逝川一起看了监视器上的回放，通过了，今晚的戏份就完成了。

从古镇里回他们租住的房子有固定的班车，因为是淡季，一小时才一班，并不着急回去。工作人员利索而有条理地将摄影器材收起来，闻逝川到露台上抽烟，付行云看着他走了出去，俯身趴在木制吧台上发呆。

教了他一星期的酒保叫星星，是个小个子的男孩子，机灵得很，端详了他好一会儿，恍然大悟："啊，你就是那个……那个……"

付行云很累，有气无力地接道："演电视剧的，付行云。"

"对对对！"星星一连报出了几个付行云拍过的电视剧名字，"哎呀，怎么跟电视上看有些不太一样，我这几天都没认出来。"

确实不一样。

往常拍电视剧都是浓浓的妆，脸煞白煞白，再加上美颜滤镜厚厚一打，哪里能跟素颜的时候一样。是的，闻逝川要求他素颜出镜，付行云前几天开拍的时候都给自己做了好大的心理建设。他趴着打了个哈欠，眼角沁出点眼泪，斜着眼看向星星，说道："比电视上丑是吧？"

星星莫名地被他看得脸红，连忙拨浪鼓似的摇头："没有没有，真人好看……"付行云一笑，还没来得及说话，星星又凑近了一些，小声问道："哎，我能问你个问题吗……要是你不想答就算了，当我没问过啊……"

"快问。"付行云说道。

"就是你……"星星结结巴巴地问，"你跟你经纪人，是不是那个啊……"

星星双手竖起大拇指，两根拇指勾起来碰了碰头，脸红得都要发亮了。付行云一下子就看出来了，这小男生也不是出于八卦娱乐圈的目的问的，他来了兴趣，逗逗他："是又怎么样？

不是又怎么样？"

"应该不是吧，"星星嘟哝道，"有你们导演看着你的！"

付行云失笑："什么？"

星星也趴在吧台上，和他脸对着脸，侧脸被压扁了，嘴巴都嘟了出来，傻乎乎的，他小声说道："他每天都来啊，就看着你。"

付行云说："他来监工的。"

付行云连续一周来学调酒的时候，天天就在吧台学，闻逝川和他一块儿来的，就坐在离吧台不远处的一张桌子上。有时候喝杯酒，有时候带着电脑来看拍好的片段，有时候看书，付行云心里暗暗骂他装，居然在酒吧里看书，也不怕眼睛瞎掉了。

付行云天天学，闻逝川天天来。就像以前他们刚认识却又没熟悉的时候，付行云在酒吧工作，他来买酒喝。

闻逝川抽完了一根烟，推门从露台进来，星星眼角余光看见了他，不知道为什么就心虚了，连忙从付行云身边弹开，付行云这才反应过来，他们刚才离得好像真的有点儿近，闻逝川往他们这边看了看，毫不在意似的移开了目光。

付行云站直，回身从吧台内侧的酒柜里挑了几瓶酒，一点都不吝啬地往雪克杯里倒——闻逝川付了钱给酒吧的。

星星在旁边看，小声说道："悠着点儿，这酒可烈了。哎，这个也是，别加这么多啊……"

付行云不理他，使劲儿加，最后调出来一杯淡蓝色的酒，大大的一杯，付行云笨拙地往上面挤了一圈奶油，看着挺像那么回事。付行云把酒放在杯垫上，往闻逝川那头推了推，扬声说道："闻导，尝尝我调的酒。"

剧组的工作人员都还在，三三两两地围坐着，闻逝川走过来，看着这杯酒，问：“这什么？”

付行云笑容可掬，眼睛微微眯起来，说道：“你先尝尝。”

闻逝川将信将疑地拿起那杯酒，喝了第一口。上面一圈奶油又甜又粘，像是要把口腔都粘在了一起，下面淡蓝色的酒液却极烈极呛，喉咙都要被烧起来了，闻逝川被呛了一下，捂住嘴咳了起来。

付行云勾着唇，好整以暇地看着他。

闻逝川抬手擦去嘴边的酒渍，看了付行云一眼，好像生气了，眉头蹙起来，脸上没什么表情。付行云被他看了这一眼，有些心虚了，但还是装作坦然地看着他，眨了眨眼。闻逝川盯着他，抬手举杯一下子喝到底了。

付行云正要说话，闻逝川就转头朝大家说：“到点该走了。”

一路上，闻逝川颇有些酒意，淡淡的酒精味道蒸腾出来，坐在他旁边的付行云闻了一路的酒气，感觉都有点醉了。他频频转头去看闻逝川，生怕闻逝川真的醉倒了，但闻逝川只是看着窗外，耳根泛出一点点微红。

一直到回去，闻逝川都没显出一点醉意，众人一一告别，回到自己的房间，闻逝川和付行云的房间分别是走廊尽头的倒数第一第二间，整条狭窄昏暗的走廊就剩下他们俩了，脚步声重叠在一起，静得不行。付行云走在后面，突然说道：“今天这酒是前两天星星教我的，你知道叫什么不？”

闻逝川走在前面，没说话，他高大，整条走廊像是被他占满了。他越是不说话，付行云就越是说得多：“叫‘玫瑰之下’。”

闻逝川就只是顿了顿脚步，付行云接着说道：“好喝吗？知不知道为什么叫这个名字……”

闻逝川突然回头，“砰”一声将付行云摁在走廊的墙壁上，付行云被他吓了一跳。

"你……干什么……"付行云有些慌张地说道。

"闭嘴。"闻逝川压制住他，说道。

付行云左右看了看无人的走廊，张嘴还想说话，就听见闻逝川说："你怎么这么讨厌。"

付行云想推他，没推动："你闭嘴。"

"你怎么总是要惹我？"闻逝川说，"非得要我看着你吗？不是你自己说的吗？我们已经决裂了。"

付行云的背紧紧地贴着墙，反驳道："我没有。是你、你先惹我的，我生病的时候你来我家干什么？干吗我求你的你都答应了？电影非得找我拍吗？你先惹我的——"

闻逝川撑着墙起身，说道："举手之劳而已。"

就留下了这六个字，他转身走了，一直到他回到自己的房间，关上门，付行云才长长吐出一口气，沿着墙，蹲下来。

"举手之劳而已。"

这是他们在影视城见面，付行云替他解围时说的话。

小江不在，他回去给付行云处理事情。整个小小的房子里只有闻逝川一个人，他酒量不差，但今天这杯实在是太烈了，而且混了好几种烈酒，后劲十足。他没开灯，跌跌撞撞地坐在沙发上，觉得鼻端全部都是酒味，熏得他难受，皱着眉抬起手挥了几下才意识到，这是他自己身上的酒味。

距离热闹的旅游古寨不过十公里远，他们居住的这个小镇却安静得如同隔世。

闻逝川还不困，他把今天拍的片段导进电脑里，电脑的桌面上正中间孤零零放着一个视频文件。闻逝川的鼠标移过去，点开，电脑屏幕上出现了付行云满是泪水的脸。

这是那天在闻逝川的工作室试戏的那段视频，镜头给了付行云特写，他一张脸把镜头都填满了，却不让人厌烦。他的哭戏实在好看，泪珠从他的眼睛里一串串掉落。

作为导演，闻逝川这时候应该分析付行云的情绪、眼神，应该严厉地审视构图、光线。但他没有，他想起第一次和付行云见面的时候。他们第一次见面，比付行云以为的要早一些。

还是在那个酒吧，是冬天，雪将下未下的时候，天阴沉沉地板着脸。天黑了之后更冷了，闻逝川刚刚从电影学院肄业不久，他那严厉的父亲是学院的名誉院长，向来不苟言笑，对着儿子是多一个字都没有的，但以防万一，闻逝川还是把他的电话拉黑了。

"小川！晚上来看演出啊——"锣哥隔着半个酒吧招呼他。

闻逝川倚着墙，懒懒地朝他招手，说道："别了，我不懂摇滚。你又不让我上台，听有什么意思。"

锣哥笑着说："你会什么啊就上台，沙锤留给你抢。"

闻逝川答应道："好啊。"

他从烟盒里抖出一根烟，推开酒吧的后门，在寒风呼啸的冷巷中背着身点烟。狭窄的巷子里黑乎乎的，堆了些杂物，摆了几个大垃圾桶，地上有脏污的积水，时不时有夜猫窜过。巷子那头传来几声压抑的抽泣声，闻逝川点烟的手一顿。他朝那边看去，有个黑团团的影子，正坐在后厨门前的台阶上。

"谁在那儿——"闻逝川问。

那个影子好像被他吓了一跳，不敢发出声音了。闻逝川走过去，那团影子的对面有盏被油垢灰尘糊得十分昏暗的路灯，借着路灯，闻逝川见到坐在那里埋着头的是个男人——准确来说是个男生。

总算点着了烟，闻逝川侧头吐出一口，问："你是酒吧里的人吗？"

那个埋着头的男生，把脸狠狠地在胳膊上一擦，抬起头来，没好气地回了一句："关你什么事啊！"

他说得凶，恶狠狠的，但表情实在没有什么说服力。

他刚刚哭过，满脸通红，还有点亮晶晶的鼻涕没擦干净，泪痕在脸上横七竖八的，眼睫毛都粘成了一绺一绺，特别可爱。闻逝川忍住了没笑，怕他更生气。

闻逝川摸出烟盒来，抖出一根烟，递给他。他瞪了闻逝川一眼，好像在跟谁较劲，拿过那根烟，自己掏出打火机来点烟。打火机摇晃的火光照亮了他的脸，他才抽了一口，后厨里头就有人叫他："付小云！人呢！"

他急急地碾灭了烟，头也不回地推门回到后厨里，只剩下闻逝川站在冷巷里，将自己的那根烟抽完。再下一次见面，闻逝川在台上摇沙锤，付行云——那时候还叫付小云，在台下看，因为主唱锣哥摔了一把吉他，他们隔着人群，相视一笑。

闻逝川没有向付行云讲起过后巷里的见面，因为他那时候觉得有些说不出口。他一开始欣赏付行云，是因为看见了对方哭，觉得付行云哭的时候特别好看。听起来怪变态的，他也就没说了。

屏幕里的视频已经重复播放第五遍了，镜头里的付行云先是笑后是哭，眼睛里像有碎掉的光。

响起的手机铃声打断了闻逝川漫无边际的想法，他接起电话，是余向晚打来的。

"川哥，和你说个事儿。"她说道。

"嗯。"闻逝川说。

余向晚说："接下来该拍第三十四场了，那个地方有段感情戏来着，虽然不用露脸，但演员得找起来。"

闻逝川从电脑前离开，躺倒在沙发上，他开始困了，声音都哑了，沙沙的。他说道："演员不重要，你来都行。"

第三十四场是一段极短的感情戏，付行云饰演的主人公，和他那神秘的女友，女友不必露脸。这段戏，氛围大于实际，当时闻逝川和余向晚讨论剧本的时候，开玩笑似的说过，经费紧张，这一段余向晚来演就行了。

余向晚忙不迭地推辞："别别别，那会儿谁知道是付行云来演主角啊？我才搞不来这种修罗场……我还想活呢……"

她越说越小声，闻逝川困得听不下去了，说道："你来找吧，就地找就行。"

余向晚满口答应，直接找了个当地的姑娘。那姑娘叫桑歌，是当地搞旅游表演的，就在古镇最中心的露天舞台上表演民俗风情舞蹈，淡季表演场次少，那姑娘就想赚点儿外快。余向晚和她解释这段有亲密镜头，桑歌一点儿都不在意，忽闪忽闪的大眼睛去瞟一旁的付行云，爽朗地笑道："我又不吃亏。"

这回轮到付行云浑身不自在了。

拍摄的地点在付行云的屋子里，闻逝川要捕捉黄昏时倾泻而入的光。拍摄器材已经架设好，大家都在等落日。付行云披着浴袍，坐在沙发上，桑歌坐在他旁边，两人打算先聊聊，免得待会儿因为过分陌生而尴尬。

桑歌已经上好妆，她不算很美，但很瘦，浓眉大眼的，热情开朗，目光灼灼。她毫不在意地盘着腿，问付行云："你是明星吗？"

付行云有点儿紧张，喉咙发干，只是"嗯"了一声。

桑歌又问："你有经验的吧？"

付行云没反应过来："什么？"

桑歌眨着眼睛说："就是谈恋爱的经验啊。"

付行云差点被自己的口水噎死，避开桑歌探究的目光，含糊地应了一声。

拍摄开始，付行云进入状态。

他一周六天在酒吧工作，每日工作到凌晨两点，搭乘班车回到十公里外的出租屋。他离开时，酒吧所在的旅游古镇也结束了一天的营业，在班车上回望，能看到依山而建的古寨，上面的灯光渐次熄灭。

他将头靠在班车冰凉的玻璃上，觉得体内仿佛有一个大洞，将他所有的精力吸进去。他安慰自己，没事儿，女朋友在家等他。

他到家的时候，家里黑漆漆的，空空荡荡，敞开着。他一个人洗漱，吃夜宵，锁好门——听说楼道里最近有贼，东家丢了衣服，西家少了晾在门口的拖把，这家雨天门前多了可疑的泥脚印。

他锁好门后检视一下家里，没少什么，只是茶几上放着的青橘少了一个，可能是女朋友吃的。他躺在床上，和床头的小狗摆件对视着，没一会儿就陷入了睡眠，醒醒睡睡，睡睡醒醒，醒来的时候已经是午后。

他是躺在床上的，突然觉得身边好像……

被子已经被踢到了床下，取而代之盖在他们身上的，是黄昏的夕阳。

是女朋友，他心想。

他的手放在她的后背上，轻轻将女朋友拥住，感觉却有些不对——

"停。"闻逝川说。

房间里所有人都停下来了，包括付行云和桑歌。

工作时候的闻逝川特别严肃无情，脸上每一处线条都是绷紧的，他皱着眉回看刚才的片段，说："感觉不对，太不自然了。"

桑歌连忙说："对不起。"

闻逝川回道："不是你。"

不是她那就是付行云了。付行云觉得脸上一阵发烫，有点无地自容。比起桑歌，他是有丰富经验的演员，怎么反而这时候掉链子，而且还当着这么多人的面，当着闻逝川的面，这么一小段都没拍好。

付行云抹了把脸，说："抱歉，再来。"

夕阳从出现到消失也就这么一小会儿，今天不成就得明天，也不一定明天就有，明天不行就延到后天。所有人动作都很利索，生怕耽误了时间被闻逝川训。付行云做了几个深呼吸，调整心情，重新往后倒在床上。

这一段戏并不复杂，更多的是营造一种氛围。

桑歌不必露脸，但付行云会拍到脸，会有一闪而过的特写镜头，整段戏加起来不到五分钟，但闻逝川的要求很高，需要付行云在沉湎中又有恰到好处的抽离感。

付行云完全明白他的意思，也完全明白自己需要怎么做，但就是难以进入状态。他以前也不是没有拍过亲密的戏份。但他就是觉得不自在，浑身都不自在，他没办法忘却镜头的存在，而比镜头的存在感更强的是闻逝川的目光。

闻逝川的目光仿佛有实体，投在他的皮肤上，让他无法放松，他恨不得藏起来，躲避镜头，躲避闻逝川的目光。

重新来了一遍，付行云发散的思绪被迅速扯了回来，他再一次搂住桑歌。镜头里的画面很赏心悦目，但呈现的效果比刚才第一次拍的时候还要不如。

闻逝川再一次喊了停，蹙着眉不说话。房间里本就不大，又放了很多摄影器材，站了些工作人员，显得更小了。大家都有些茫然地面面相觑，气氛变得很紧张。付行云坐起来，很不安。

闻逝川抬起头来看着付行云，不解地问他："你紧张什么？"

付行云低头避开他的目光，说："我没有。"

明明就有，他紧张得手指都在微微发颤。

"你们先出去一下。"闻逝川说。

工作人员鱼贯离开了房间，桑歌也先出去了，只剩下付行云盘腿坐着，闻逝川反手掩上房门。

"你很紧张。"闻逝川说，"为什么？"

夕阳正在一点一点地移动，今天留给他们的时间不多了，闻逝川不太急，付行云倒是急了："叫他们进来吧，我调整好了，快点儿拍，时间不够了。"

明明已经是深秋了，天气凉爽，闻逝川直接说道："你没调整好，你知道刚才镜头里是什么样吗？你连手脚都不知道怎么摆。"

付行云低着头，嘴硬道："我没有，我……"

"你有，"闻逝川提起声音，打断了他，"你自己过来看看。"

付行云不想看，也随之提高声音，说道："不用看了，赶紧拍，我知道怎么演——"

他说得坚决，闻逝川也不多说什么了，没让工作人员都回来，只把桑歌和灯光师叫进来，尽量把房间里的人数降到最少，把氛围弄轻松一些。付行云安抚性地朝桑歌笑笑。

第三次，整个片段都还没拍完，闻逝川又喊了停，这回不等他说话，桑歌自觉地和灯光师从房间里出去了。付行云又自责又茫然，盘腿坐在原处不敢抬头。闻逝川这回显出一些焦躁来了，站起来，在狭小的房间里来回踱步。房间小，天花板低，他个子高，一下子就显得房间越发局促。

付行云低头不语。

闻逝川停下来，看着他，说道："放松一点。"

道理是这个道理，但明白了不一定就能做到，付行云问："怎么放松？"

闻逝川说："这一段戏并不是一次实打实的感情戏，比较倾向于一种想象的感情。你上一次喜欢一个人是什么时候，想的是什么，你可以回忆一下。"闻逝川好像一个最循循善诱的导师，用最大的耐心手把手教付行云解一道难题。

闻逝川的声音轻轻的，他说："如果镜头的存在让你紧张，那就和镜头交流，把它想成情人的眼睛，挑逗它。"

太阳在西边缓缓下沉，时间所剩不多了。

这回连灯光师都没进来，闻逝川觉得全部用自然光，将最后一抹夕阳利用到极致。桑歌浅浅地笑着，她浅麦色的皮肤像一张最干净的画纸，夕阳在上面肆意涂抹。这次有点不一样了，她感觉付行云变得轻松了很多，状态好像不一样了。

付行云自己也觉得不一样了，他根本没有多余的工夫去在意桑歌，像刚才闻逝川所说的，他开始回忆起上次恋爱的感觉。夕阳正好也打在他脸上，他只能微眯着眼，所有入目的事物都被模糊了。

"可以了。"闻逝川打板。

当天晚上，闻逝川正在剪片。房间里黑漆漆的，他没开灯，电脑屏幕亮着幽幽的光，鼠标旁边的烟灰缸里满是烟蒂。

"闻导——"闻逝川没关门，刚刚回来的小江敲门叫他。

闻逝川下意识地把电脑屏幕摁灭了，回过头问："怎么了？"

小江说："我带了夜宵，一块儿吃点？"

小江帮付行云处理了事情，连夜回来的，带了一大堆夜宵，够好多人一起吃。剧组的成员都出来了，大家在楼下支了两张方桌，从附近的小卖部买了冰啤酒，就着昏黄的路灯。拍摄过半了，算是阶段性庆功。付行云也下楼来了，少见地放松，趿拉着拖鞋就下来了，见到闻逝川也在的时候，还犹豫了一下。

深夜的西南小城，吹来的风都是凉的，有虫鸣声，不远处的群山像是隐没在黑夜里的巨人。他们围着桌子坐，啤酒咕咚咕咚地冒泡，捧杯的时候淌在手上，冰凉冰凉的。付行云和闻逝川挨着坐——大家给他们安排的位置，因为围坐得太挤，大腿碰着大腿，全程他们都没有对视，大腿却分不开。

桑歌也在，和余向晚聊得投契。

"我下个月结婚啦！"桑歌说。

大家都纷纷恭喜她，桑歌笑着说："到时候如果电影还没拍完，请你们都来喝喜酒。"

消夜一直吃到半夜，啤酒瓶空了一个又一个，摆了一地，不熬夜的都去睡了，只剩下几个人收拾残局。付行云上了个洗手间回来，发现闻逝川已经没在了。他想着找个角落抽根烟，一拐弯，发现闻逝川已经在抽了。

这里有条小河穿城而过，流水潺潺，虫鸣声特别大。

闻逝川就蹲在河边抽烟，烟头的火光闪烁，付行云觉得他的烟瘾似乎比以前要大得多，总是在抽。

天上繁星满天，闻逝川听见脚步声回头看了一眼，下巴微抬，眼神柔和。

付行云张了张嘴，说："你还……"

闻逝川没听清，歪了歪头，叼着烟，含糊地问："什么？"

"没什么。"

付行云拿着没点的烟，回到房间的露台上抽。

你还记得我们之前的样子吗？我们决裂之后你真的有了别的主演搭档了吗？现在还和别人一起追求你的理想吗？

这么多问题，付行云一个都没问出口。

电影的拍摄日程一天天往后推。

闻逝川和余向晚都是看似随性的人，但对待工作都格外严谨，电影的拍摄进程和原定计划相差无几，又或许是捉襟见肘的经费促使他们严谨。很快，《行云》这部电影的拍摄就要走到尾声了。

和以往付行云参加过的每一个剧组都不一样，他们这群人仿佛远离了整个娱乐圈，除了拍电影，其他事儿一点不干。没有真真假假的通稿，没有"不小心"泄露的路透，连闻逝川自己工作室的社交网站账号都没更新过拍摄进程。

付行云刚开始时还着急过，后来也就被这个节奏同化了，专心把自己扎在了这个西南小镇里，扎在了这个孤独的电影故事里。

《行云》这部电影，拍的最后一个镜头是在昏暗的楼道里。

付行云饰演的主角，总是提起自己有一个女朋友，女朋友在他的隔壁栋买了一间新房，正在装修，付行云总是去替她监工，和装修师傅攀谈，问问大理石的价钱，讨论一下木柜放置的位置，尽主人家的义务。装修师傅也已经和他混熟，有时候还问问他的建议，有来有往。

有时装修工人离去，门虚掩着没关上，付行云推门进去，顺着初具雏形的房子，从玄关、客厅到卧室、阳台，边走边想，日后居住在这里的景象，竟也有种奇异的满足。

当他回到自家的那栋楼时，主妇们还在热烈地窸窣讨论最近楼道里好像进贼了，见到付行云回家，往常从不攀谈的她们也顺口问了一句"家里遭贼没"。好像好久没有和人交谈过，付行云一时间有些无措。

他想了想，回答道："有。"

主妇们来了兴趣，七嘴八舌、叽叽喳喳问："偷了什么？"

付行云在走廊尽头——自己的房门前回望她们："吃了我的绿皮橘。"

主妇们犹自讨论个不停，付行云开门回到了自己空荡荡的家，坐在了平时爱坐的那张躺椅上，他爱吃的酸涩的绿皮橘堆放在透明玻璃大碗里，旁边放了几张整齐剥开五瓣的橘皮，是他惯常的手法，这都是他昨晚吃的。

他重新拿起一个橘子，撕下来的橘皮被撕成风格迥异的小块儿，堆放在茶几的一角，凌乱不堪，像是进来过又离开的贼留下的印记。

此时，邻栋的空屋出现了一个年轻女人前去监工，工人们调侃，你男朋友来得比你勤多了。年轻女人大惊失色，说自己是一家三口买的房，哪儿来的男朋友。装修工人面面相觑，尴尬揭过话题。

付行云一个人坐在撕好的橘皮旁边，看着几乎从来不曾被敲响过的门，沉默得像一片天边的云。

窗外的虫鸣声逐渐增强，画面戛然而止，电影结束了。

从头到尾都是他一个人，没有女朋友也没有贼，所有的一切，都是他在渴望与人发生联系，越渴望就越显得可怜和怅然，这是一部讲述孤独的电影。

最后一幕拍完后，在场的所有人都陷入了久久的沉默，许久后，闻逝川率先呼出一口长长的气，然后才有零零碎碎的祝贺声响起，寂静的氛围被打破，一下子又回到了热闹的尘世。付行云久久地坐在那个躺椅上没动，突然觉得累极了，勉强笑了笑，站起来回到了自己的房间。

他坐在房间里，坐在那张睡了几个月的床上。

付行云突然发现，这部电影从头到尾，主角都没有名字，这个人是你是我是他自己。付行云想了很多，他想的是这几年，以及以前那几年。从小，他的父母争吵不断，发生意外后他到了孤儿院，在孤儿院长大。他是无根的飘蓬，渴望与人发生联系，又害怕与人发生联系。

因为感情总会耗尽，一切得到的东西都有失去的时候。直到遇到了闻逝川，通过闻逝川的镜头，他与世界发生联系。

和闻逝川决裂，他以为离开让他患得患失的现状，掉转头扎进娱乐圈里，他就能更加切实地扎根。

然而并没有。

"砰砰砰——"有人敲门了。

付行云没有应门，他不太想和人说话。但敲门的人径自推开了门，是闻逝川。剧组工作人员还在收拾东西，任务完成了，门外的气氛轻松愉快。闻逝川倚在门边看他，觉得他这段时间瘦了一些，在宽大的衬衫下更显单薄，像薄薄的风筝，如果没有人牵住引线，他就要飞走了。闻逝川进了房间里，反手掩上房门，隔绝了外面的声音，问他："怎么了？"

他不问还好，他一问，付行云就有点受不了了。

电影结束了，但孤独的情绪还没抽走，过于汹涌了，逼得付行云眼眶一热。

他最恨自己这样，眼泪好像开了闸，都来不及抹，就一颗一颗往下掉，顺着脸颊往下滚，汇聚在下巴尖上，然后滴下去。付行云急急地想要找东西擦眼泪，手往枕头下一摸，摸出来一方叠好的淡青色手帕。

付行云没来得及擦，又慌乱地匆匆塞回去。

这是之前第一次重逢时，闻逝川借给他的手帕，后来他急吼吼找回来，闻逝川又不要了，他原本气鼓鼓地想扔，手都放在垃圾桶上了，却又改了主意，塞在衣柜深处的衣服堆里，假装已经丢掉了。这回卷在衣服里不小心又带了过来。

前两天翻衣服的时候看到了，就一直带在身上。

太丢人了，他想，也不知道闻逝川瞧见没有。

越是着急的时候越是控制不住眼泪，付行云沮丧极了，为了止住抽噎，身体微微发颤。闻逝川走到床边，弯腰从枕头下把手帕拿出来。闻逝川抓着手帕，帮付行云把脸上的眼泪擦干净，付行云惊讶地微张着嘴，侧过头想躲。

闻逝川不容他拒绝，帮他把眼泪擦了。

付行云吸了吸红彤彤的鼻子，皱着鼻子，哑着声音问道："这也是举手之劳，是吗？"

都哭成这样了，还要记仇。

闻逝川差点就想笑，但是憋住了。他问道："哭什么？"

眼泪不掉了，付行云别过头，问他："这个电影为什么要让我演？适合我吗？还是可怜我过气了？"

第一次见付行云的时候，他在哭，闻逝川就觉得他孤零零的，好像和这个世界哪儿哪儿都不搭边；再见面时，他即使在人群里也好像隔了一层；后来他们熟悉了，付行云也是这样的，又倔又任性，凶巴巴的，偏偏又让人觉得可怜。

这个剧本他当时看完，再听余向晚一讲，他脑海里就有画面了，特别是最后一幕，主角坐在撕成碎片的橘子皮旁边，看着没有人敲响的门，期待着。他都能在脑海里想象出付行云的眼神，又渴望又伤心，又怕人发现。

"适合你。"闻逝川柔和地说道。

付行云坐在床沿，闻逝川蹲在他身前，付行云一回头就撞入他的目光里。

付行云有些不服气地继续问道："你觉得我很孤独是吗？"

"是。"闻逝川说。

"那又怎么样？"付行云眼眶又要红了，"你就不会吗？"

闻逝川轻轻说："会啊，常常。"

付行云追问："比如说呢？"

闻逝川看着他的眼睛，说道："比如现在。"

他们定定地对视着，好一会儿，付行云试图从闻逝川眼里找到他说的那种孤独，他目光深邃。

付行云问他："那你觉得什么是孤独？"

闻逝川回答说："孤独是因为需要。"

一个人眼里盛着的泪水，盛着两个人的孤独。

Xing Yun

第六章
生日快乐

晚钟鸣上苑，疏雨过春城

拍摄结束了，他们正儿八经吃了一顿庆功宴，接下来就是剪辑和宣发。

剪辑没有付行云的事儿，他也不晓得闻逝川这个路子的电影该怎么做宣发，按理说，他该带着助理小江回去了，却还是留在那儿耽搁了几天。桑歌的婚礼在立秋的那天，邀请了他们几个去喝喜酒。

桑歌和她丈夫全家都是做旅游业的，干脆把他们的婚礼搞成传统的民族婚礼，邀请游客参加，做成少数民族婚俗体验，在旅游淡季创收一把。

付行云问："那婚礼岂不是就没意思了？"

桑歌毫不在意："婚礼本来就没什么意思，都在一起这么久了，还差个婚礼吗？多赚点不好吗？"

也很有道理。

参加别人的婚礼总归要正式一点儿的，他久违地化了点妆，一行人热热闹闹地出门去。闻逝川走在最前面，数月辛苦的拍摄让他黑了又瘦了，显得更高，漫不经心地走着，偶尔路过一只小流浪狗，他也蹲下来摸一摸。

付行云落在最后面，时不时踢踢路上的小石子，在后面看他，又不敢光明正大地看，想了很多。

人挺多的，除了参加婚礼的亲朋好友，还有兴致勃勃的游客们。说是体验传统婚俗，但真正的传统是怎么样谁知道？只不过是玩个热闹，看个新奇。见人多，付行云架上墨镜挡了半张脸，插着兜站在人群外，听着芦笙悠扬、山歌热闹，倒也有种赴宴的感觉。

付行云一行人跟着游客一块儿，逐一换上民族服饰，演好"宾客"这个角色。

男性服装是藏青色的左衽上衣和同色长裤，一点儿花纹都没有，平平无奇，但闻逝川穿在身上就挺好看的。倒也和衣服没有关系，他个子高，肩背宽广腿长，裤腿都短了一小截。这段时间他没空剃头发，头发都长长了，又还没到完全束起来的程度，碎发一绺一绺的，有点儿自然卷。

付行云在看他，好多人也都在看他，闻逝川一回头，准确地逮住了付行云的目光，付行云赶紧躲开，装作无事发生。

轮到付行云换衣服了，衣服没了。

桑歌的未婚夫是个皮肤黝黑的高大男生，憨厚热情，一定是桑歌吩咐过他好好招待，他见衣服没了，一脸愧疚："不好意思，人太多了，没想到来了这么多人。"

付行云不在意："没事，那我就不换了。"

余向晚凑过来，说："大家都穿一色的服装，就你不穿，大家不就都来看你了吗？"

她说得也有道理，虽然付行云不是在做什么见不得人的事情，但他本能地就不想被发现，不想被拍，怕自己在镜头里不好看。

余向晚眼珠一转，说："要不你穿上女生的，还有个头冠，头冠一遮，没人看到你的脸啊。"

付行云也是信了她的忽悠了。

倒也不必真的穿裙子，上身是交叉式上衣，下身是色彩斑斓的及踝百褶裙，在裤子外头围上去就行，戴上重量很轻的银饰头冠，丁零当啷，脸就影影绰绰地遮去了小半。付行云也不觉得穿上女装丢脸什么的，他本质是个极爱美的人，自我感觉还挺不错。

一走出来，同行的几个人都夸好看，桑歌一见他就摁住他，给他嘴巴上抹上红红的口红，直夸他比女孩子还漂亮，让他一会儿给自己"坐床"。付行云不懂什么是坐床，他对着镜子模糊一照，下巴尖尖嘴唇红红，倒真有点样子。

举办仪式的村寨依山势而建，需要沿着长长的看不到头的石头台阶往上走。村民盛装穿戴，沿路吹着芦笙，漂亮的姑娘手上拿着一碗又一碗的"迎门酒"，让来的宾客喝够六十六道。闻逝川站在山脚下等他们，一见他站那儿付行云就想转头回去。

余向晚眼疾手快地拽住他："走了走了，喝酒去。"

付行云目不斜视地走在前面，芦笙的乐声并不高昂也不婉转，但就是有种朴实的快乐。一样戴着银冠的漂亮姑娘手捧酒碗送到付行云手边，付行云仰头，没想到那姑娘的热情劲儿实在是过了头，一整碗呛喉的自酿米酒，付行云结结实实全喝了，一直烧到胃里头，酒碗上留下了个红嘴唇印。

一行人往上走，走到了村寨的中心，围绕着未点着的火塘，开始又唱又跳。已经是日落黄昏，山歌高亢动听，观众们都坐在石台阶上，桑歌领着一群姑娘载歌载舞。付行云低头看着百褶裙上色彩斑斓的刺绣，闻逝川坐在他旁边，小声地随着歌声轻哼。

自从那日谈话后，他们就没再私下说过话，不知道该说什么。付行云抬头，发现火塘已经点着了，跳跃的火光映在姑娘们的脸上，显得她们格外生动。他侧过头，发现闻逝川看得认真，他问道："好看吗？"

闻逝川转过头来，认真地看了他一眼，说："好看。"

付行云略带慌张地收回目光，银冠上垂下来的小铃铛"丁零零"地打在他的脸上。

根据这里的传统婚俗，在这样欢歌轻舞的仪式里，看对眼的年轻男女就可以彼此对歌了，果不其然，年轻男女们分别簇拥着桑歌还有她的未婚夫，他们俩的声音都清澈嘹亮，付行云虽听不懂歌词，但也能听懂其中的情意，虽然只是个表演，但桑歌也羞红了脸，映着火光，格外好看。

年轻男女散开来围成圈，邀请坐在石阶上的宾客一起来，围着火塘、踏着节奏唱歌。付行云连忙摆手推拒，但盛情难却，他被一个姑娘一把拉起来，拽进围好的圈子里，宾客们都被邀请进来汇入人群里，闻逝川个头高，虽然被人群挤开了两三米外，但付行云一眼就找到了他。

芦笙的节奏越吹越快，付行云不自主地踩着节奏，被不认识的姑娘左右牵着，人群围成的圈朝火塘围过去，欢呼过后又退开，像海浪的潮汐。人们摩肩接踵，付行云放松下来，随波逐流，发现不知不觉间，闻逝川被挤到了他旁边。

人潮汹涌，歌声越来越响，节奏越来越快，他们只来得及对视一眼，看着火光映在彼此的眼睛里。付行云看着火塘里摇曳的火，感受着火的热度。

人太多了，肢体的接触就在所难免，付行云裤子外面围着

137

及踝的百褶裙，走动起来总有些不方便，闻逝川在旁边扶了他一把，虽然两人都不发一言，但一切又在不言之中。

也不知是酒劲上来了，还是活动开了，付行云整张脸都是红的，被火光一照，直直发烫。

众人簇拥着桑歌和她的未婚夫一路去新房。新房也是一早布置好的，到处都是红色的装饰，进门又每人喝了一杯竹筒米酒。付行云仗着自己酒量好，这一杯也结结实实喝到见底，胃里身体里都是热腾腾的。

桑歌拨开人群找到付行云，笑着对他说："说好要给我'坐床'的。"

付行云不知道是什么意思，桑歌一路把他拉走，离开人群，走到最里面的房间，推开门，里头是卧室，桑歌把他摁着坐在床上。床具都是新铺的，簇新柔软。桑歌一阵风似的，又跑出去，把余向晚也拽进来，让他们俩挨着坐。

"这是我的房间，"桑歌说道，"按照传统，新娘得有一两个同伴在房间里假装新娘，俗称'坐床喜'。"

余向晚咋舌："这么刺激的吗？"

桑歌说："走走形式嘛，讨个好彩头，你们在这儿坐一会儿，待会儿等人来看完，咱们就可以开宴吃饭了。"

自酿的米酒度数高，入口醇厚，后劲十足。付行云坐着坐着有些犯困了，余向晚简直闲不住，在房间里左看右看，没过一会儿，宾客们来看了，隔着窗格也看不出他们的样子，付行云和余向晚老老实实地坐在床上。

等宾客一走，余向晚就想溜了。

这时候，闻逝川和小江、小何都找来了，推门进来见他们都坐着，叫了他们一声，付行云靠着床柱打瞌睡。余向晚眨眨眼，边说着"开宴了开宴了"拽着两个小伙子往外走，把闻逝川留在房间里去叫付行云。

外面的笑闹声渐远，闻逝川走过去，伸出手，轻轻拨开银冠上垂下来的小银饰，见付行云虽然合着眼，但睫毛颤动，估计是没睡熟，只是打了个盹。他轻轻唤道："起来了，去吃饭。"

付行云眼珠子在眼皮底下转了转，眯缝着眼睛瞥了他一眼，哼哼了两声，脸往床柱子上埋，还想睡，但头上的银冠硌着他的额头。闻逝川帮他把那个银冠取下来，放在一边，说道："吃了饭回去再睡。"

他的催促根本没有一点威慑力，付行云酒意有点上头了，模模糊糊地分不清今夕何夕，只想继续睡。宾客的欢歌笑语远在天边，闻逝川耐心地站在一旁，时不时就提醒付行云一句，最后还是付行云忍不了了，烦躁地起身："走走走，去吃饭。"

饭后还有节目，不外乎是唱歌跳舞、吃吃喝喝的类型，付行云拍了拍余向晚和小江，对他们说："喝了几杯酒，有点困了，我先回去了。"

小江说："哥，我送你回去？"

付行云连忙说："不用了。"

他站起来离席，眼角余光见到闻逝川也起身离席，他们看也不看彼此一眼，却心照不宣地各自去换衣服，最后相遇在回去的班车站点处。半小时一趟的班车正好到了，他们先后上了车，并排坐在班车的最后一排。

旅游淡季的夜晚，班车上的乘客并不多，司机百无聊赖地哼歌，唯二的乘客坐在最后排沉默不语。付行云看向车窗外，外面下起了淅沥小雨，一场秋雨一场寒，付行云把发烫的脸贴在车窗玻璃上降温。

闻逝川靠在座椅靠背上，手指在扶手上一下下轻叩。

"叩、叩、叩……"

车一如既往地停在了熟悉的地方，他们先后下车，朝住处走回去。

小雨在他们进入楼道的时候下成了大雨，噼里啪啦地打在塑料雨棚上。他们从头到尾也没说上一句话，隐隐约约又有了几分从前的默契。路过闻逝川的房间门口的时候，付行云脚步一顿，看了一眼紧闭的房门，随着他停下脚步，他身后的闻逝川也停下了脚步。

"早点休息吧。"闻逝川说。

付行云回房间闷头就睡了，这是付行云这么久以来睡得最熟的一个晚上。

付行云梦到了很久很久以前的时候，那时候，他刚刚离开福利院，去到了别的城市，开始打拼，第一份工作是在酒吧。说是驻唱，但也帮忙在后厨打杂，偶尔唱歌也不过是当客人喝酒时候的背景音。

他在台上唱，闻逝川一推门走进酒吧里，他就见到了。

十九岁的闻逝川，瘦削高大，五官有锐气，头发半长自然卷，看人时似笑非笑，总是点一杯龙舌兰。付行云忍不住要去看他，手里的吉他弹错了音，匆匆收尾下台去。

他那时候还用着原名"付小云"，从后厨洗干净手出来的时候，见闻逝川正好靠在吧台边，一杯龙舌兰喝完了，旁边有个衣着火辣的美女请他再喝一杯。闻逝川不置可否，把自己的空杯子倒扣在吧台上，抓了抓头发，转身走了。

付行云躲在角落里，随口问了酒保："他谁啊，美女请酒也不给面子。"

酒吧一边洗杯子，一边掀起眼皮瞥他一眼，意有所指地笑道："你去请一杯他说不定会喝。"

付行云装作没听见。

第一次和闻逝川讲话，是在酒吧后门的小巷里。那天后厨有人打碎了东西，那人却把锅甩到付行云头上。付行云是新来的，不敢得罪人，没有分辩，白白被训了一顿。他一向不是性格脆弱的人，也很要强，不住地道歉，自己掏钱补上，等到没人留意他了，他才从后门出去，坐在台阶上。

"谁在那儿——"

付行云吓了一跳，等来人走近了才发现是那个总是来喝龙舌兰的，付行云听吧台的酒保叫他"小川"。付行云才哭过，知道自己脸上不好看，慌里慌张的，不自觉就凶起来，烟也抽得恶狠狠的，生怕自己显得狼狈和脆弱。

其实那天是他第一次抽烟，一口烟吸进去，嗓子止不住想咳嗽，只是他拼命忍住了。后厨里有人叫他的名字，他连忙灭了烟跑回去，头也不敢回。

后来，他们在演出后昏暗的楼道交换姓名。

付行云一直觉得自己是在浪头摇晃的小船，在闻逝川的镜头下，终于有了船锚。

"嗡——"

付行云的手机在床头柜上剧烈地震动起来，他被吵醒了，皱着眉头，翻个身伸手去摸手机，眼睛还没睁开，烦躁地接通了。

电话那头是小江："哥，起了没？我们下午两点的航班回去，要我帮你收拾吗？"

付行云好半天才清醒过来。

"不用了，"付行云说道，"我自己收就行，待会儿给你电话。"

剧组的先头大部队已经带着设备回去了，后头的只留下四五个，按照来时的样子，火车加飞机。知道剧组经费紧张，回去的航班付行云掏了腰包，给几个人都换了航空公司、升了舱，比来的时候舒服不知道多少倍。

这段时间以来，付行云可以说是完全消失在大众视野里了。

粉丝只知道他在拍戏，在哪里拍，什么时候拍完，这些一概不知道，他自己也没说。飞机平稳落地，是付行云最熟悉不过的机场，宽敞明亮。过去数月的拍摄，在那个西南小镇的记忆，好像一下子就变得模糊起来，像蒙了一层玻璃纸。再过一会儿就有车来接，他会回到自己的住处，开始筹划接下来这段时间的通告和行程。

他又变回了那个半红不黑的付行云。他们一行人站在那儿等行李，转盘一圈圈地转，转得付行云犯困。

片子后续剪出来之后应该会邀请一些媒体做展映，也会送去参展，后续的一切宣发都还要再商榷，不是三两句能说明白的，等拿到了行李，他们都没有任何逗留的借口，从机场出去，过往这几月的经历，又都暂时封存，等到下次重启时，又不知道是什么样一个情况。

托运的行李总算出来了，其他人都松了口气，付行云反而轻松不起来。

他对小江说："你帮我等着，我去个洗手间。"

付行云脚步匆匆地去上了个洗手间，从隔间出来的时候，闻逝川也站在洗手池边洗手。洗手间里就他们两个人，一时间只听得到"哗哗"的流水声。

付行云弯腰洗了手，突然间说道："你是怎么想的？"

闻逝川正在擦手，回答道："什么怎么想的？"

付行云烦躁地甩了甩手，力图让自己的语气平平无奇。

"就是这次合作，"他小声说道，"我不知道……我……你……"

付行云紧张地抽了张纸擦手，思路组织不起来，话不成话。实在是荒唐，吵架过后重归于好这种事情并不罕见，但他们又没有把话说开，他不知道闻逝川怎么想的，他甚至不知道自己是怎么想的。

闻逝川也想了很多。

时隔六年，两人再次相遇。时间会带走很多，也会改变很多，但再见时，闻逝川还是没有忍住给付行云递了一方手帕。他一方面时时警醒自己时过境迁，另一方面又忍不住过界。

付行云不安地说道："怎么样？"

闻逝川也不知道自己这时候想说些什么，他张了张嘴，说道："我……"

突然，洗手间外有人推门进来了，付行云吓得一激灵，抽出挂在衣服领口上的墨镜，边戴边往外走。

走前，他小声说道："之后再说。"

他和进来的路人擦肩而过，匆匆离开，没有看到他身后的闻逝川，眼睛闭了闭再睁开时，眼底一瞬间的茫然又藏了起来。

接下来整整一个多月，闻逝川都窝在工作室里闭门谢客，剪片子。他亲自剪，有一个剪辑师打下手。他剪起片子来废寝忘食，烟抽得格外凶，剪辑室里烟雾缭绕的，余向晚进去过一回，

大喊着"要窒息了"又退了出来，再也不进去了，安安心心地
等成片。

　　闻逝川从来没觉得过剪片这么难，余向晚以前一直夸他舍
得"下狠手"，辛辛苦苦拍得的镜头，说不要就不要，一刀全剪了。
但付行云的脸在屏幕上太好看了，这种好看并不止于皮相，他
像一朵缓缓盛开的花，随着电影故事的发展，一点点打开。

　　电影的结尾是怅然的，但演员的表演张力并不随之低迷，
反而在最后达到顶端。付行云的脸是有魔力的，特别是他哭的
时候，低垂着眼，嘴角下撇，看得人的心都要碎掉了。

　　剪辑师是和闻逝川合作惯了的，他叼着烟问闻逝川："这
演员长得真带劲啊，眼熟，谁啊？"闻逝川刚剪好一段，瘫坐
在椅子上也抽烟，说了付行云的名字。剪辑师嘟哝道："是他啊，
之前怎么没觉得这么好看。"

　　粗剪过一遍之后，闻逝川仔细地把废弃不用的片段按故事
顺序整理好，装进硬盘里。他一个人把成片从头到尾认认真真
看了几遍，从天黑看到天亮。镜头最后定格在付行云的表情特
写上，闻逝川叼着已经熄灭的烟头回想起很久以前的事。

　　他们决裂的那天，闻逝川沉默着送付行云到车站，目送他
离开。他离开时，忍着眼泪，嘴唇倔强地抿着，头也不回地上车，
闻逝川站在原地，看着车开远，在原地站了很久才回去。

　　回去之后，他总是沉默着，该干什么干什么，他还记得他
通宵剪了一个短片，天亮后，感到一阵心悸，仰躺在沙发上，
沙发上撒了好些烟灰，他想着付行云要发脾气的，伸手拂去之
后才突然意识到付行云不在了。

　　付行云的走红，他知道。那段时间正是他最为消沉的时候。
他开始怀疑自己，天赋和热情到底是不是会消耗的，坚持到底

有没有意义，是不是他如果妥协，一切就会走向一个不一样的、更好的未来。他甚至还拍了一部彻头彻尾的商业片，贺岁题材，剧本没有一处值得推敲，演员的表演也堪称滑稽，但他还是硬着头皮拍了，不出意外，拍出来之后除了让他自己特别难受，没有一点点的水花。

后来，随着那段时间付行云越发地红，他的模样更多地出现在电视屏幕和广告牌上。

闻逝川可以选择不去看电视，但没办法让自己不路过那些大幅的广告牌。有时候路过时，他会驻足，但更多的时候，是目不斜视地匆匆走过。闻逝川也会有忍不住去搜索付行云各种信息的时候，看见他和经纪人的花边新闻，看见营销号略带恶意、捕风捉影地编造他的黑料。

一方面，他清醒地劝诫自己，媒体总是往吸引眼球的那一方面去写；另一方面，他却感觉怒火像高浓度的硫酸，顺着血管流遍他的全身，在他的身体里"滋滋"腐蚀他的理智。

最后，他只能强迫自己屏蔽掉这些信息。他换了几个城市生活，去接触各行各业、各种各样的人，去真听真看真感受，他去写电影拍电影，更多地写更多地拍。然后就有那天他们在深夜路边的重逢，付行云酒醉呕吐，他递上一方手帕。

他只看一眼就知道了，付行云并不快乐。付行云越是勉力伪装，就越是不快乐。

但闻逝川不住地提醒自己，他们现在各走各的路，各做各的事。但很多事情，想起来简单，说起来难。事情就在这样的纠结中反复，就像他刺激付行云的话——"举手之劳"。他也用这个借口麻痹自己，相识一场，这些只不过都是举手之劳。

直到余向晚将那个与付行云同名的电影剧本递到他面前。

余向晚总是最敏锐的，像丛林里潜行的捕食者，直觉惊人，伺机而动。她狡黠地笑："我这名字起得不错吧？"

　　是不错，他根本没办法抗拒。

　　付行云问他怎么想，他其实不知道该怎么回答。

　　生活不是非此即彼，他们之间也不是全然的友谊，里面有恨、有嫉妒、有怜惜、有孤独。

　　重逢之后，他们之间就像隔了一层纸，有顾忌与保留。

　　面对着付行云，他脑海中有两个声音，一个声音，醇厚温柔，对他说，去原谅他吧。另一个声音冷酷无情，鼓动着说，惩罚他。

　　他感觉自己都快要被撕成两半。

　　直到闻逝川将片子看了一遍又一遍，早晨阳光和煦，鸟鸣啁啾，分离与猜忌都藏匿起来，一切看上去是那么温和与可爱。

　　他看着屏幕里灵动有神的付行云，想道，分离六年，原来你比想象中还要重要更多更多。

　　回到了自己家，付行云站在玄关愣了好一会儿。屋子里黑漆漆的，有股久不通风的味道，装修时他亲自定下了"简约北欧"风格装修，此时看起来却过于空荡了。他反手关上门，开窗通风，把几个大行李箱里的东西归置好。

　　他刻意没有去看手机，忙完了一大轮，都已经是半夜了，他胸有成竹地拿起手机，发现里头消息不少，但没有闻逝川的消息。

　　付行云在开始感到失落之前先感到懊恼，这是干吗呀？

　　他把手机一扔，洗漱睡觉去。洗澡的时候，付行云把手机摸过来，试探性地给闻逝川发过去消息："我到家了。"

　　付行云跨进浴缸里，耐心地撒好浴盐，泡在略热的水里，浑身舒展。手机突然一震，付行云拿起来一看，是闻逝川回的消息，就回了俩字——"好的"。

付行云差点手一滑，把手机落进水里了。

好什么好，一点都不好。

付行云把手机扔到浴缸边的木制架子上，闭着眼睛泡了会儿澡，还是觉得心里不得劲。"哗"地从水里起来，抄起手机，从相册里精心挑选了一张表情自拍。

付行云嘴巴里嘟哝着"看你这回说什么"，发出去。

谁知道闻逝川一直没有回，付行云也不知道他怎么想的，想来想去，一个月就过去了，这段时间，付行云陆陆续续也收到一些通告邀请，但他现在想好了要扭转自己的公众形象，这些通告他都告诉小江，让小江一一婉拒了。

他要借助闻逝川的《行云》这部电影，重新打造自己的演员形象。这段时间，就当是修身养性，低调一段日子，为之后的重新出发做准备。

等来等去，付行云没有等到闻逝川回复的消息，反而等来了电影的第一波宣发。闻逝川在社交平台上没有自己个人的账号，只有工作室的官方账号。上面的东西很少，有一天晚上，发出来了一系列九张黑白剧照。

故事感极强的九张，居中的是付行云的特写，他的脸占据了整张图片，几乎找不到修饰的痕迹，付行云边看边挑剔地腹诽自己的泪沟法令纹，但与此同时，这张照片也更真实。

真实是一种力量。

付行云点开自己的照片端详了很久，他不晓得自己如今的面目还能呈现出这样的效果，还能有这样的表现力。

这组照片转发量一下子就上去了，因为有好些电影账号都转了，也不知道是闻逝川做的推广还是怎么样。但无论如何，欣赏文艺片还是在大众审美中处于比较高的层级，就算不喜爱也大多会一转以表志趣高远。

付行云心中一哂，琢磨了一会儿转发语，爽快地转发了。

"在西南一隅潜心拍摄数月，请大家期待。时隔六年，和川哥再次合作，感觉到很安心。"后面还连发了几个可爱的表情。

他的粉丝都兴奋坏了，本来几个月都没点儿消息，一下子放了个大招，还是个看上去格调颇高的电影，粉丝群体都像炸锅了一样。

事情是这样的。

一个多月前，有人发了几张照片，是她那时候到西南旅游时拍的，配字是：参加了一场婚礼，拍到一个好看的小姐姐，仔细一看，居然是个小哥哥！

照片里就是穿上了民族服的付行云，穿的是女装。

拍照人的技术还不错，仰拍的角度，那时天已经黑了，付行云的脸被银冠垂下来的小铃铛挡住了一点，漆黑的眼珠子被塘火照亮，嘴唇上还有口红的残留，显得他笑起来唇红齿白，表情生动，眉眼飞扬。

时隔多日，这几张照片突然被付行云的粉丝转起来了，时间地点一对上，照片里果然就是付行云。照片的一个角落还拍到了闻逝川，闻逝川刚好是看过来的，其中一张眼神和镜头对上了，另外一张他正好在看付行云。

八竿子都打不着的人他们也能凑一起，更别提是都合作了、同框了，本来还非常低调的两家粉丝这下像是过了年，兴奋得无以复加。

下定决心要蹭热度蹭到底的付行云，"手滑"点了个赞，这下更是往油锅里浇水，彻底炸了。就在付行云满意地收起手机的时候，他收到了闻逝川那头发给小江的消息。片子的粗剪版本已经出来了，打算先邀请核心的剧组成员看一看，到时候等成片出来了，再邀请媒体什么的，正式办一个首映。

付行云欣然答应。

看粗剪版本影片的地点定在了闻逝川的工作室，闻逝川在布置工作室的时候，花了大价钱，隔了一个不大不小的房间，专门做成了放映室，隔音什么的都做得非常好，很适合这种小型的展映。

付行云仔细打扮了一番，坐小江的车去。

车停在闻逝川工作室楼下的时候，付行云正准备下车，透过车窗玻璃，他眼尖地看到了一辆熟悉的车，果不其然，陈忻从上面下来了。

一瞬间，新仇旧恨全部涌上了付行云的心头。

小江还来不及劝，付行云就架上墨镜，对着后视镜整了整衣襟，开车门下车。小江还要劝他，付行云冷笑着说道："不给他好好说道说道，还以为我是好欺负的。"

说着，付行云下了车，气势十足地关上车门。

陈忻脚步匆匆，好像无暇他顾，付行云忙抬脚跟过去，却没赶上和陈忻同一趟电梯，他只能耐着性子，看着电梯上到三楼又下来。他上去的时候，隔着玻璃门，他看到陈忻已经在工作室里头了，余向晚坐在前台，正在和陈忻说话。

付行云以一种主人家特有的从容派头，推门进去，轻咳两声。他进去的时候正好听到一点话尾巴，余向晚正用她特有的那种直率的腔调和陈忻讲话："……都说了没有预约不能进，你怎么听不懂我说话呀？"

她说的话一点奚落的酸意都没有，就是纯粹的疑惑，仿佛真心疑惑陈忻听不懂别人说话。她这种直白的话语风格，付行云以前一向是不太喜欢的，总觉得她让人下不来台，但现在，这一招用在陈忻身上，他只有拍手称快的份。

　　"怎么了？"付行云摘下墨镜，别在墨绿色绸质的衬衫领口上。

　　陈忻一回头，见是付行云，脸上一阵红一阵白，转头就擦着付行云的肩膀出门了。来不及和余向晚说话，付行云也回身出去，反手关上门，在电梯口截住了陈忻。

　　陈忻板着脸，转过来，淡淡地说道："怎么了？"

　　付行云一手插着兜，另一手越过他，把打开门的电梯又摁关上了，问道："上次那个事情，是你弄的吧？"

　　他没说是哪件事，但他们俩都心照不宣。

　　陈忻用近乎挑衅的无所谓语气嘲讽道："你的那件'童年往事'吗？"

　　事情都已经发生了，付行云这次没有这么容易被刺激到了。

　　"我这里可能有几张照片你会感兴趣。"

　　付行云摸出手机，找到和孟清的对话框，把孟清发给他的几张偷拍照片点开给陈忻看，上面是陈忻和他资方相处的照片，拍得两个人的脸都清清楚楚的，角度刁钻，可见偷拍的人技术高超。

　　仅凭付行云是搞不到这样的照片的，他也没这个时间，要说陈忻倒霉就倒霉在孟清病情好转，在那个养生别墅里闲着没事，空出手来弄这个事儿了。陈忻的脸一下子黑了，付行云连忙把手机收回去，心里不禁感叹，背后有人的感觉真好。

　　付行云说道："之前的事我就不追究了，不过哪天心情不好了也说不定。我不知道你为什么这么恨我，你既然想和闻逝川合作，就应该知道我和他的关系，没必要和我过不去。"

付行云刚才听见陈忻在余向晚那里吃瘪了，自己手上又拿着他的要害，本来是很心平气和的，但现在，那种说不出来的难受劲儿又涌上心头。他又再一次想起四年前，自己刚刚走红，坐着飞机，踌躇满志地回头去找闻逝川，结果闻逝川和别人走在一起。

他也知道这事儿恨不得闻逝川，导演找一个新的演员搭档，人之常情。

听到付行云提起闻逝川，陈忻欲言又止，最后，他冷笑一声，说道："所以付老师现在是吃'两家饭'？"

付行云一下子没有反应过来。

陈忻又说道："我可算是知道了，娱乐圈只有豁得出去才能混。像付老师这样的，靠了经纪人，又傍上一个导演，两头都吃得开。"

付行云被他刺了一下，怒极反笑，手插着兜，斜靠在墙上，无所谓地说道："我傍得上是我的本事，有人想傍还傍不上呢——"话音未落，有人在身后重重地清了清嗓子。

付行云回过头来，发现是余向晚。她挤眉弄眼地朝付行云使眼色，她旁边站的是闻逝川。

付行云愣住了，停止了思考。也不知道他们俩是什么时候开始站在那里的，也不知道他们听了多少。

正好电梯门再一次打开，陈忻低着头，有些慌乱似的，不等电梯门完全打开就挤进去了，闻逝川没说话，跟着陈忻也进了电梯里。付行云站在电梯外面，像被冻住了一样，不知道要说什么才好，就这么定定地看着电梯门关上，陈忻连同闻逝川一起，消失在视线里。

"呃……"余向晚试探着说道，"咱们进去等？待会儿还有人来。"

付行云茫然地应了一声，转身跟着余向晚进去。他来得早，放映室里才刚刚布置好，不大的地方，布置得像个小规模的私人影院，放了几张沙发，墙边还堆了几个懒人沙发，很舒适的氛围。但付行云全然无心感受，他在余向晚的指引下，坐在了最前面靠中间的沙发上。

他突然问了："你们听了多少？"

余向晚拽着一个懒人沙发，拖到付行云脚边，然后整个人陷进去，扭了扭身体，让自己的背部曲线和沙发完美贴合，舒服地叹了口气。

她说道："也没多少吧，大概是从一开始？"

付行云："……"

陆陆续续地有人来了，都是一起度过了这几个月拍摄时间的工作人员，加起来可能十个人左右。付行云很有礼貌地一一起来打招呼，他的笑容无懈可击，但其实整个人都心神不宁。他借口上洗手间，到了外面，从小阳台往下看，见到了陈忻和闻逝川正站在陈忻的车边，两个人在说着什么。

后面都是陈忻一直在说，从表情来看，情绪颇有些激动。闻逝川只偶尔说两句，到最后，闻逝川走开了，陈忻站了一会儿，开车离开了。

付行云连忙回到放映室里，在自己的位置上正襟危坐。

过了一会儿，闻逝川回来了，放映室里的工作人员起哄似的鼓起掌来，付行云低头看着膝盖，不敢看他。闻逝川轻描淡写地说道："有事耽误了一下，马上开始吧。"

圆脸蛋助理小何从懒人沙发上蹦起来，去播放影片。闻逝川继续说道："只是粗剪，时长有三个小时，到最后时长应该会压缩到一个半小时左右，大家看完之后也可以提提意见。"

大家纷纷答应，室内的灯渐次灭了，闻逝川坐在了剩下的唯一空位上——付行云旁边。

付行云突然想起来，这张沙发是之前他来试镜的时候坐的那张，松软舒适，仿佛能把坐在上面的人整个包裹起来。

影片还没播放起来，室内一片漆黑，这样的环境让付行云感觉安全，虽然他看不到别人，但别人也看不到他，看不到他的紧张、不安和狼狈。

他小声说道："刚才……"

时机找得太不巧了，付行云的话才开了个头，挂幕就亮了，亮光照射到付行云脸上，他眼睛一眯，见到闻逝川侧头看了他一眼。

"专心点，"闻逝川沉声说，"待会儿再说。"

付行云瞬间哑火，像个做错事被教训的小孩子，手放在膝盖上，清空自己乱七八糟的思绪，准备迎接这一场三个小时的电影。

很多演员在提升自己演技的过程中，会反复观看自己的电视剧、电影片段，剖析自己的表演，看看自己有哪些不足，反反复复地看，像外科医生做一台最精细的手术。但有的演员从来不看，觉得看自己的表演总有些尴尬。

付行云也看自己的电视剧，但这次看这个电影，他总觉得有些坐立不安。

并非受到刚才发生的事情的影响，而是这个电影传递的情感太过真实，故事和镜头无一不在传递着一种孤独的感觉，润物无声，而付行云自己在里头也格外真实。素面朝天，举手投足、一言一行都是贴近生活的，他就像在看自己的生活实录。

特别是到了哭戏的时候，付行云目光移开，不想去看。

他看了看左右，闻逝川看得极认真，明明已经在剪片的时候看过千百遍了，却还是仿佛第一次看，目不转睛，认真地抿起嘴唇。余向晚就坐在他旁边，她感情丰沛，正在吸鼻子，哭得脸上满是泪痕，小何给她递纸巾。

明明电影故事里所处的地点、角色的生平都和付行云自己现下的生活全无相似，但他还是强烈地共情了。他想起了以往那些曾经感到孤独的瞬间，那些瞬间好像走马灯一样在他脑海里回放。

电影放映结束，小何贴心地留了一小段黑暗的时间给大家整理情绪。付行云靠在沙发上，听到闻逝川的声音在他耳边响起："待会儿我们谈谈吧。"

他的手抓紧裤子上的布料，说："好。"

放映室里的灯重新亮起，工作人员们热情地鼓掌欢呼，闻逝川站起来，转过身去，和大家大概说了说接下来的工作安排。接下来就是更精细的后期制作，包括进一步的精细剪辑、音乐音效的后配、提上日程的宣发。

付行云听得心不在焉，满心想着后面闻逝川要和他谈什么。

放完电影，工作室提早准备了一些吃喝的东西，摆在大露台上，也算是一个小型的庆功。余向晚认认真真地把五彩缤纷的小蛋糕一个个按照颜色顺序摆在架子上。已经入秋了，黄昏时已有些凉意，露台上播了点爵士音乐，大家都很放松，除了付行云，他什么也没吃。

闻逝川拿着一杯柠檬水坐在露台的栏杆边，付行云走过去，佯作轻松："谈吧，谈什么？"

"进去说。"

闻逝川将杯子放下，领头走进去，付行云沉默着跟在他后面，没有人留意他们离开了。他们一路走到了闻逝川的办公室，夕阳正灿烂，不必开灯。付行云走在后面，进去后反手关上门，靠在门上，像警惕防守的小动物。

"谈什么？"付行云说。

闻逝川坐在他正对面的单人沙发上，面无表情，不知道在想什么，付行云被他看得浑身不自在。付行云再次问道："到底谈什么？不谈我走了。"

"你先说吧，"闻逝川说，"不是应该你先说吗？"

付行云本来满脑子都是紧张不安，身体像绷紧的弦，像吹到极限的气球，闻逝川一句话就像是锋利的针，一下子就戳爆了气球。再说了，他对陈忻和闻逝川的事一无所知，他有什么好说的，而且也轮不到他说。付行云越想越气，刚才陈忻讽刺他时他没生大气，这会儿倒是气起来了。

他说："我没什么好说的。"

闻逝川板着脸，勾了勾嘴角，似笑非笑："是吗？"

付行云差点炸了，他说："就你会说反问句吗？你现在是怪我打扰了你和陈忻见面说话是吧？还是怪我抹黑了你？我说你罩着我你还吃亏了是吧？"

闻逝川坐不住了，从沙发上站起来，付行云被他吓得缩了一下，但还是倔得收不住嘴，他们互相瞪着对方，仿佛在用眼神打架。

"你究竟知不知道陈忻是个什么人？"付行云说道，"你就算随便找一个演员搭档也不该找个这样的，他把我害得有多惨你知道吗？我小时候的新闻就是他找人爆的，你知道吗？"

付行云越说越委屈，气得整个人都抖了起来，上下牙齿打架。他想到那天闻逝川赶到他家里来照顾他，越想越气，越想越觉得闻逝川是来给陈忻收拾烂摊子的，那些收起棱角的示好都因为扯入了第三个人而让他浑身不舒服，如鲠在喉。

闻逝川扬起声音，大声说道："我没有——"

付行云问道："什么没有？"

闻逝川说："我和陈忻，没有搭档过，是你误会了！"

"什么误会了？"他们俩声音一个比一个大，付行云几乎是吼出来了，"我都看见了，我看见你让他拿你的摄影包来着！"

闻逝川一下子被他说蒙了。

闻逝川的确很生气，他和余向晚一起站在那儿听了全程，他对付行云说的每一句话都很生气。他气付行云被陈忻给欺负了，他气付行云为了刺激陈忻而自嘲，他气付行云把他们重逢之后的这一系列来往都说成了不光鲜的、没有真情实感的交易。

但是他没有想到，付行云会误会他和陈忻搭档过。

"看见了？什么时候？你误会了。"闻逝川皱着眉头问道。

明明就是他亲眼所见，付行云在闻逝川面前来回踱步，每次他想起那回亲眼所见的情景，他都觉得又气又伤心又委屈。

他说道："明明就是！四年前，那天……那天我还记得，八月二十八号，我……我前面还通宵录了个综艺，在水里的，又累又困，那个人还推我……我……"

付行云慌不择言，小学生告状似的。

他那时候刚红，接综艺刷脸，那个综艺与其说是玩游戏不如说是折腾艺人，他在水池里扑腾了五个小时，中途还被主持故意整蛊，推进水里了，呛得一把鼻涕一把泪。就这样，他还挤出了宝贵的五个小时休息时间，马不停蹄，坐上飞机去找闻逝川。

付行云委屈得眼眶都红了，大声说道："你和他走在一起！他手里拿着你最宝贝的摄影包！我就站在那个雪糕店前面看见了，那个雪糕店，我们还在那里吃过雪糕——"

在付行云一炮而红成名之后，铺天盖地都是他的脸。电视剧里、广告牌上、手机软件的开屏广告，他的存在就像一张密密织成的大网，将消沉的闻逝川网在里面，让人透不过气来。

闻逝川的的确确消沉过一段时间，在那段时间里，他遇到了陈忻。他在当初他和付行云认识的那家酒吧里遇见陈忻，陈忻那时候名不见经传，是个演没有人看的低成本网剧的，连演员或许都称不上。闻逝川一向酒量都不错，而且也从来不放纵自己喝醉，一般只是微醺。

陈忻点了两杯酒，坐在他旁边，把其中一杯推给他。

闻逝川头也不抬，将推给他的那杯酒推回去，陈忻也不气馁，坐在他旁边的位置上，一根纤长的手指指了指他的手臂，问："哥，你这个文身文的是什么呀？"

闻逝川抬头看了陈忻一眼，愣了两秒，也就仅限于两秒。

陈忻和付行云长得有三分像，在酒吧昏暗的灯光下更像，他们的目光也有一些像，怯怯的。但陈忻的怯更像是兔子一样的，而付行云的怯是隐藏起来的，像只落单的小猫崽，又怕又要凶狠。

闻逝川没有和他说一句话，抬头和酒保示意了记账就起身走了。

陈忻倒是对闻逝川更上心了，三天两头到酒吧里去，还去各种打听闻逝川的事情，知道闻逝川是个导演，又打听到有个付行云，深觉自己有机会，纠缠了一次又一次。闻逝川倒也没有正儿八经拒绝他，并非是有什么想法，而是完全没有在意。

　　听付行云这么一说，他突然想起，或许真的有这么回事。

　　那天他喝多了，真真切切地喝多了，他也不记得自己到底是怎么喝的，倒在家里的床上昏睡，醒来的时候连床上都是喝空的酒瓶子，只不过翻了个身，酒瓶子就滚到了地上，碎了一地。

　　他头痛欲裂，没有收拾，平躺在床上。

　　他喝醉了，睡得却并不安稳，做了一夜的梦，具体梦了些什么，他也记不清楚了。晕晕乎乎地起来洗漱，打算下楼吃个东西，太阳正热烈，晒得他一阵头晕，差点在台阶那里摔了一跤。

　　他干脆扶着路灯蹲下来，抽了根烟，整个人像被抽空了一样，看着吐出来的烟雾发着呆。

　　陈忻就是这时候来的，也不知道他是怎么辗转问到了闻逝川住在这儿。闻逝川只依稀见到一个人走过来，来的人背着光，面目模糊不清，轮廓身型都和付行云很像。

　　闻逝川依稀记得他们以前曾经在这里吃过雪糕。那是冬天的夜晚，很冷，下了雪，付行云不知道抽了哪根筋说要吃雪糕。

　　闻逝川蹲在路灯下面抽着烟等他，被冷风吹得有点哆嗦，手指关节都泛红，却还是在等他。没多会儿，就见到付行云回来了，穿着闻逝川的厚羽绒服，长得几乎拖地，红色围巾围了一圈又一圈，衬得脸只有一点点，拿着一根冰棍，一边吃一边打喷嚏。

　　"活该。"闻逝川吐了口烟，骂了一句。

　　付行云冷得不行，嘴唇舌头都冻麻了，话都说不清，但还是不肯认尿，冲过去，冰棍掉在了雪地里，付行云假模假式地说："害得我冰棍都掉了，多好吃，浪费。"

闻逝川说："我再给你去买一根？"

付行云连忙拽着他上楼："不买了不买了，浪费钱。走了，回家睡觉。"

一时间，宿醉后并不清醒的脑子模糊了回忆和现实，梦境和当下的界线也无限趋近于模糊，逆着光走过来的人和付行云太像了。闻逝川一时间有些迷糊了，他习惯性地伸出手，拿过那个人手里的摄影包。

但当他们的距离近到能在烈阳下看清彼此的时候，闻逝川像是被冰水当头淋下，瞬间清醒了——不是付行云。

闻逝川将陈忻推开，冷冷地问道："有事吗？"

陈忻尴尬地解释："你昨天喝醉了，这个落在酒吧里了。"

就这么短短的一瞬间，居然被付行云看到了，闻逝川也是一时无言。世间的巧合这样多，巧合到听起来都像是作假。果不其然，站在他面前的付行云冷哼一声，嘟哝道："哪有这么巧，谁信啊？"

但其实付行云马上就信了，只要有一丁点可能的解释，他就信。他在心里给自己找补：闻逝川的品位才不会这么差。

付行云又说道："我上次来试镜的时候，还看到他上你工作室来。"

闻逝川说："我没见他，他没预约，没人放他进来。"

"那……"付行云说，"那刚才，你和他说什么？"

闻逝川语速极快，好像只要说慢一点点就不能让付行云放心："让他别再盯着你了，即使没有你，我也不会和他一起合作。"

两个人之间剑拔弩张的气氛一下子缓和了下来，他们原本都气得像两个充满了气的气球，一戳就要爆，现在，气球里的气"咻"一声齐齐被放掉。

"砰砰砰——"外头有人敲门。

付行云顿了顿，回身打开门，是余向晚站在外头，满脸担忧："你们……吵架了？"

"没，聊点事情。"付行云说道。

余向晚明显不信："我给你们带了点吃的，再不吃就都没了……隔着整条走廊都听到你们在嚷嚷……"

闻逝川站在付行云身后，越过付行云的肩膀，一手把余向晚手上的吃的接过来，说了句"谢谢"，用力把门掩上。

付行云面前就是门板，他一矮身，从闻逝川的手臂下面钻出去。

闻逝川转过来，说道："轮到你说了。"

付行云装傻，刚才的紧张氛围一扫而光。作为刚才争吵的痕迹，付行云甚至眼眶都还红着，但心情变好了，他从闻逝川手上的托盘里拿起一块小蛋糕，假装对小蛋糕兴致正浓的样子，小声说道："说什么呀……"

闻逝川把托盘放下，就这么看着付行云吃蛋糕，也不说话，看得付行云都不敢抬头，满口奶油蛋糕，吞也不是不吞也不是。他这会儿心情好极了，整个人都极轻极轻，好像吹口气就能飘到天上去。

一时间他们都沉默了，但这沉默并不使气氛凝固。

好一会儿，付行云手上的蛋糕吃完了，连手指上的碎屑都舔得干干净净，这下再也没有不说话的理由了。付行云清了清嗓子，煞有介事的样子。闻逝川坐在沙发上，付行云踮起脚坐在沙发不远处的桌子上，桌子高，一双脚在半空中晃荡。

他拖长声音，像个不想回答问题的小学生。

"我的经纪人……孟清嘛，我们关系挺好的……"付行云说道。

闻逝川说："多好？"

付行云用手指去轻轻抠桌子上的缝隙，慢慢说道："很好呀，没有孟清我都出不了头，多亏孟清，不然我可能还在熬日子。"

闻逝川只"嗯"了一声，意思是，知道了，然后呢？

付行云笑嘻嘻地说道："然后嘛，知遇之恩，无以为报，只好以身相许。"

闻逝川并没有生气，付行云这种满嘴跑火车的说法，根本激怒不了他。说到底，他也并不相信付行云和孟清会有点什么，他相信付行云是会懂得自爱的人，他的愤怒，所针对的只是他们不成熟而决裂的那几年时间。

"走吧，一会儿该散场了。"

散场时已经是夜深，大家都是酒酣耳热，约好在首映时候再见。余向晚是住在工作室里的，散场后就打着哈欠去睡觉了。付行云磨磨蹭蹭到了最后，他喝了酒，发了消息叫小江打车过来当司机。

闻逝川说："我送你下去。"

付行云点了点头，两个人进了电梯。他们并肩而立，付行云看着电梯里显示的楼层数字，无端想起他们刚刚认识的那段时间。

付行云在酒吧里工作到深夜，闻逝川一杯龙舌兰也喝到深夜。酒吧打烊，他们没有只言片语商量过，却又莫名默契地一起走在凌晨无人的街道上。付行云走在前面，闻逝川揣着兜，点了烟走在他后面。

等到了付行云住的出租屋楼下，又默契地分别，闻逝川会说一句"晚安"，然后蹲在路边把那根烟抽完再走。

好像从很早以前，他们就一直是这样并肩前行的状态。

电梯轿厢里排风散热效果不太好，付行云鼻尖都冒出小汗珠，等电梯门开一条小缝，他立刻侧身挤了出去，一直走到门外，吹了凉风才觉得好些。

闻逝川在他身后，问道："来了吗？"

付行云低头看手机，小江说还有十分钟左右到。付行云的车停在拐角的树下，他靠在大树粗壮的树干上，感受着入夜的凉风。闻逝川站在付行云一步之外，点了根烟，默默站着陪他等。

付行云突然问道："我表现得怎么样？"

闻逝川吐出一口烟，低头失笑，说："表现一般，下次加油。"

小江恰好到了，付行云瞪了闻逝川一眼，拉开车门坐在后座上。车很快就开出去了，小江从后视镜里看了付行云两眼，说："哥，心情不错？"

"嗯，"付行云笑着说，"电影剪得很好。"

闻逝川的下一波宣发是电影主题曲的公布。

付行云第一时间听了，有些意外。他本来以为这样一部孤独怅然的电影应该有一首沉静的音乐才相衬，但主题曲的旋律却意外地躁动，能从歌手的声音明显听出来他年龄并不大，低沉之余还有一些少年气，认真又茫然，不忿又寂寞。

躁动的旋律最后归于沉寂，最后一句歌词几乎是在寂静中哼唱出来的。歌词是余向晚写的，最后一句是化用的，付行云特意去查了。

"每个人心里都有一团火，路过的人只看得见烟。"

　　哼唱的男声到了最后真的如烟一样，轻飘飘的。付行云看了看歌手的名字，叫檀子明，并不认识，很陌生，名字也很生僻。

　　付行云本着一点好奇，上网随意搜了一下，发现这个檀子明所属的公司居然跟自己是同一个。付行云瞪大眼，从沙发上坐起来，认认真真地看，网络上檀子明的资料极少，连个照片也没搜到，但的的确确是和自己属同一公司。

　　这个公司说来也只是个名头，只不过是当初孟清替付行云未雨绸缪时随便弄的，公司的直接负责人就是孟清，也就是说这个檀子明是孟清签下的，而闻逝川又和孟清搭上了线。

　　付行云简直摸不着头脑，想着改天要问问孟清，也不知道这个檀子明是何方神圣。他的行动力远远比不上广大网友，网友很快就把这个檀子明的照片给挖出来了。也不是什么剧照海报广告什么的，就是生活照，屈着长腿，坐在篮球上，低着头压着眉，抬眼不经意地看向镜头，满脸都是汗。

　　网友们津津乐道着帅哥唱歌好听，无疑又给了闻逝川的电影出圈的谈资。

　　这段时间以来，付行云和闻逝川都没有彼此联系。但付行云并不焦躁也不着急，这种互不联系好像也是属于默契中的一环，他们的关系好像正走在一条新的路上，中间的种种变化都令付行云觉得新奇而快乐。

　　他好久没有感受过这种纯粹的快乐，这样的快乐并非来自某件特定的事情，而是一种状态，吃早餐也快乐，喝水也快乐，坐在沙发上玩手机也快乐，就算什么也不说什么也不做什么也不看都快乐。

　　付行云怀疑自己出了什么问题，秋天本来应该是萧瑟的季节，但他感觉到生机勃勃，秋雨变成了春雨，让大树抽出新枝。

开始有一些通告陆陆续续找他，绝大部分都是想要通过他这里去探电影的底。付行云都没答应，安安心心地在家里打造自己深居简出的新形象，直到他收到了首映的邀请卡。

他的邀请卡是闻逝川的助理小何送上门的，没有什么花里胡哨的设计，就是简单写上片名和时间地点。空白处是闻逝川手写的一句诗，还有他自己名字的落款。

"晚钟鸣上苑，疏雨过春城。"

闻逝川字写得极漂亮，他是从小就练柳体的，骨力遒劲，斩钉截铁。墨迹已干，付行云摸上去的时候笔画所过之处凹凸不平，力透纸背。付行云把邀请卡拍了照，发到社交平台，然后把它端正地压在书房桌子的玻璃下面。

立冬那天是闻逝川的生日，付行云给他发消息。

"来吃饭。"

发了消息之后他就没有再去看手机了，丢到了一边，不去留意回复。付行云很久没有正儿八经下厨了。下什么厨啊，忙的时候日夜都是颠倒的，就算有空余的时间，也都在休息睡觉，厨房都没开过几次火。

闻逝川的厨艺非常烂，不是一般的烂，是彻底的烂，能把盐当成糖下的那种烂。相反，付行云的厨艺还算不错，他慢慢悠悠地花了大半天的时间来做一顿饭。锅里的鱼汤咕咚咕咚地冒泡的时候，门铃就正好响了。

付行云正打算炒菜，围裙都没来得及解，急忙去开门，闻逝川站在外头，如约而至。

他好久没做饭了，觉得有些手忙脚乱。闻逝川来得这么早，他有些着急，烦躁地挠挠头，敞着门又冲回到厨房里。外面天已经黑了，屋子里还没亮灯，黑胶唱片机播着爵士乐，厨房里灯光泛黄，菜下油锅的"滋滋"声满屋子响。

闻逝川在玄关里站了好一会儿才往里走，他脱了鞋，没有穿上拖鞋，赤着脚就往里走。

付行云把菜起锅，顺手把煮汤的火调到最小，急急忙忙地把菜往外端，差点和站在厨房门边的闻逝川撞了个满怀。

他说道："哎呀，让让、让让——"

菜都放在餐桌上，餐桌在大落地窗边。付行云摆好菜，见闻逝川又跟着他出来到了桌边，他说道："我去洗一下，一身的味儿，你饿了先吃。"

付行云匆匆冲了个澡，出来的时候微长的头发还濡湿着。他出来的时候，桌上的菜还没动，闻逝川静静地坐在桌边，看向窗外，听见了脚步声就转头看过来。

"不饿吗？"付行云问道。

闻逝川说出了今晚的第一句话，他说："等你。"

付行云避开他的目光，低着头眨了眨眼，吸着鼻子去厨房把炖得刚刚好的汤端出来，奶白色的鱼汤盛进碗里。他们对坐着吃饭，付行云吃着吃着就有种恍如隔世的感觉，上一回他们这样面对面吃饭都已经不知道是多少年前了。

"后天首映是吗？"付行云率先开启话题。

闻逝川点了点头，埋头吃饭，付行云吃得不多，闻逝川倒是像个无底洞，一口气吃了好多。

付行云问："都请了哪些人？"

闻逝川一一数到："媒体、影评人、一些导演。"

"会紧张吗？"

闻逝川反问他："你会紧张吗？"

"还好吧。"付行云低头，用勺子一圈一圈地搅碗里的汤，

"邀请卡上面的诗是什么意思？"

闻逝川背道："晚钟鸣上苑，疏雨过春城。了自不相顾，临堂空复情。"

付行云等着下文，但闻逝川又闭上了嘴，他有些羞恼地催道："听不懂。什么意思？"

"是等待。"闻逝川低头笑着解释道，"晚钟响了，又下雨了，不知道等待的人还顾不顾得上来，但我想见面的心情格外急切。"

付行云也低下了头，小声问道："每一张卡都手写吗？"

闻逝川说："只写了一张。"

只写了一张，是哪一张不言自明。

一顿饭吃到最后，大半都是闻逝川吃的。到最后，付行云都生怕他吃撑了，自觉站起来要收拾碗筷。闻逝川连忙说："我来，消化一下。"

屋子里一直都没有开大灯，只有餐桌上开了一盏昏黄的吊灯，付行云一向不喜欢过于亮的环境。闻逝川在厨房里洗碗，付行云开了一瓶白葡萄酒，倒了半杯，坐在飘窗上，抱着抱枕发呆。

好像在做梦啊。

事业在往好的方向发展，好朋友好像又回来了，还有什么不满足呢？只希望梦能做长一些。

闻逝川擦着手从厨房里出来，付行云这才留意到他今天好像着意打扮过，没有穿寻常穿的T恤牛仔裤，正儿八经地穿了藏青色的休闲衬衫，头发梳在脑后。付行云摸了摸藏在身后的礼物盒，他说道："你猜猜，今天有礼物吗？"

闻逝川盘腿坐在飘窗的另外一头，他说："我猜有。"

付行云撇撇嘴，说道："猜错了，没有。"

"肯定有。"

付行云和他唱反调："肯定没有。"

"我都看见了。"闻逝川眼睛里蕴满了笑意，窗外是万家灯火，万家灯火的光都藏在了他的眼里。

付行云说："看错了。"

闻逝川探身去拿付行云藏在身后的礼物，付行云往后躲，两人真真假假地来回打闹。付行云一没留神，露出了破绽，被闻逝川拿到了藏在身后的礼物盒。

"可以打开吗？"他问。

付行云没好气地说道："不可以。"

闻逝川不听他的。手上的丝绒礼物盒是黑色的，轻轻打开后是一只表，夜空般的深蓝色表盘上全部都是碎钻嵌的星星月亮，闪着光。

"我看你没有戴表，所以选了这个。"付行云重新靠着墙坐好，有些忐忑地说道，"也不知道你喜不喜欢。"

闻逝川仍在认真地看。

付行云嘟哝道："我想了很久。送表是最好的了，你说你的名字代表的是时间，那就送你时间……也不知道你喜不喜欢，不喜欢也不行，这个可贵了……"

闻逝川抬头，认真地说道："喜欢。"

他少有这样笑的时候，笑起来连犀利的五官轮廓都变柔和了，微微眯着眼，像慵懒的大猫。

付行云反倒别扭了，小声说道："生日快乐。"

第七章

背叛

很多时候，人生中重要的选择

并不都是轰轰烈烈的

那天晚饭之后，闻逝川顺理成章地借住在了付行云家里。

说是顺理成章，也没那么顺理成章。毕竟没有什么能留人的理由，天气不错，无雨无雪，时间也不晚，无灾无难，闻逝川大可回自己的家。

付行云的说辞是："看你住的地方，又小又破，我可是够义气的，可以不收你房租。"

付行云在这个家里住了两年，甚少添置东西，当初装修时也忙，没有空盯着，完全就是交给设计师和装修队，最多也就派小江来看两眼。漂亮舒适归漂亮舒适，却没有什么生活气息。

但闻逝川还是兴致勃勃地四处看。

付行云一边嘟哝着"有什么好看的"一边放任他四处看。

等到夜晚睡觉时，付行云收拾了一个次卧出来，闻逝川在旁边，时不时听从付行云的指令搭把手，时间恍惚回到了过去合租的日子。

付行云睡了久违的一个好觉，酣眠无梦，一觉到了天亮。

闻逝川也睡了一个好觉，像是空隙被填满，格外踏实。在首映式前的两天，他们两个足不出户，好好休息了几天，相处和平，不吵架，那些龃龉和分歧暂时都被丢到脑后。

他们两个人都紧张。

闻逝川紧张，因为这是他耗时耗力最多的一部电影，上一部电影替他打响名头、进入大众视野，而这一部就承载了大众的期待，有了期待就有了压力。付行云也紧张，成败在此一举，这次要是没讨着好，下一回估计就没人买他的账了，好口碑需要一点点积累，坏形象像雪崩，一下子就前功尽弃。

但他们俩谁都没说自己紧张，谁也不想表现出自己紧张。

首映式当天早上，闻逝川先醒的。

醒来的时候，付行云还没起。闻逝川看了看时间，去他房间把人叫醒："到点了。"

付行云揉着眼睛睡眼惺忪地起来，他们各自换好衣服，付行云安排了造型团队和化妆团队，闻逝川原本还想着自己倒腾倒腾完事儿，付行云被他惊呆了，说道："这么随便怎么行？"

小江来敲门的时候，付行云正在卧室里换衣服，闻逝川推门进去叫他。付行云正看着镜子里头的自己发呆，被他开门的动静吓了一跳，猛地回头。闻逝川没想到会吓着他，一时间两人面面相觑有些尴尬。付行云垂着眼睛，解释道："一个人住久了，不……不太习惯……"

闻逝川沉默了一会儿，说道："抱歉，我应该先敲门的。"

付行云为了打破这个尴尬，率先站起来去开门。小江站在门外，精神抖擞，元气满满。

"云哥，车在楼下等了，咱们先去做造型，然后再去——"

他边说着话边往屋里走，在看到屋里的闻逝川的时候，话音戛然而止，嘴巴张着没有合上。闻逝川正在倒腾胶囊咖啡机，毫不见外，好像已经把这里当成了自己家。小江眼睛里的迷惑之意更浓了，茫然地转头看向付行云。

付行云瞪了他一眼，正想要阻止他问问题的时候，机智小江抢先说话。

"我没有任何问题要问！"

小江就差没竖起三根手指对天发誓。

付行云放过了他，接过闻逝川递过来的咖啡，一饮而尽，一起出门下楼。付行云一眼就见到了闻逝川那辆二手小面包车停在停车场里，和旁边一众光鲜亮丽的车比起来，有点灰头土脸，但又自带一种"我不在乎"的气质。

"我回一趟工作室，回头见。"闻逝川说道。

付行云跟他对视了一眼，想说"好"，又想说"一切顺利"，还想说"首映结束后怎么安排"，但想了又想，碍于小江还杵在隔壁，只点了点头，各自上车。

小江坐在驾驶座上，打着方向盘熟练倒车，边踩油门边叨叨："哥，待会儿做了造型之后过去，应该会有媒体守着，但首映之前不做采访，结束之后会有专门的访谈，场是小场，来的大多都是一些小众的媒体，可能问到的问题和参考的回答都列出来了，在哥你手边那个文件夹里……"

付行云"嗯"了一声，一抬头又和后视镜里的小江对上了眼神。

"我不问。"小江再三保证。

付行云："……"

小江说："哥，快看采访问题。"

付行云说："我先发个招聘信息，换个助理。"

小江说："我错了！"

付行云说："呵呵。"

付行云的造型团队是早期孟清亲自把关挑选的，孟清审美非常过关，造型团队技术过硬，从来没有给付行云的造型拖过后腿。这次按照付行云的要求，给他配了一身烟灰色的休闲西装，外套上别了一枚玫瑰胸针，显得郑重又不过分，发型师帮他把刘海全部弄起来，露出额头，清爽又讲究。

　　付行云很满意，面对媒体的时候更是着意散发出十二万分的魅力，谋杀了不少菲林（菲林，"film"的音译，原意为胶片。"谋杀菲林"指有很多人对主角进行拍照、摄像，而"谋杀"则形容主角的吸引力非常大）。

　　首映的地点定在了离郊区近的一处私人影院，幽静舒服，来的媒体并不算十分多。展映前后都有小型的酒会，付行云在酒会上见到了章庭，心里还是有些不舒服，不太愿意和她打照面，转了个弯进了休息室，正好闻逝川在里面。

　　不知是不是凑巧，闻逝川身上穿了灰色衬衣，付行云送他的手表他正戴着，表带正好卡在腕骨上面，恰到好处的好看。两人的衣服款式不同，但看起来像是着意搭配过的，并肩站在镜前时格外和谐。闻逝川没有上妆，正对着镜子把他半长的头发束起来，手法笨拙。

　　付行云静静地看了一会儿，看着有点着急，走过去把闻逝川摁在椅子上，手边没有梳子，只能用手。闻逝川顺从地坐着，微微低头，任由付行云折腾他的头发。闻逝川的头发带一点自然卷，付行云帮他把头发梳起来，额前脑后留几绺碎发，很好看。

　　"砰砰砰——"小江在外头敲门了。

　　付行云看了看时间，说："到点了。"

　　闻逝川站起来，理了理衣襟。

　　"走吧。"他说。

放映厅并不大，大家基本都就座了，付行云一眼看过去看到了不少熟面孔。有章庭，后排的角落里坐着孟清，付行云没想到孟清也会来，还愣了愣。付行云的位置在最前排中间，闻逝川和余向晚的旁边。

付行云落座后，闻逝川作了简短的开场致辞。

"感谢大家今天的到来。关于电影，我不想说太多，大家先看，看完后我们再聊。"

闻逝川坐下的时候，放映厅里的灯就熄灭了，陷入了漆黑之中。

正式的影片比起粗剪版本精致许多，多了点到即止的韵味。

电影结束后，放映厅里响起掌声，媒体开始纷纷架设摄像机，准备进行访谈。

台上放了三张高脚椅，闻逝川坐中间，余向晚和付行云坐他两边。余向晚居然还穿着T恤和牛仔裤，脂粉不施，头发在脑后扎成马尾，付行云怀疑她的辫子是出门前随手扎的。比起略显拘谨的付行云和闻逝川，她是真正的不紧张，眨着眼睛好奇地看向台下每一个人，像在进行一场新奇的游戏。

现场的第一个问题是递给编剧的，余向晚侃侃而谈，不急不缓，连付行云也听入神了。

"编剧是做减法的工作，尤其在写这部的时候。'别人怀宝剑，我有笔如刀'。"她狡黠地笑，补充道，"我也演电影的，在座的导演如果有需要记住找我。"

气氛很轻松，付行云觉得这是开了个好头，连忙鼓掌，眼角余光看到了闻逝川也在鼓掌，但脸上全无笑意，甚至皱起了眉头，很紧绷似的。付行云不明所以，顺着他的目光看过去，观众席上一点异常也没有。

怎么了？

只有付行云一个人察觉到了闻逝川的异样，访谈进行得很顺利。递给付行云的问题大多是和他的转型相关的，没有人不识趣地提起他之前的所谓"黑料"和"丑闻"。

闻逝川的回答也游刃有余，他的回答直接、不绕圈，言之有物，轻而易举地就能俘获访谈者的好感。余向晚说自己的编剧工作是以笔为刀，暗含一种锐气与犀利。而闻逝川说自己这次的导演工作仅仅是"看待人生的其中一种表达角度而已"，圆融通透。

付行云又不合时宜地感到一点难言的窘迫，他好像很难能追上他们的这种高度。但他没有多花心思让自己沉浸在这种莫名其妙的情绪里，他越发觉得闻逝川不对劲。闻逝川表面看上去表达得游刃有余，但付行云余光见到他放在大腿上的手正攥紧拳头，好像在控制自己流露出多余的情绪。

在提问和回答的间隙，付行云递过去疑问的目光，而闻逝川只是匆匆躲闪。

访谈结束之后是小型的鸡尾酒会，闻逝川马上被章庭缠住了，问了他许多问题。付行云从桌上拿了一小杯香槟，一转头就看见了孟清在不远处的角落，他正要过去，突然被人叫住了。

"你好。"

付行云转过去，发现面前是个五十岁上下的男人，高大威严，戴着茶色镜片的墨镜。

付行云一时眼熟，却想不出是谁，只能礼貌又不失尴尬地一笑，放下高脚杯，伸出手去，说道："您好。"

那男人取下墨镜，放进灰色针织衫的口袋里。他头发已经半白却不见老态，严厉而骄矜，一对不怒自威的剑眉总让付行云眼熟。

他说："你好，我是徐渭。"

付行云一愣，交握的手都忘记收回，直到徐渭抽手，他才意识到自己的失态，连忙收回手。他激动得几乎都要叫起来，面前的人是徐渭！

圈内圈外，就没有人不认识徐渭的。他是票房和口碑双丰收的招牌，仅凭他"徐渭"两个字就能带起名不见经传的演员。他是众多有名导演当中，把口碑和票房平衡得最好的导演，他电影的参演门槛并不高，影帝影后他也用，流量偶像他也用，只要他看得上。

现在徐渭主动和自己攀谈，付行云简直兴奋得不能自已。

徐渭从桌上拿起一杯香槟，喝了一口，斟酌着说道："刚才的电影很认真地看了，我很欣赏你在里面的表现。"

付行云觉得自己浑身的血液都要沸腾起来了，徐渭这句夸奖意味着什么，只要是长了脑子的人都清楚。他勉力控制住自己的表情，让自己不至于过分失态，他拿起刚才没喝的那杯酒，喝了一口，冰凉的酒液顺着喉管流下去，让他冷静了一点。

他说："谢谢，托赖导演和编剧而已。您的作品我几乎都看过，很喜欢。"

徐渭朝他笑了笑，付行云留意到他虽然一把年纪了，但还是不失魅力。从他的五官不难看出，他年轻时候一定很英俊，即使现在上了年纪也有种光华内敛的感觉。徐渭张嘴正要说话，却被打断了。

"你怎么在这儿？"

来的人是闻逝川，不知道为什么，话语里火药味极浓。付行云一脸莫名，正要张嘴回答，却突然意识到闻逝川这句话不是对他说的，而是对站在他对面的徐渭说的。

徐渭看了看并肩站在付行云旁边的闻逝川，将杯中的香槟一饮而尽，平和地说道："来看电影的。"

闻逝川说："我没邀请你。"

付行云不知所措地看了看他们两人，不知道闻逝川怎么就和面前这位德高望重的名导吵了起来。

附近已经有人好奇地看过来了，看来也有不少人认出了徐渭，跃跃欲试着想要过来攀谈。

闻逝川说道："找个地方聊聊。"

徐渭不置可否，放下空酒杯，迈步先朝门走去，走之前还朝茫然的付行云笑了笑，说道："下次有机会再聊。"

付行云先是下意识地点头，又意识到这样对待前辈有点儿不礼貌，想要开口，闻逝川却迈步横在了他们俩中间，朝付行云低声说道："你待在这儿。"

是不容反驳的命令语气。

等到他们两人先后离开，付行云才从茫然中回过神来，后知后觉地因为闻逝川的态度感到生气。但是他又走不开，闻逝川和他还有余向晚是酒会上的主角，闻逝川走了，余向晚也不在，按她的性子，估计是溜到哪个角落去摸鱼了。

付行云不得不撑起场子来，和媒体攀谈，和那些不认识的文艺片导演聊些云里雾里的话题。刚才纠缠过闻逝川的章庭也凑了过来，她来了付行云并不奇怪，让付行云奇怪的是她的厚脸皮。仿佛之前的一切龃龉都不存在，章庭自来熟地和付行云拉起家常来。

付行云耐着性子应付她，用一些模棱两可的话来招架她的访谈邀请。

"鉴于之前的一些传闻，现在网络上很多人在谈论你和闻导的关系。"章庭脸上带着礼貌的笑，眼睛里的光却很犀利，紧紧盯着付行云的表情，像四处寻找腐尸的秃鹫。

她接着说道："但是同时又成功带起了一部分的粉丝的争议，你觉得这对你……"

不等她说完，注意力完全不集中的付行云就不耐烦地打断了她："那你觉得呢？"

章庭成功地被他问得噎了一下，付行云不等她回神，连忙闪开，逮住了从后门溜进来的余向晚。余向晚摸鱼被抓，吓了一大跳。

付行云连忙小声问她："徐渭怎么会来？"

"我也不知道啊，吓死我了。"余向晚瞪圆了眼睛说，"我还以为他这种大导出门起码都有八个助理十个保镖这样。刚才我还和他聊天了，他说看了我之前的电影，问我有没有意向和他合作，还递了名片。"

付行云忙说："他刚才也夸我了来着，怎么回事？"

余向晚愣愣地说道："天上掉馅饼了……"

但付行云问起闻逝川和徐渭的关系，余向晚完全一无所知，她小声说道："他们俩认识？那咱们之前拍电影怎么还拍得这么惨？我的盒饭隔天才有荤，饿死我了……徐导随便开个口，投资都能到位……"

两个人在角落里絮絮叨叨了一会儿，付行云老是觉得心里不踏实，他往门外看了看，发现闻逝川和徐渭还没从休息室里出来，又想起刚才闻逝川奇怪的态度，越想越不对劲。他把余向晚推出去应付那些媒体，自己往走廊那头的休息室走过去。

正在付行云纠结要不要敲门的时候，门开了，出来和他打了个照面的是徐渭。

徐渭见到他，和他打了个招呼，从自己的兜里摸了名片递给付行云，说道："有机会联系的话好好聊一聊。"

付行云受宠若惊地双手接过。

"他不和你聊。"

闻逝川的声音越过徐渭，从房间里面传出来，声音又冷又硬，和冰块儿似的。付行云手一顿，徐渭好像没听到似的，朝付行云点点头，把墨镜重新戴上，转出走廊，走远了。

付行云走进休息室里，反手关上门，问道："怎么回事？"

和徐渭的淡然截然不同，闻逝川完全像只被侵占地盘的雄狮，恼怒焦躁地在小小的休息室里来回踱步。付行云就没有见过他这个样子，小声地试探道："到底怎么了？"

闻逝川大步走来，一把抢过付行云手里的名片，仿佛那是淬了剧毒的危险物品，撕成两半还不行，他将碎片揉成一团，准确地扔进垃圾桶里。

付行云被他惊呆了，连忙去抓他的手，着急地说道："你干什么呀？干吗把人家徐导的名片给撕了——"

话音未落，闻逝川就冷冷地截断了他的话："那是我爸。"

付行云愣住了。

当初，他和闻逝川在一起不久之后，他就听到了闻逝川和他父亲在电话里吵架，知道了闻逝川的父亲是个有名的导演。

而且从闻逝川的学识修养，谈吐见解，不难看出他从小家境优渥，教育良好。但闻逝川从来不爱谈他的父亲，在电话里吵架时势同水火，不像父子更像仇人，所以付行云也不会去问。他对成名患得患失时，无数次自虐般地想过，无论闻逝川回家去过什么日子，都不会比他们当初住没有暖气的地下室更苦了。

但付行云没想到，闻逝川的父亲居然是徐渭，大名鼎鼎的徐渭，跺跺脚圈内都能震三震的徐渭，而徐渭还向他抛出了橄榄枝。闻逝川触手可及的路，居然是这样一步登天的捷径，简直让付行云无法想象。

"你……"付行云张口结舌。

闻逝川面无表情地说道："我跟我妈姓。"

付行云下意识地接道："那你……"

闻逝川再次打断了他："我妈死了，被他气死的。"

付行云从来没有听闻逝川提起过他的家庭，这是这么多年来第一次听见。

付行云小声说道："抱歉。"

闻逝川转过身去，佯装收拾桌面上的东西，但其实桌面上什么东西都没有。付行云走到他身后，轻轻地把手贴在闻逝川的后背上。闻逝川手上的动作顿了顿，付行云见到他的眼睛闭上了，深呼吸了两下，才重新睁开。

"你要不要……"

闻逝川说："我想自己待一会儿。"

付行云本想陪他，也只好应了一声，静静地出去，反手带上门，背靠着休息室的门，平复一下心情。一门之隔，闻逝川在里头，付行云想到他说过自己常常感到孤独，不知道这时候能不能算入那"常常"之中。

走廊另一头传来说话声，付行云连忙站直迎过去，发现是孟清。和孟清又有一段时间没见了，上一次见面时，孟清犹有病容，这次见，明显好多了。孟清穿一件长到小腿的风衣，身板起码把衣服撑起来了，不像之前那么瘦，脸上挂着那种特有的温柔却又疏离的笑。

"恭喜。"孟清说。

付行云的目光都停留在了孟清旁边的人身上，那是个高大的青年，头戴着黑色毛线帽，帽檐压到凸起的眉弓上，一边的耳朵上戴了耳钉，穿件卫衣，下巴上还有个没褪的淡淡瘀青，吊儿郎当的，满脸不在乎。

见付行云在看，孟清脸上难得露出点苦恼的表情。

"这是我新签的艺人，你应该也知道他，檀子明。"

檀子明一副没有听到的样子，微抬着头，用下巴看人，冷笑一声。孟清收了脸上的笑容，像个严厉的家长："我教过你的，要懂礼貌。"

檀子明像是被主人拉紧了项圈的恶犬，不情不愿地朝付行云伸出手，敷衍地说道："嗨。"

正当付行云要伸出手和他礼貌性地交握的时候，他一巴掌清脆地打在付行云的手上，回头挑衅似的看着孟清，脸上带着恶作剧后的笑，仿佛写着"看你能把我怎么样"几个大字。

付行云简直大开眼界，但他没来得及和叛逆的小朋友过去，闻逝川从休息室里出来了，拉着付行云的手臂将他拉到自己身后。见到脸上犹带着寒意的闻逝川立在面前，檀子明缩了缩，却还是不服输地瞪着。

闻逝川问他："下巴上不疼了？"

檀子明低声骂了句什么，揣着兜转身走了。孟清头疼地捏了捏鼻梁，朝付行云说道："还没教好。有件事，我回头再和你联系。"

等孟清也走了，闻逝川主动说道："之前这小子耍赖不肯录歌，被我揍了一顿。"

付行云不知道原来还有这回事，见闻逝川不再像刚才那样冷冰冰的，心情也陡然轻松，和他开玩笑道："他个子挺高大，没想到这么不扛揍。"

闻逝川说："他也挺能造的，我身上也让他踹了好几下。"

付行云忙问："你受伤了？"

闻逝川挑起眉毛看他："嗯，瘀青了。"

余向晚从半开的门边探头找他们，焦头烂额，用嘴形招呼他们赶紧回来，她要招架不住了。

闻逝川假装没见到，漫不经心地说道："还有点疼。"

"哦。"

他这态度看起来就像没事，付行云敷衍地应了一声，转头就要回去。闻逝川在他身后拉他的手肘，不让他走。

付行云瞪他："滚滚滚。"

闻逝川就笑："真的疼。"

"行了行了，知道了。"

余向晚就在那门边，着急让他们赶紧回来，她一个人招呼不来，眼睛里都快喷出火来了。

付行云怕被她暗杀，连忙和闻逝川一块儿回到酒会里去。

等到酒会结束，已经是月上中天，桌子上全部都是喝空的香槟杯，客人们全部都走了。小江开车送付行云回去，闻逝川毫不见外地跟在付行云身后，一起上了车。

临到家前，小江说："最近有收到一些电视剧电影的剧本，孟老师那边看过，觉得都还不够好，哥你是要看看还是……"

付行云对孟清的品味是十二万分信任，他说道："不看了，那就再等等。"

他察觉到闻逝川原本看着车窗的脸转了过来，他故意说道："怎么样？闻导也想看看，帮我把把关？"

闻逝川不理他，脸又转了回去。

小江在停车场停好车，最后还是没忍住，多嘴问了一句："闻导，要我顺路送你回去吗？"闻逝川抬头，从后视镜里瞥了他一眼，小江连忙一个激灵，仿佛说话烫嘴，飞快地补充道："晚安晚安，云哥晚安，闻导晚安。"

两人并肩走进电梯，付行云说："你别吓唬他。"

忙了一天，付行云第一件事就是去洗漱，等闻逝川也洗漱好了，出来就看见付行云躺在长沙发上跷着腿看手机，懒洋洋地打着哈欠。

他一边看，一边和闻逝川说话。离首映结束不过几个小时，几家受邀的媒体居然已经出了稿子，付行云认认真真地看了起来，居然都是一边倒的溢美之词，每一家稿子的转发量都不低。

付行云吓了一跳，坐起来，把手机屏幕递给闻逝川，一块儿看了起来。转发的人里甚至还有不少明星，其中一个是去年的视后白鹭。她之前上了章庭《左右之间》访谈节目，和自己的奥运冠军同学对谈，引起大家热烈讨论，也是看了她的这期节目，付行云才决定上章庭的节目，闹出后面的乱子。

白鹭人气很高，社交媒体粉丝数惊人，演技也不赖，最近正在向大屏幕进军。付行云疑惑地问闻逝川："你和她认识？"

闻逝川也是摸不着头脑，皱着眉头，一点点去翻那些媒体的稿子，去看转发。

这不正常。

《行云》这部电影虽好，但毕竟不是剧情片，也没有什么能引起大众突然关注的噱头，突然上涨的口碑不一定会带来好的后果。

闻逝川看着看着，眉头越皱越紧，他说："我打个电话。"

付行云见他从沙发上起来，径自去阳台上打电话。付行云自个儿的手机也响了，是孟清打过来的，他忙接起来，问道："你今天说的是什么事？"

孟清那头很安静，应该是在家里。

"今天你也见到徐渭了吧？"孟清缓缓地说道，"他联系了我，给你抛了橄榄枝。他有部电影，剧本正在进行最后的打磨，是个爱情片，想邀请你。"

付行云一下子从沙发上坐直了，问道："什么样的爱情片？我演什么？"

孟清说道："不知道，他说剧本还没最后敲定，不便细说。至于演什么，他说是男主角。"

付行云一下子被这消息砸晕了，坐在沙发上，企图把自己的理智找回来。

"我听着不像是开玩笑的，他说一旦你答应了，马上发剧本过来，女主角定的是白鹭。"

听到了白鹭的名字，想起刚才在手机上看到的东西，付行云觉得这中间所有的联系都指向了徐渭。他想干什么？

孟清接着说道："徐渭说想和你见一面，面谈。"

阳台上，闻逝川讲电话的声音越来越大，隔着关上的玻璃门付行云都隐约听见了声音。他忙说："我想想，回头尽快回复你。"

"你仔细想，"孟清郑重地说道，"这是个好机会。"

才挂上电话，闻逝川就从阳台上回来了，他整个人愤怒得像一团燃烧的火，手机往地上狠狠一砸，"砰"的一声，手机支离破碎。零件碎片弹出很远，尖锐的部分划过付行云小腿，他"嘶"一声，小腿上一条红痕。

闻逝川忙抹了把脸，冷静下来，蹲在沙发前，查看付行云的伤势。

付行云说："没事。"

闻逝川低着头，沉声说道："对不起，我不该发脾气。"

付行云的直觉告诉他，闻逝川刚才的那通电话是和徐渭打的。他把蹲在地上的闻逝川拉起来，揉乱他半长的头发，像安慰心情失落的孩子。以前，付行云失眠的时候，闻逝川总是念诗给他听，有时候是中文，有时候是英语，他还会一两首西语诗，付行云听着听着就能坠入梦乡，酣眠一夜。如今，轮到闻逝川翻来覆去地睡不着，付行云没有法子，只能小声哼歌给他听。

闻逝川埋头蜷缩成一团，呼吸逐渐平稳。

付行云半夜醒了，万籁俱寂，他是被渴醒的。付行云翻身爬起来，抓了床边的外套披上，揉着眼睛，睡眼惺忪地出了卧室，一眼就见到了闻逝川正站在阳台上，俯身撑着阳台栏杆，正在抽烟。

凌晨的城市还是亮的，闻逝川吐出一口烟，烟雾模糊了他的表情。

他推门出去，被凉风吹得打了个激灵。

"怎么不睡？"

闻逝川把烟碾灭了，把烟头扔进垃圾桶里，声音沙哑："就睡了。"

安静了一小会儿，闻逝川突然问道："你会再离开吗？"

付行云愣了愣。

"会吗？"

“不会，”付行云闭上眼睛，小声回答，“不会了。”

就在闻逝川从付行云家走了之后没一会儿，付行云就收到了来自徐渭的见面邀请，约在了第二天的下午，在某个出名的咖啡厅。那咖啡厅开在全市最高的一栋楼的顶楼，乘着观光电梯上楼的时候，付行云见到了整座城市正在自己的脚下。

付行云心情忐忑，直到踏入咖啡厅，见到徐渭的那一刻，他还没有决定好要怎么说。

徐渭定了一个小包间，旁边就是落地玻璃窗，他一个人，而且来得很早。付行云已经特意提前半小时到了，到的时候徐渭已经在桌边坐着，桌上的咖啡已经喝了大半。

“徐导抱歉，我来迟了。”付行云拘谨地说道。

“是我来早了，”徐渭说，“坐。”

付行云落座后，随意点了一杯咖啡，等着徐渭先开口。谁知道徐渭并不入正题，他戴着他惯常戴的茶色墨镜，把犀利的目光隐藏了起来，付行云留意到，他的那对剑眉和闻逝川如出一辙。

“我常来这儿。这儿很高，往下看的时候，觉得又痛快又有压力。”徐渭漫无边际地说道，“你觉得呢？”

付行云有些坐立不安，徐渭和闻逝川是父子，但他们俩给人的感觉一点都不像。

“高处不胜寒。”付行云回答道。

徐渭看向他：“你叫‘行云’，‘行云流水’的‘行云’？”

“是。”

付行云原名叫“付小云”，也不知道是爸取的还是妈取的，也不知道是为什么，大概是该取名的时候抬头看见天边的一片云，也就取了。从名字到童年，都有种说不出的、漫不经心的残忍。

他一直对自己的名字不满意，平庸、不起眼。

闻逝川的名字据他说是他母亲取的，多好啊。付行云那时候说："我想换一个名字，你觉得什么好？"于是闻逝川就替他想了，付行云很满意。他想，行云流水，听起来就很洒脱不羁，不会被任何过去拘束。

后来他事业不顺意的时候，他总是想，说不定"云"这个名字从一开始就含义不佳，居无定处，飘到哪里都是异乡。

"好名字。"徐渭说。

付行云被他绕得有些不耐烦了，委婉地问道："徐导，您约我面谈是……"

徐渭好像这才想起来今天的目的，背靠在座椅上，说道："你的经纪人应该和你说过了，我接下来想拍一部爱情片，想邀请你出演男主角，和你配戏的是白鹭，我已经和她谈好了。合约我都带来了，只要你答应了，很快就可以进组，时间挺紧的。"

完完全全就是孟清和他说过的内容，一点儿新鲜的都没有。

付行云小心地问道："谢谢您的信任。我的能力还很不足，不知道您为什么……这部电影……男主角的话，不知道我是否适合这个角色……"

徐渭说道："我能找你，你肯定适合。我的电影，我有分寸。"

付行云刚才才腹诽徐渭和闻逝川不像两父子，到这会儿又觉得他们确确实实是两父子。徐渭骨子里那种恃才傲物的骄矜和闻逝川如出一辙，只不过一人外放一人内敛。徐渭的外放来自他在圈内的多年成功，而闻逝川傲骨内藏，即使是他最落魄、住着最破的房子，用着最破的设备的时候，他也没放低要求和底线。

"我那天去看了首映，《行云》这部电影非常好，编剧余小姐我也和她聊过了，我的再下一部电影，希望由余小姐来进行编剧工作。"

　　无论怎么看，徐渭都不是那种画饼忽悠人的角色，他这样笃定地说出口那就是八九不离十，付行云觉得这简直是无法想象，经此一遭，只要不出意外，他和余向晚的身价都不再和从前同日而语。但付行云还留有一点理智，他想到徐渭和闻逝川水火不容的关系，还有这里面的种种反常之处。他喝了一口侍应呈上来的冰咖啡，低头看着杯子里浮沉的冰块，鼓起勇气问道："徐导，我冒昧一问，您和闻导……"

　　付行云以为徐渭会生气，但徐渭的表情完全没有一丝变化，付行云完全摸不清他的路数。

　　"我是他父亲，不过我们好多年没见面了。年轻人嘛，总有些傲气。"徐渭说道，"你和他……"

　　付行云说："我们认识了很久了，是很好的朋友。"

　　徐渭屈起食指，一下下地敲在木桌上，一声一声像敲在付行云的心里。

　　"我一直都说，我不会害他的。你和余小姐都是他一手提携的，我自然也亏待不了。再说了，你们都很优秀。"

　　尽管是在夸奖，付行云却觉得一阵不舒服。到了最后的最后，付行云都还是没有说死要答应还是要拒绝，他总觉得这是件大事。

　　他得再想想，和孟清聊聊，和闻逝川聊聊。

　　徐渭低头看了看腕表上的时间，又抬头看他一眼，笑容没有多少温度："好饭不怕晚。"

　　尽管心里不得劲，付行云还是礼貌地和徐渭道了别。离开咖啡厅的时候，侍应生在电梯边帮他摁了向下的按钮。付行云心不在焉地等着，没一会儿，电梯就来了。

　　"叮"的一声，电梯门徐徐打开，里面居然是闻逝川。

随着电梯门打开，他们俩四目相对，都在对方的眼睛里看到了惊讶和疑问。但闻逝川的眼神快速地变冷了，他压低声音问道："他约的你吗？"

闻逝川没说清"他"是谁，但付行云一下子就知道他说的就是徐渭。

付行云忙说道："是，但是……"

电梯门打开了一会儿马上就又要关上了，侍应生忙帮他们按住，闻逝川从电梯里出来，侧身从付行云旁边走过，留下一句话："家里等我。"

付行云心头惴惴不安，总觉得哪里不好。但顾忌着场合，他什么也没多说，目送着闻逝川开门进入了他刚刚走出的包厢。

到家之后，付行云什么也没干，窝在沙发里，去搜网络上关于徐渭的消息。

网上能搜到的大多是和电影事业相关的内容，关于徐渭的私生活，涉及甚少。付行云翻了一会儿，只能找到一些。里头提到，徐渭已经去世的第一任妻子是一名大学教授，两人生下一个儿子。

付行云还找到一张他们的全家福，大概是年代很久远了。那时候徐渭还很年轻，高大英朗，眉目俊逸。那时候的闻逝川可能也就五六岁大，微卷的短发，穿着小西装背带裤，小脸上表情严肃。

付行云的目光定在了照片上的唯一一位女性上。

闻逝川的母亲，已经去世的闻小姐，面容姣好又不失洒脱英气，和现在娱乐圈里的任何一位女明星相比都不逊色，闻逝川的五官其实像她。难得的是，她身上自有一股沉静的气质，像静水像微风，让人心生好感，付行云一想到她已经去世了，就不由得难过。

他再往下看，徐渭没有再娶，却有许多桃色新闻，大多都是和合作的女演员传出来的。付行云越看越觉得不是滋味，虽然不能否定徐渭在电影上的成就，但他怎么看也算不上一个好的父亲。

在家里，付行云一直在看着时间。闻逝川没说什么时候回来，付行云也没心思做点别的，动手开始做饭。他其实不太饿，但闲着也是闲着，慢慢地弄，也做了三菜一汤，摆在桌子上，色香味俱全。差不多到晚饭时间的时候，闻逝川到家。付行云将楼层和家里的密码都告诉了他，他自己开门进来了。

一进门，闻逝川就问他："他的电影，你要演吗？"

付行云站在他前面，回答道："我还没想好。"

"你想演吗？"闻逝川换了个说法，将重点放在"想"上面。

他咄咄逼人，站在玄关处，昏黄的顶灯只照亮了他半张脸，表情难辨。

付行云说："实话说，谁能不想。但我还在考虑，因为……"

"不要去。"闻逝川直接说道，"他找你只是因为我而已，不是因为别的，别被他哄了，他绝对不安好心。"

付行云没有明白，他说道："这是他和你说的吗？"

"他和你说了什么？"闻逝川反问道，"因为看中你的才华？演技？觉得欣赏你？如果真的是这样，为什么早不找你？"

付行云知道他说的是实话，自己绝对还没拥有能让徐渭看得上的地方，无论是演技才华，还是人气流量。但来自闻逝川的否定，让他整个人都冷了下来，犹如被兜头浇了一桶冰水，从头到脚都冷了。

付行云的表情迅速冷了下来，双手抱在胸前："这样的话你也和余向晚说了吗？你也不让她去和徐渭合作？"

"这不一样。"闻逝川说。

"不一样？"付行云提高声音质问道："这有什么不一样？

你是觉得你爸看中余向晚是因为她有才华，看中我就是不安好心，是这样吗？"

从闻逝川记事起，他和父亲就一直在争吵。

小到早午晚吃什么，大到上什么学校，读什么专业，交什么朋友，甚至在艺术上的审美，徐渭也要求儿子与他无限趋同。

徐渭是个自负且控制欲很强的父亲，这种自负在闻逝川的母亲闻双雁去世后达到顶峰。随着闻逝川长大，家里的争吵愈发激烈。徐渭没有办法忍受儿子挑战他的权威，闻逝川无法忍受父亲剥夺他的自由，每次吵架，家里的保姆都躲得远远的，谁也不敢劝。

吵得最激烈的那一次，是闻逝川高考后。

他要读国外的大学，徐渭却誓要将他拢在自己的羽翼下，要他读国内的影视学校。那一次，闻逝川将徐渭收藏的古董名画砸了个遍，两父子几乎要打起来。最后，闻逝川还是收拾行囊去读了国内的大学。浑浑噩噩地读了一年，他肄业了，彻底离开了家里，去了别的城市，遇上了付行云，这也还是因为徐渭。

那时候，他交了上大学后的第一个朋友，是同学校读表演的一个男生。那男生不知道从哪里打听来了闻逝川和徐渭的关系，放假的时候死缠烂打说要去闻逝川家玩。闻逝川本来还觉得不耐烦，但抱着要让朋友见识到徐渭真面目的想法，后来还是答应了。

晚饭的餐桌上，出乎意料，徐渭像一个合格的和蔼慈父，循循善诱地问两个人的大学生活，除了闻逝川冷着脸不愿意回答之外，气氛还算是其乐融融。

没过多久，这个野心勃勃的表演系小男生就去和徐渭私下联系。就和玩儿似的，徐渭马上让他出演了自己电影里的一个配角，对于一个大一在读的新生，这是不得了的资源了。

徐渭对闻逝川说："你看，他们对你都有所图，只有爸爸无条件地支持你。你喜欢电影，我能给你最好的资源。你喜欢的那一类电影都没有市场，你按着我的路子走，最后你想要的都会有。"

背叛，彻头彻尾的背叛。

尽管闻逝川和这个朋友感情并没有多深，但闻逝川还是深深地感觉到了背叛。徐渭要把他身边的所有都夺走，然后替换成所谓的"支持"和自私的"爱"。

闻逝川说："你当初也是这样对我妈的吗？控制她，压迫她，逼死她。"

闻双雁是他们父子之间碰不得的话题，两父子最终还是打起来了，家里一片狼藉。那个毫无演技可言的小男生不过是昙花一现，他尝到了甜头，再去求徐渭给自己资源。徐渭不说好也不说不好，只是像捉弄猎物的猎人。

闻逝川就在旁边冷眼看着，觉得一切都滑稽得吓人。

父子间的博弈就像是逗凶斗狠的决斗，闻逝川是输了，但当他从家里离开，从徐渭安排他读的学校里离开，他觉得自己是彻底地赢了。徐渭在棋盘上排兵布阵，用尽方法困住他，他直接将棋桌掀了，昂首阔步地离开。

当他离开父亲的荫蔽，住没有暖气的地下室，四处碰壁，他才知道，这场决斗还远远没有分出胜负。而且这其中需要更多的毅力和更坚定的自我，投降认输毫不费力，只要一伸手，他就能有最好的资源，读最好的学校，用最好的演员拍最卖座的电影，但继续坚持下去，却不知道什么时候才能到终点，甚至坚持本身都不一定是对的。

幸而他遇到了付行云，这场预料之外的友情是决斗中的中场休息。

付行云一直以为他有所依仗，只要一回头就能从头开始。但付行云不明白，一无所有白手起家固然难，但他也不容易。

幸好，一切都渐渐好起来了，但就在这时候，徐渭又来了，就在闻逝川觉得一切顺遂的时候。事业蒸蒸日上，艺术审美得到认可，与付行云重归于好，身边有合作合拍的团队。他觉得他就要赢了，徐渭又来了，收割他的成功，将他身边的所有人都抢走。

再这样下去，总有人察觉这次随新电影而来的如潮好评有猫腻，只要有一个人发现他和徐渭的父子关系，所有人都会知道，然后他的所有成就都会被徐渭收割。

他就会从"闻逝川"变成"徐渭的儿子"，这是他人生二十多年一直想要摆脱的"头衔"。

余向晚和付行云不一样，余向晚即使离开了，他能找到更好的编剧，更好的女演员，他自己也能创作剧本。

这不一样。

付行云听懂了他的故事，却没有办法认同他的逻辑。

"我不明白，"付行云面无表情地说道，"如果我去演了徐导的电影，我和他，只是导演与演员。除非他要故意砸了自己电影的招牌，不惜这样都要来故意使绊子害我。除此之外，我想不明白还有哪里要我提防。"

闻逝川说："你想得太简单了……"

付行云没有办法接受闻逝川像对待一个不懂事的孩子一样对待自己，他提高声音压过闻逝川的话，直直地盯着闻逝川的眼睛："你觉得我会为了更多的资源去谄媚、讨好你的父亲吗？你觉得我也会背叛你？"

闻逝川烦躁地否认道："我不是这个意思。"

"那不就结了？"付行云说道，"你现在就像个划地盘抢玩具的小朋友，这样你和你爸有什么区别？"

付行云的话带来一片沉默。

闻逝川整个人都冷了下来，他说："你答应过我的。"

"答应什么？"付行云问。

"你说不会再离开了，你答应了。"

付行云压根忘记了他和徐渭交谈时自己的想法了，他也压根忘记了自己本就不打算一口答应，激动的情绪让他的眼睛里仿佛有火焰在闪烁，他的话几乎是喊出来的。

"那你有没有替我想过？这是多少人求都求不来的机会，这是多么宝贵的机会。你的电影大获成功了，你就要把我永远绑在你旁边吗？"

"是我们的电影。"闻逝川沉声说道。

说出来轻飘飘的，但听得付行云心里不是滋味，不等他接话，闻逝川又继续说道："你还是没有变……"

这句话狠狠地刺伤了付行云，他勃然大怒："你也没有变。你清高、自大、自以为是，你觉得你永远就是对的，我做的都是错的，我就是想红，我就是虚荣。你是我的谁？你用什么立场要求我——"

"我没有！"

闻逝川大吼道。

付行云留意到他的眼眶发红，这是第一次，也是唯一一次，在两个人的争吵中，付行云不是先哭的那一个。眼泪是示弱，付行云觉得自己长进了，却一点都没有感觉到快意。

玄关又重新被沉默包围，好一会儿，寂静的空间里只听到粗重的呼吸声，他们都瞪着对方，咬紧牙关，非要分出个输赢对错。

付行云冷冷地说道："你回去吧，我想休息了。"

闻逝川没有再说一句话，转身出去，走之前，他解下手上的腕表放在玄关的鞋柜上。那是前几天付行云送他的生日礼物，表盘上是璀璨的星月，秒针永不停歇地转动，"滴答滴答"地响，代表着流淌的时间。

这仿佛是在嘲讽他们——即使时间过去这么久了，他们还是毫无长进。

付行云勉力保持冷静，但他的胸口在不住地起伏，脑袋里"嗡嗡"响，根本没办法冷静思考。他看着闻逝川放下腕表，开门离开，头都没回。他气疯了，抓起那块表，朝闻逝川的后背扔过去。

没扔中，那块表擦过闻逝川的肩膀，重重地砸在墙上，然后落地，好大的声音，表盘的玻璃肯定碎了。

闻逝川的脚步一顿，付行云在自己掉眼泪之前把门关上。

天已经黑了，家里没有开灯，一片昏暗，只有玄关开了一盏昏黄的顶灯。付行云在那儿静静站了一会儿，吸了吸鼻子，抬手把眼泪全部擦干净。他一转身，就看到了饭桌上摆了整整齐齐的一桌菜，已经凉透了。他从家门的猫眼看出去，闻逝川已经不在外面了，那块表也不见了，也不知道是不是闻逝川拾走了。

又或者是直接扔了——付行云冷酷地想到。

他走到饭桌边，原本还本着不要浪费的想法，勉强吃一些。但他胃里面像是塞满了沉甸甸的石头，一直堵到嗓子眼，吃不下。他干脆把所有饭菜端到厨房，一股脑全部倒进了垃圾桶里面。

过去几天，家里比以往任何时候都要有人气。付行云在房子里转了一圈，把属于闻逝川的东西全部都找出来，"噼里啪啦"扔进垃圾桶里。

做完了这一切，付行云觉得自己已经筋疲力尽。

他匆匆洗漱，钻到床上，把自己团团裹在被子里，什么都不愿意想，脑子里"嗡嗡"响，像有无数个小人在吵架。什么时候睡着的，他全然不知，醒来的时候，仿佛没有睡过一样，枕头全是湿的，也不知道是汗还是眼泪。

如果是之前，吵了架，即使吵翻天，不见面就完事了。但现在不行，付行云早晨醒来，眼睛还肿着，下午就要去跑宣发的行程。他为了不让自己显出狼狈来，猛灌了一大杯冰美式消肿，用烫烫的煮鸡蛋滚浮肿的眼皮。

只是一个小型的记者会，在电影上院线之前再宣传一波，问答几个话题，播放一些电影花絮，很简单，整个时长不足两个小时。

付行云本来就是要强的性子，越是不顺心越是要强。

台下是媒体记者，相机"咔嚓咔嚓"响个不停，闪光灯闪得他微微眯上眼睛。记者会的阵仗完全出乎付行云的意料，并非斥巨资的大制作电影，也不是剧情片，新锐导演、半红主角，这样的阵仗少不得徐渭在背后推波助澜。

付行云心里有种难言的滋味，闻逝川就站在他旁边，他们是媒体的焦点。从到达现场再到现在，付行云一眼都没有和他对上，即使是两人面对面打招呼维持场面的时候，目光也是错开的，欲盖弥彰。付行云竭力表现自己的不在意与无所谓，但越是刻意就越是起反作用。

开场前补妆的时候，他甚至把化妆师和闻逝川的对话听得一清二楚。化妆师说："闻导，头低一下，我给补一下粉……哎呀，您昨晚没睡好呀，这黑眼圈我再给遮遮……"

闻逝川没多说，只是"嗯"了一声。

付行云忍住没有回头，走在前面，进入相机捕捉的范围。整个问答的过程，他都是游离的。都不是出格的问题，他完全是凭借本能在回答。他和闻逝川挨着坐，等他回过神来的时候，他发现他盯着闻逝川搁在桌子上的手出神了好一会儿。

闻逝川手腕上空空的，不知道那块表坏了没有。

这次来的媒体和上次不同，上次来首映的大多是电影相关的自媒体，这次来的媒体专业性没有这么强，问了许多和电影本身无关的花边新闻。记者做了些功课才来的，知道他们认识了许久，又在问他们以前的事了。

付行云生怕自己答出些不合适的话来，小心翼翼，每句话都很简短。台下的记者转而去问闻逝川，喊了好几次"闻导"闻逝川才反应过来。他们俩都心不在焉，整个访谈过程平平无奇，直到有一个媒体记者朝闻逝川抛出一个问题。

"闻导，前几天《行云》的首映会徐渭徐导也去了，您邀请了徐导是吗？"

闻逝川皱了皱眉头，这种情况下，他也只能说"是"。付行云抬头看向那个发问的记者，那记者拿着麦克风，脸上有种拼命压抑的热切，果不其然，他接下来就问道："您和徐导关系很好吧？徐导好像很少应这种邀约。之前有媒体爆料说您和徐导关系匪浅，您对这种说法怎么看？"

付行云不安地搓了搓手指，不动声色地侧头去看闻逝川。闻逝川脸色已经冷下来了，反问道："哪家媒体？"

那记者无视他的问题，继续说道："徐导的第一任妻子也姓闻，您是闻夫人的亲戚吗？"

付行云见闻逝川搁在桌面上的手已经握起来了，手背上绷出青筋，他生怕闻逝川要生气，脑子里飞快地转着，想着要怎么圆场。

最后，闻逝川只是冷冷地说道："希望可以多问问和电影相关的话题。"

访谈草草结束，最后一个环节是拍照。拍照的时候，付行云的思绪还停留在刚才的问答里，他心里惴惴不安，用脚指头想也知道这记者抛出的问题会引起怎样的轩然大波，徐渭在娱乐圈里的话题度可不是寻常明星可比的。

摄影师不住地指挥他们："靠近一些……对，再靠近一点……笑一下……"

付行云觉得自己简直像个提线木偶，跟从指挥，侧着身挪步子。最后，他的肩膀撞上了闻逝川，两个人靠得足够近了，他从来没有感觉到展示这种营业假笑有这么难。

活动结束之后，付行云径自进了电梯，乘电梯下去停车场。电梯门快要关上的时候，闻逝川加快脚步过来，伸手挡住了快关上的门，在电梯再次打开的时候，进了电梯轿厢。他们俩单独在电梯里，付行云觉得浑身不自在，不动声色地往旁边挪了挪，低着头看自己的鞋尖。

他之所以今天下来都不愿意看闻逝川，也不愿意和对方说话，就是怕自己情绪化，他不想再在闻逝川面前哭了。

付行云低着头，小声说："昨天的事，对不起。"

封闭的电梯轿厢里很安静，小声说出来的话也很响。付行云也不知道自己到底在为什么道歉，是为了摔坏的表还是说错的话。他眼眶一热，觉得嗓子一阵发紧，紧得发疼，挤了半天也挤不出别的话了。闻逝川仅仅"嗯"了一声，仿佛是从嗓子眼里挤出来的。

付行云的眼角余光见到闻逝川抬手抹了一把脸，他们俩都不约而同地看向电梯显示楼层的屏幕。

5、4、3……

好像在催促他们快点把话说出来一样。

"我不知道为什么会这样……"闻逝川哑着嗓子说道，"从以前到现在……"

付行云突然问道："你是不是后悔认识我了？"

闻逝川沉默了许久。他昨晚上几乎一夜没睡，一直在想，想了很多，想他们以前为什么会决裂，又想他们这次到底在为什么而争吵，他越想越觉得自己站不住脚。他越想越觉得自己是卑劣而自私的，他承受不住任何失去的可能性。

从小到大，似乎没有人真正看见他。

他再优秀再努力，别人都只会感叹一句"不愧是徐渭的儿子"，他身边也围拢了各色各样的朋友，各有目的。直到他在那个离家很远的酒吧，第一次见到付行云，他们的目光撞进彼此的眼睛里，他终于感觉自己被看见了。

他说："我不想，你……"

电梯门开，打断了他的话，他后面的话付行云不想去听，也不敢去听。他侧身从电梯的门缝里挤出去，闻逝川紧紧地跟在他身后，说道："能再聊聊吗？"

付行云说："别在这儿聊。"

虽然地下停车场里现在并没有人，但也算是公众场合，说不定待会儿会有媒体来蹲。付行云不想被拍被问，沉默着上了自己的车，闻逝川拉开副驾驶门，也上了车。付行云打着方向盘，将车开出去，没开出去多远，停在了无人的路边，将车载广播的声音摁停了。

"聊什么？"付行云面无表情地说道。

闻逝川并不知道自己到底要聊什么，他只是下意识地提出要"聊一聊"，如果不说的话，付行云就走了。

刚才媒体问的那几个指向性极强的问题还在他脑海里回荡，他感觉到一种强烈的不安。自从首映那天见到徐渭，徐渭的阴影就再一次笼罩在闻逝川身上。闻逝川觉得自己又再一次变成那个在父亲的权威下无所适从的孩子，保护不了自己想要保护的任何一样东西。

但他知道，他没有立场要求付行云放弃这样一个宝贵的机会，娱乐圈里每一个演员都求之不得的机会。一切就像是一个轮回，尽管他们现在不再像从前那样贫穷窘迫，尽管他们现在已经各有成就，声名鹊起，但问题还在那里，不曾解决。

曾经，他可以用刻薄的话刺伤付行云，导致付行云离他而去；但现在，他明白，那些刻薄的话，伤人且自伤。

付行云把手扶在方向盘上，正在静静地等待闻逝川的话。

曾经，他从那条腊月积雪的小巷里离开，努力打拼，最后的结果似乎如他所愿了，但他并没有感觉到一丝快意。他不知道这一次应该怎么选，他也不知道自己是不是必须要选。他们背向对方，渐行渐远，但绕了一圈又回到原点。

很多时候，人生中重要的选择并不都是轰轰烈烈的。

闻逝川说："表我拿去修了，但不一定能修好，摔得太厉害了。"

"修不好就算了。"付行云小声说道。

闻逝川解开安全带，在拉开车门下车之前，付行云叫住了他。

"我站在你这边。"付行云说，"一直都是。"

透过车窗，付行云看到闻逝川渐渐走远，背影消失在拐角处。他坐在车里，掏出手机，还有徐渭的名片，看了好一会儿，照着号码打过去。

"喂，徐导您好，我是付行云。嗯，是的……我考虑好了，如果可以的话，之后我希望和您当面谈一下……嗯，好的。"

第八章
一期一会

现在时间停在了你的手心里，

永远不会走了

　　付行云别的方面可能不行，但被黑的经验很丰富，正如他所预感的那样，《行云》上院线后，关于闻逝川和徐渭之间关系的猜测就多了起来。估计还是碍于徐渭的江湖地位，各家八卦媒体都没敢写明白，但有时候遮遮掩掩的更能引起遐想。

　　讨论了一段时间，各家都没有回应，不知道怎么的，媒体渐渐气焰嚣张。话题不知道怎么就拐向奇怪的方向，开始细数娱乐圈里的这样那样的"二代"，说他们背靠资源，别人是白手起家，他们从睁眼开始就站在巨人的肩膀上。

　　闻逝川的两部电影《人间海海》以及《行云》，都不是剧情感强的片子，开始有附会的网友调侃他的电影让人"看不懂"，质疑之前在国外电影节拿的奖，更有甚者，阴谋论了闻逝川的声名鹊起，断言这是徐渭在给自己儿子铺路，"新锐导演"这个名头都是营销包装出来的。

　　以徐渭在娱乐圈的地位和能力，但凡他开句口，这些媒体都会哑火。付行云不禁怀疑道，这背后是否有徐渭的推波助澜，但这样的舆论，对闻逝川全无好处，对徐渭又有什么好处？

　　付行云简直搞不明白这对仇人似的父子。

看着这些五花八门的说法，付行云整天下来都心神不定的。他和闻逝川没有联系，电影上线之后，关于电影本身，好评差评各自对半分，付行云在里头的表演很受好评，大家一致认为这刷新了他以往的形象。

孟清重新进入工作状态了，给付行云递来了一些电影剧本，还有综艺邀请。

"徐导那边，你要答应吗？答应的话我得把你这个日程算进去。"

付行云含糊地说道："还没考虑好，我再想想。"

"好……"

突然，电话那头有别人说话的声音，孟清顿了顿，还想继续说，但那头的动静更大了，付行云尴尬地说道："你忙啊，那我们回头再说。"

"没事。"孟清挪开电话话筒，大声说道，"檀子明，你给我安静点——"

付行云问："他怎么在你那儿？"

孟清清了清嗓子，说道："他没地方住……"

付行云心想，这什么烂借口，这年头，只要有钱还会没地方住吗？但他没说什么，只是敷衍地"哦"了一声，孟清倒是尴尬起来了："他年纪还小，总闯祸，我……"

"行了行了，知道了。"付行云怕孟清尴尬，连忙打断。

檀子明以献唱《行云》的主题曲进入大众视野，很快就因为出色的长相，接拍了一部小说改编的网剧，最近正是以高还原度作为卖点，讨论度极高的时候。

孟清假装无视发生的状况，继续说道："你以往都不喜欢上综艺的，所以这边综艺的邀约我也基本没给你，你现在想要塑造的形象也不适宜过多地上综艺。不过这里有一个挺有意思的，你看一下，第三个……"

付行云把手机开了免提，盘腿坐在沙发上划动平板。

这是一个很热门的慢节奏真人秀，叫作"一期一会"。慢节奏真人秀近年来特别受欢迎，生活节奏越快，大家越容易被这些突如其来的慢节奏生活打动，在这些慢节奏的真人秀里，明星显得更接地气。

在几档以慢节奏作为卖点的综艺里，"一期一会"的人气最高。这个真人秀的内容十分简单，就是集齐几个明星，一起去做一次长途旅行，以感性浪漫为基调。第一季度已经成功收官了，邀请付行云参加的是第二季。

"你想想，"孟清说道，"但我不太建议你参加。"

"为什么？"

付行云边问着边往下看，马上就明白了孟清的意思了。

参加了这个综艺的艺人，有的借着节目红利人气更上一层楼，但有的在节目里并不讨好，反而招了不少骂。真人秀是个"玄学"，能表现出"真性情"的人更能受观众喜爱，至于这个"真性情"真不真就另说了，这恰恰是付行云不擅长不自信的地方。

另一方面，节目新一季大概会邀请三组嘉宾，一组嘉宾三期的分量，第一个三期请的是《行云》剧组的付行云和闻逝川，还搭上了余向晚，以及最近名气正旺的檀子明，女嘉宾还搭上了一个白鹭。

看到白鹭的名字，付行云眉头一皱。

孟清说道："最近网上讨论闻导的人很多，估计节目组就是看中了这个热度。另外的话，一上节目，你们两人的互动肯定是一个很大的看点。你知道的吧，最近你们俩的粉丝动静挺大，到时候免不得被扯到一块去，可能有不少麻烦事……"

付行云没说话，静静地听孟清说。

"徐导估计笃定你会接他的电影，隐隐约约有些造势的意思，所以嘉宾里把白鹭也塞进去了，徐导的是个爱情片，肯定希望你们俩能搞点绯闻什么的，到时候就更混乱了。是好机会还是坏机会，一切都说不定。"

这个阵势，付行云光是想想就头疼。

孟清分析得极好，条理清晰。孟清作为经纪人最可贵的一点是，对付行云的选择从来没有预设，总是不偏不倚，将好与坏都摊开在面前，自有一种底气——无论付行云怎么选都行，都能兜底。

但这其中又涉及闻逝川，一想到闻逝川，付行云心底就不好受。

"那他那边答应了吗？"付行云小声问道。

孟清说："我也问了，说是暂时还没联系上？"

付行云坐直起来，皱眉问道："什么叫没联系上？"

"就是字面意思，"孟清说，"电话没打通，应该是最近有很多媒体都想联系闻导，他一概没理。"

付行云嘴巴上应了，但心里还是觉得不是这么回事。他和孟清又再讨论了一下，就各自挂电话了。他心里还是挂念着真人秀这件事，一直在想节目组为什么没有联系上闻逝川。

他想来想去，心不在焉地看孟清发给他的资料，看了小半个小时，他猛然发现自己正在翻来覆去地看第一页，看完又看完又看，压根儿一个字也没看进去，密密麻麻的字根本就没进到他脑子里。

付行云从沙发上站起来，已经进入一年中最冷的时候了，家里开了地暖，地板暖融融的，但只是让付行云感觉到燥热。他在屋子里来回踱步，感到生气极了，这样突如其来的怒气并不针对任何人，他气他自己。

他拿起手机，给余向晚拨了电话，旁敲侧击地问余向晚真人秀的事情。但半分钟过去，他就知道这个事情问余向晚就完全问不出事儿，她好像就天生缺根筋。上帝给她开了一扇对人和生活以及艺术极其敏感的窗，她的其他方面就钝得像个傻子。

"去啊，我肯定去啊，我还没出过国呢。"余向晚高兴坏了，"你说这个节目会让咱们去哪儿？我看他们经费蛮足的，去南极看企鹅能成不？实在不行去非洲吧，我想看动物迁徙……"

付行云："……"

余向晚接着道："我好想出去玩啊，好想去好想去……"

付行云说："知道了，我先挂了。"

最后，付行云还是认命地拨了闻逝川的电话，但那头就是"嘟嘟嘟嘟"地响个不停，没人接听。付行云又拨了两遍，都是同样的结果。他越打越是烦躁，第四次拨的时候，那头直接是关机了。

付行云瞪着手机看了好一会儿，心里百转千回，还是决定出一趟门。他不算记性特别好的人，把车开到闻逝川住的沿江西路，把车停在路边，开始担忧自己找不找得到路。入夜后江边的风特别冷，对着后视镜照了照，付行云觉得自己大半夜的戴着墨镜实在是傻到家了，连忙摘下来放回车里，裹紧了羽绒服往记忆中闻逝川的家的方向走。

神奇的是，乌漆麻黑的窄巷里，付行云居然准确地走对了。

他怕冷，站在闻逝川家门前跺了跺脚，感觉袜子鞋子都白穿了，脚趾都冻得快失去知觉了。老旧的楼道里黑漆漆的，声控灯好像坏了，付行云开了手机的手电筒，找了半天也没找到闻逝川家的门铃在哪里，只好重重地敲门。

敲了好一会儿，大概得有十分钟，付行云感觉再敲下去邻居都要出来了。就在付行云快要泄气离开的时候，门终于开了，开门的是闻逝川，睡衣外面裹着大衣，迷迷糊糊地开门。

付行云快冻死了，气不打一处来："怎么关机了？"

闻逝川好像没听见一样，就站在门边，不知道是没睡醒还是怎么的。付行云借着昏暗的光看出端倪来了，闻逝川生病了——脸颊上是红的，嘴唇却是白的，干燥起皮，头发乱糟糟的，整个人像没了骨头一样挨在门框上。

付行云连忙推着他进屋，反手带上门。

闻逝川跟游魂似的回了卧室，听动静是重新钻回床上了。屋子里冷冰冰的，付行云去摸窗边的暖气片，那点儿热度约等于无。家里乱糟糟的，桌子上放着不知道什么时候吃完的外卖，看得付行云眉头紧锁，心想幸好自己来这么一趟。

自付行云和闻逝川认识以来，他一直觉得闻逝川的物欲并不强，对金钱也不上心。他们刚认识那会儿，付行云在酒吧打工，闻逝川接一些拍摄的散活，两人的收入都不多。但闻逝川对钱从来都不上心，随处乱放。他们节省起来可以一天只吃一顿，开心起来，闻逝川拽着付行云就去吃牛扒，把兜里的钱花个一干二净，付行云肉疼得要命。

付行云印象最深刻的一次是在他生日那天，闻逝川揣着刚攒的五百块就带他去吃西餐。其实回想起来，也不过就是连锁的平价西餐，比简餐稍微讲究一点点，但那时候付行云哪里有吃过？他整个人都拘谨得很，把自己的旧 T 恤拽了又拽，不住地和闻逝川咬耳朵："很贵吧，要不咱们吃别的。"

　　等侍应生看过来的时候，付行云又要强自镇定，拿着烫金字的菜单，仿佛自己天天来。闻逝川和付行云坐在卡座的同一边，两人坐得极近，肩膀抵着肩膀。他凑到付行云耳边，声音低沉，促狭地小声说道："你看那边那对情侣，可能是……"

　　付行云生怕他的声音被侍应生听到，紧张极了，但又忍不住好奇去看，看来看去也看不出端倪。

　　"什么啊，你别乱说……"

　　"你看，他们的手，在桌子底下，偷偷勾在一块了……"

　　付行云一看，果真如此，低下头偷偷憋笑，侍应生一走过来点单，付行云又正襟危坐起来，拘谨的感觉全部没了，只剩下小孩恶作剧似的趣味。

　　牛扒端上来，闻逝川拿刀叉全部切成小块。付行云就没吃过这玩意儿，看着闻逝川的动作一气呵成，刀叉用得利索，一点碰撞声都没发出来，他怔怔地看着，馋得直咽口水。两人风卷残云地清了盘，正吃着布丁甜点时，闻逝川抬手打了个响指，把拉小提琴的侍应生招过来。

　　付行云完全没有体验过吃饭时旁边有人拉琴，受宠若惊。闻逝川好似在做有趣游戏的顽童，清了清嗓子，正儿八经地点曲。他一连点了几首，侍应生都连忙道歉说不在单子上，不太会。

　　付行云一看就知道他是故意的，故意点别人不会的，伸手在他胳膊上轻轻戳了两下，提醒他别让人家下不来台。

　　闻逝川干脆把侍应生的小提琴拿过来，自己拉了一曲。

　　他长得高大英俊，来吃西餐也只吊儿郎当地穿着无袖 T 恤，用力时手臂上的肌肉绷紧，拉琴的时候微微偏头，目光低垂，有散落的头发垂在脸颊，他轻轻吹开。一曲拉完，旁边好几桌的人都在看他，起哄让他再来一首。

闻逝川把琴还给侍应生，和付行云说"生日快乐"。付行云整个人都傻了，没什么人在意过他的生日，以至于他根本没有想起来今天是什么日子，付行云机械地重新拿起舀布丁的小勺子，差点把布丁送到鼻子里。

闻逝川就坐在旁边看着他笑。付行云气恼地瞪他。

"怎么了？"闻逝川问。

付行云转头看了看，左右都没人，小声回答道："谢谢你。"

闻逝川摸了摸他的头，三两口把布丁吃完，结账回家。一看账单，付行云就惊呆了，看着闻逝川爽快地把忙了一个星期散活攒回来的五百块钱给花了，甚至还给了侍应生一点小费。

闻逝川不心疼钱，平时生活也不娇气，但一旦生病的时候就显出少爷脾气来了。付行云自个儿生病的时候就是睡觉，跟小熊冬眠似的，窝在被子里一声不吭就把病给扛好了。闻逝川倒好，生起病来要这个要那个，水烫了汤冷了，一看就是从小到大被家里保姆伺候惯了的。

付行云一边回忆着以前的事情，一边把闻逝川家的空调遥控器找出来，忽略掉出故障的地暖，打开空调暖气，搓了搓冰冷的手，叫了个外卖，把闻逝川桌上的垃圾全给扔了。

这一轮下来动静不小，闻逝川居然没醒。

付行云探头进卧室的时候，见闻逝川裹着羽绒服趴在床上，动也不动，脚上没穿袜子，赤着，看着都冻红了。付行云走进去，艰难地从他身下把被子抽出来，盖在他身上，扶着床沿蹲下来去看他。

闻逝川紧闭双眼，皱着眉头，嘴唇上都干得起皮了，脸上有不自然的潮红，付行云伸手一探额头，果然是发烧了。

随着暖气起作用，屋子里慢慢暖起来，付行云点的外卖也到了，是香喷喷的咸骨粥。

付行云把粥搁在闻逝川床头，叫醒他。闻逝川没精打采地睁开眼睛，好像这才发现自己屋里多了个人，但他一阵头疼脑热，根本没有多少思考能力，只凭本能反应。付行云把粥给他，他也不动手，就这么看着付行云。

付行云一时间几乎忘了他们还在冷战，认命地舀了一勺送到闻逝川嘴边。

闻逝川只不过用嘴唇碰了碰，就哑着嗓子说道："烫。"

付行云只想把粥盖到这大少爷脸上，忍了好久，最终还是把粥吹凉，再次送到闻逝川嘴边，总算顺顺利利让他吃了下去。付行云脱了羽绒服，把里头的高领毛衣袖子挽起来，给他测体温，喂他吃药，折腾了一大通。

闻逝川倒是吃了药发了汗睡过去了。

付行云在卧室里看他一眼，轻声说道："我先走了。"

闻逝川闭着眼睛，从被子里伸出手来，准确地拉住了他的衣摆。付行云脚步一顿，回过头去，闻逝川还是闭着眼，也不知道他是醒了还是仍然迷糊。

想了又想，付行云把重新穿上的羽绒服外套又脱下了，扔在一边。他这才认真看起了闻逝川的卧室，很简单，白墙上挂了些抽象画，只有简单的色块，卧室和工作间结合，床边不远处就是电脑。付行云轻轻碰了碰鼠标，休眠中的电脑屏幕就亮了，屏幕上是付行云的脸，把他吓了一跳。

定睛看去，正在放的是电影里的一些废片。

视频还在一个个地静音循环播放，伴随着闻逝川略显粗重的呼吸声，付行云认真地端详自己在镜头里的样子。

像孟清所讲的，最近粉丝的确动静很大，付行云抱着好奇的心态也略微了解了一下。粉丝们都讲，他在闻逝川的镜头里活了过来，就像经历了一冬的玫瑰，在春风吹拂下缓缓绽开。

他不喜欢这样的说法。

当他认定自己天资愚钝，演技不佳的时候，还有个努力的方向，当事业上的愿景落空时也不显得失落，毕竟天赋这种事情强求不来。当他发现自己原来也是可以做到的，但必须依靠着闻逝川的镜头时，他觉得失落极了。

这也是为什么他对闻逝川泼他冷水如此敏感。

付行云从来不知道，原来他也会这样小心眼。他回过身，看着熟睡中的闻逝川，最后认命地在床边守了一夜。

早上醒来的时候，付行云脑袋晕晕的，颇有些不知今夕何夕的感觉，他感觉到旁边有窸窸窣窣的声音，勉强睁开眼，果然，闻逝川也醒了，看上去精神好多了。

"我来原本是想问你综艺的事情……"付行云嘟哝着，简单地把事情说明白，"我还在考虑，你想参加吗？参加也行，不参加也……"

"参加。"闻逝川的嗓子又干又哑，"我还没和你一起出去玩过。"

慢节奏真人秀"一期一会"的阵容很快就官宣了，按照人气顺位，白鹭是第一个，余向晚排在最后。旅游的地点定在荷兰，整个大概的行程已经发到每个人那里进行确认，等春暖花开的时候就可以起行开拍。

付行云大概浏览了一下，行程都很普通，但他一点都不担心最后出来不好看，只要有强大的编导剪辑团队，就算他们几个人什么也不干最后节目也能好看。余向晚陷入了狂热的期待当中，天天想着要怎么收拾行李，还要给素未谋面的白鹭带见面礼，付行云怀疑，节目组和她对接的工作人员能被她烦死。

年前工作不多，付行云把之前丢的几个代言重新捡回来，拍了几个广告。其中有一个是腕表的代言，品牌给他送了几款，付行云盒子都没拆，全部塞进衣帽间的抽屉里。

前几年忙极，小江也有好几年没休春节假了，今年付行云给他放了假，小江走之前像个老妈子似的，给付行云把冰箱填满了，生怕他一个人在家会饿死了似的。

小江说："哥，过年没有外卖啊，你要好好吃饭。"

付行云无语："我会做饭。"

"别老是一个人在家，叫朋友来玩玩啊，过年热闹点好。"

"知道了知道了，"付行云不耐烦地说道，"滚吧。"

等到家里只剩下一个人的时候，付行云又觉得安静得吓人，赶紧把黑胶唱片机打开。他对过年的感觉一点都不好，小时候在福利院，每逢过年过节都有那种爱心机构来送过年的衣服和零食，付行云长得好，每次都作为代表，捧着那些爱心捐献，假笑着拍照。

可能是没有家庭的人就对这种年节特别敏感。以前每到过年的时候，他和闻逝川都很紧绷又敏感，于是就总是吵架。

就当付行云沉浸在回忆里的时候，余向晚给他打电话了。

"付老师，明天来工作室吃年夜饭啊，吃火锅——"

付行云警觉："都谁？"

余向晚大大咧咧地说道："就咱们几个人啊，无家可归的单身狗啊，抱团取暖呜呜呜……"

付行云："……"

他有时候觉得，余向晚能成功地活到这个岁数也是挺不容易的。

大年夜那天特别冷，天空阴沉沉的，天气预报说有雪。付行云怕冷，把自己裹得严严实实的，黑色的高领毛衣，羊绒大衣，外头再加个羽绒，枣红色的围巾在脖子上绕了三圈，还戴了毛线帽。

开车到了工作室的时候，除了意料之中的闻逝川和余向晚，居然还有檀子明。余向晚就在工作室的大厅里支了张桌子，火锅的锅底已经开火了，还没滚起来，檀子明赤着脚蹲在沙发上等，眼神专注地盯着那个锅，压根没管付行云，简直像条等开饭的大狗。付行云把外套和围巾全部挂在进门的衣帽架上，小声问余向晚："你们很熟吗？"

"还行吧，"她说，"之前他不是唱咱们的歌来着？"

檀子明的手机就搁在他脚边，不停地有人来电他都没接，付行云瞥见来电显示上是孟清的名字，于是多嘴问檀子明："不接吗？"

"不接。"

檀子明硬邦邦地回了一句，但没过两秒钟又拿起来接上了，表情臭得要命，他说："不告诉你。你管我去哪里了，你不是不想见到我吗？"

付行云在旁边只觉得尴尬，尴尬得脚趾蜷缩，大声说道："我们在闻导的工作室吃火锅——"

檀子明飞快地把电话挂掉了，恶狠狠地瞪付行云。

付行云说道："呃……你可以在孟清来之前赶紧走……"

檀子明只是瞪着还在煮的火锅，小声说道："还没吃，走什么……"

避免檀子明尴尬，付行云憋住了笑，清了清嗓子站起来，正好余向晚把洗干净的青菜拿出来摆在桌子上，他说："我去个洗手间。"

在通往洗手间的走廊上，付行云正好和从工作间里出来的闻逝川打了个照面。

闻逝川看起来病已经好了，看上去和平常无异，只是好像瘦了一些，轮廓越发清晰起来。工作室里暖气开得足，他只穿一件深灰色的长袖针织衫，袖子很长，遮住了半个手背。他们四目相对，一时间失去了说话的能力。狭路相逢勇者胜，付行云自问不是勇者，低头避开目光，小声地打了个招呼。

但闻逝川丝毫没有让路的心思，走廊不算宽敞，付行云过不去。

还是闻逝川先开了口："那个白鹭——"

付行云一听他开这个头就觉得不好，自从官宣了综艺参加的名单之后，大家都在猜。这一行五个人里，除了白鹭，其他人都是有关联的，只有白鹭没有。前两天，徐渭的私人账号上发布了他和白鹭的合照，大家知道了白鹭将要出演徐导的下一部电影之后，好奇心更是攀上了新的高峰。

昨天，徐渭的私人账号又关注了付行云的社交账号。付行云不由得感叹，徐渭和他的团队真是营销鬼才。但与此同时，他的这种做法又让付行云有点不适。付行云还没说答应还是不答应呢，这下无论他答应还是不答应，都给徐渭的新电影做了嫁衣，往大了说，参加这个节目的所有人都给徐渭的新电影做了嫁衣。

这其中最不痛快的自然是闻逝川。

这种不痛快掺杂了很多复杂的感情，嫉妒、背叛感、后悔、愤怒、难过，复杂得他都不敢细想。

他说："你其实可以不用这么急。"

付行云说："我急什么？"

"他可以给你的名气，我也可以给你，不需要这样，有意思吗？"闻逝川说。

付行云抿紧了嘴唇，揣在裤兜里的手攥紧了，修剪得不够短的指甲陷进了手心的肉里，有种钝钝的疼。

"我并不想要靠谁给我。"他说，"你没来之前我也好好的。"

闻逝川被他刺了一下，还要再开口的时候，付行云从他旁边硬是挤了过去，进了洗手间里。过了好一会儿，等他出来的时候，已经闻到浓浓的火锅味了，麻辣番茄鸳鸯锅，那麻辣味直冲进付行云鼻子里，十分上头，当时就猛打了三个喷嚏。

孟清来得很快，还拎了点肉和菜，堪称圆滑熨帖。

围着桌子都落座之后，付行云才后知后觉地觉得这桌人的构成实在是有够奇怪的，他和孟清相识多年，也没有试过在一块儿吃火锅，火锅是体现关系很亲密的食物。檀子明非要挨着孟清坐，却别扭地看也不看孟清。最后一个位置在闻逝川右手边，付行云垂着眼睛落座。

一桌人的口味也不相同，余向晚很能吃辣，是恨不得把汤底的辣椒也嚼了咽下去的程度，闻逝川普通能吃辣，檀子明不能吃辣但爱吃，一边吃一边吸鼻子，孟清能吃但不爱吃，一直遵医嘱清淡饮食，付行云是完全碰不得辣。

原本还吃得沉默，余向晚独自活泼，说个没完，孟清体贴细心，不住地接她的话，剩下的人即使都默默吃不说话，场面也不算冷。变故出在中间，孟清用公筷从辣锅里给檀子明夹了块鸭血，檀子明不知道闹什么别扭，非说不吃，推了一下孟清的手，那块鸭血从筷子上滑下来，掉回锅里，溅起辣油，埋头猛吃的付行云遭了殃。

付行云惊叫一声，猛地站起来，差点打翻了碗筷，眼睛睁不开，火辣辣地疼。

檀子明也被吓到了，愣愣地说"对不起"。付行云睁不开眼，又不敢去揉，他感觉到闻逝川连忙来牵他的手，把他牵到洗手间去。付行云紧紧闭着眼，有眼泪从眼角沁出来，他感觉到闻逝川正紧紧拉着他，引着他的手去摸水龙头开关。

付行云开了水，俯身去用手兜着凉水洗眼睛，眼泪鼻涕一块儿往外流，不停地吸鼻子。洗了好一会儿，眼睛里火辣辣的感觉总算减轻了不少。闻逝川在他后面，让他直起身来，扶着他湿漉漉的脸，说道："抬起来，我给你滴点眼药水。"

付行云勉强把眼睛睁开一条细缝，隔着盈满眼眶的泪水，吸着鼻子，看着闻逝川模糊的脸。

闻逝川格外认真，一只手轻轻扶着他的脸。眼药水滴进眼睛里，付行云浑身一缩，后背顶在洗手池边沿，眼药水混着泪水从眼角流下来，隔着脸颊往下流。

付行云又闭上眼，有点不安地仰着脸，小声说道："好了吗？还滴吗？有点疼……"

"好了。"闻逝川的语气带一点无可奈何的怒气，"不要和我那样讲话。"

付行云反驳道："你也不能和我那样讲话。"

"别吃了，我先送你回去。"闻逝川说。

付行云忍住揉眼睛的冲动，嘟哝道："我自己能走。"

闻逝川先发制人，朝还在那儿吃的几个人说道："你们吃，我先送他回去。"

"我还没饱呢……"付行云不死心，想让那几个人挽留一下他。

做事细心熨帖的孟清说道："我给你打包点吧，别饿着了。"

"算了，不吃了。"付行云说道。

他眯着仍旧感觉火辣辣的眼睛，往外走，差点撞到门上，闻逝川开门带他出去。两人一路从电梯上下去，付行云虽然不愿意承认，但他感觉到安全极了，重新把眼睛闭上。

出电梯之前，闻逝川把臂弯上搭着的大衣和羽绒外套给付行云穿上，像对待生活不能自理的小孩儿一样，还帮他把围巾围好，仔细地挡住脖子上的每一片皮肤。

付行云任由闻逝川领着他走出电梯，到了外头。外面很冷，风很大，吹得付行云缩了缩脖子，把车钥匙给了闻逝川。

"你在这儿等我，我去把车开过来。"

付行云感觉到闻逝川松开了拉着他的手，手心的温度一旦消失，热度就消失得飞快。付行云连忙把手揣回到兜里，鼻尖上突然一凉，他伸手摸了摸，是下雪了。他茫然地闭着眼抬头，感觉到几点雪花落在他脸上，又迅速被他的体温融化。

冬天真的来了。

付行云不由得想起，六年前，也是一个下着雪的寒冬腊月，他和闻逝川不欢而散，一别就是六年，也不知这次，他们能怎么走，又能走到哪里。

没一会儿，付行云就听到了车开过来停在他面前的动静，他正想眯缝着眼睛走过去，闻逝川从车上下来，引着他走到副驾驶上，看着他坐进去，弯腰帮他扣上安全带。付行云乖乖地坐着，闭上眼睛靠在车座上，听着车缓缓发动。

很快就到了，快得出乎付行云的意料，而且闻逝川并没有开得很快，他能感觉到。

他问："到我家了吗？没吧？这么快吗？"

闻逝川利落地停好车，帮付行云解安全带："到我家楼下了，你这样回去怎么一个人待着，别待会儿摔了。"

付行云不乐意下车，抱着手坐在位置上："我又不是瞎了。不行我自己打车回去，你帮我把车锁了，我改天再过来开。"

闻逝川说："打车？你都睁不了眼。"

付行云抿着嘴，摸索着拉开车门下车，勉强睁开眼睛。眼睛里一吹风还是火辣辣的，直流眼泪，从侧面反映，余向晚买的锅底的确很辣。付行云怕疼得不行，尤其还是眼睛这种敏感地方，他连忙闭上眼，抬手去擦眼泪，又倔着不肯说话。

最终付行云还是妥协了，跟着闻逝川走。

路上静悄悄的，大年夜了，连车都没有，付行云感觉雪下大了，不住地打在他身上，静静的街道上，能听到簌簌的落雪声，脚踩在地上，也发出了"咯吱咯吱"的声音。

他们就这么一前一后地走，并不讲话。

失去视觉之后，付行云觉得一切声音都放大了，他甚至还听到了闻逝川的呼吸声，这一刻太美了，一切都不需要思考，只需要闭着眼睛跟着走。

闻逝川不住地小声提醒他注意楼梯，他们慢慢地拾级而上。

进到家里，地暖明显还没修好，闻逝川把暖气打高，等室内温度上来了，他伸手去帮付行云脱外套。

付行云拂开他的手，背过去，小声说道："我自己来。"

暖气呼呼地往外送风，闻逝川看着付行云费劲地解开一个外套扣子，突然想到一个形容。

付行云就像一朵花，但不是娇弱的花，他是悬崖边挣扎生长的花，是长满刺的花，是拼尽全力往天空伸展的花。这让闻逝川感觉到不安全，他害怕自己成为不了花朵脚下最坚实的土地，即便成了大地，花朵也在努力向往天空。

闻逝川觉得自己卑劣，没有一个惜花人应该阻止花朵绽放。

第二天一早，这是新年的第一天，屋子里黑漆漆静悄悄的。

付行云翻身从床上下来，暖气开了一夜，地上都是暖的，他放轻脚步从卧室里出去。

走之前，他声音轻得不能再轻地说了一句"新年快乐"。

沙发上的闻逝川睁开眼，去房间拿水杯喝水的时候碰到了鼠标，屏幕亮了，上面还是付行云的电影特写片段，这些天他一直在看，循环看，反复看，付行云在镜头里美得惊人，每一滴泪里都有情。

到处都静悄悄的。

闻逝川再一次想到，没有一个惜花人应该阻止花朵盛开。

娱乐圈的假期总是格外短，这个年假才没几天，各个工作部门都开始运转起来。

《行云》的院线情况不算特别好，但在非剧情片里已经算非常不错了，有见解的影评一篇接一篇，也有不少人帮付行云翻身，给他戴上"演技派"的头衔，不过也有不少电影人质疑他在别的镜头里能否保持这个演技水准。

一般叫好不叫座的电影在院线上都待不长，更别说在竞争激烈的贺岁档了。电影很快下线了，但整个剧组都收获了不错的口碑，尤其是闻逝川，和徐渭之间的关系猜测让他更加频繁地进入大众视野。

慢节奏旅行真人秀"一期一会"的拍摄开始慢慢提上日程。

付行云是第一次见到了大名鼎鼎的白鹭，事前讨论会的时候她来去匆匆，艳光四射，十足十的大明星派头，整个节目组也都在照顾她。她不过露了个面，说自己有其他通告，很快地又走了。

余向晚在旁边问付行云："女明星都得这样吗？我是不是太随和了？"

付行云差点笑出来，拼命忍住。坐在旁边的闻逝川听到了，明显也有点想笑，两人目光对上又互相躲开，付行云差点忘记了他们现在关系尴尬。座位有点挤，他们俩膝盖贴着膝盖，想往旁边挪挪又没有位置了。

整个节目将会以他们的碰头会作为开始，碰头前不知道同伴也不知道目的地——当然这是剧本，这一切他们都是知道的。碰头会的地点在一个布置精致的咖啡厅，他们逐个到达，也是考验演技的时候，但又不能太过火，太过火就失去了真人秀的"真"了，又要"真"又要"秀"才是真人秀。

付行云多少有些紧张，比拍戏的时候还紧张，拍戏有剧本，他只要在框架内搭建人设就好了，在镜头前表现他自己，还是经过修饰的自己，这要难得多。

已经是傍晚了，外头下着小雪，很小，估计是这个冬天最后的一场雪了。咖啡厅里已经坐了几个人，除了付行云和白鹭之外，其他几个人都在里面了，橱窗发出亮光，他们在里面相谈甚欢。闻逝川放松地靠在靠背上，听着余向晚讲话，往橱窗外看，和在外面等候的付行云对上了。和闻逝川的目光接上了，付行云觉得心里有点底了，无论如何，闻逝川在里头等着他。

"付老师，该进去了。"工作人员提醒道。

付行云深呼吸一口气，推门进去。

剧本的设定是，他们几个在电影宣发结束之后就没见面了，几人在镜头前寒暄了起来。

檀子明站起来在店里到处乱晃，好奇地拨弄店里的挂饰。没一会儿，白鹭也来了，她的人设是反差萌女神，表面冷清实则娇憨，看来她能被徐渭青睐也是有道理的，演技的确没的说，要是第一次见，估计付行云要被她骗过去。

工作人员在画外音公布他们此行的目的地，每个人都很配合地表示惊讶和期待，余向晚毫不掩饰她的热情，惊讶和期待得比任何人都要真情实感，白鹭在镜头看不到的地方向她投去嫌弃的一眼。

付行云默默地看在眼里，暗叹，这也不是个容易对付的角色呢。他们半真半假地讨论起来，闻逝川压根对这种节目形式不感兴趣，时不时走神，要不是付行云时不时给他递话，他就要隐形了。

说着说着，猝不及防，白鹭朝付行云递话了。

"付老师最近的电影我也看了，我好喜欢啊。"

付行云被她一句话砸得晕头转向，只能略显拘谨地笑着道谢。白鹭抿着精致涂抹的红唇，低头拨弄了一下耳边的碎发，又说道："没想到这次能和付老师一起上节目，太惊喜了。"

太刻意了。

付行云无语，没等他怎么反应，这一段的录制就告一段落了。白鹭小姐，知名非物质文化遗产变脸艺术继承人，摄像机一关，她的热络全部飞走了，下班下得比谁都着急。

余向晚毫不掩饰地翻了个白眼，说道："她要是真看了，我能把摄像机吃下去。"

付行云拉她："小点儿声。"

付行云的车还在闻逝川家楼下，他打算今天顺便给开回家去。不过话说回来，这段时间，无论哪一天开回去都行，再不济，指挥小江干也行，但他就是一直拖着。朝工作人员道别之后，付行云朝闻逝川小声说道："等一下我。"

也不知道是真没听见还是装作没听见，闻逝川大步往前走，付行云正常步速在后头跟着，等拐过了弯没人了才大步跟上去。也幸好节目组保密工作做得好，低调开拍，并没有蹲拍的媒体，仅有的消息灵通的娱记估计都跟着白鹭的车走了。付行云踩着薄薄的积雪，三步并作两步往前追。

闻逝川腿长走得快，付行云追得恼火。

眼见着闻逝川那辆破二手小面包车就在面前了，闻逝川拉开车门就要上，付行云这下总算知道他是故意的，又不敢大声喊，低头抓了一把雪，往闻逝川后背上扔，不痛不痒的，但闻逝川还是停下来了，转过来，抱着手臂看他。

付行云还穿着厚重的外套，一路追过来累死了，越过闻逝川，径自拉开车门坐到副驾驶上，自己系好安全带。

闻逝川从另一头上来了。

付行云公事公办地说道："载我一程，我去把车开回去。"

闻逝川说："哦。"

"哦"个头啊，付行云心想。

他看着不断倒退的街景，面无表情地说道："你生气了吧，这都要生气……"

闻逝川冷冰冰地说道："没有。"

付行云嘟哝道："就有。"

闻逝川车技好，小破面包车也能开得四平八稳，没一会儿就到了。

付行云的车还停在那个地方，停车的地方有东西遮着，但车上还是落了薄薄的一层雪，还有点儿枯枝败叶，看着很狼狈。

付行云下车之前，闻逝川突然问道："是因为你和白鹭要一起演电影，你才参加这个节目吗？"

又被他刺到了，付行云没好气地说："是你拉着我的衣服说要和我一起出去玩的。"

闻逝川被他噎住了，全因为闻逝川早把自己病中虚弱时候的样子给忘了。车子里面突然一片寂静，付行云很享受这种让闻逝川下不来台的感觉，他继续说道："你要是觉得不乐意了，你可以选择不拍了，违约金不够我可以借你。"

闻逝川被他气死了，说不出话来，猛地开了车门，下车了。

付行云慢悠悠地下了车，走到自己的车面前，有些发愁。他一回头，发现闻逝川去而复返，板着一张脸，头发上沾满了细碎的小雪花。闻逝川个子高一些，站在他旁边，一抬手，帮他把车顶的枯枝和吹来的一些垃圾拿下来。

闻逝川表情严肃，还留着刚才生气的余韵，一板一眼地帮着忙。

付行云看着却觉得心情很好。他边看着边问道："孟清和我说，四月在阿姆斯特丹有一个电影节，如果送去参展的话，正好咱们在录节目的间隙可以去参加。"

闻逝川应道："嗯。"

"那参不？"

"参。"

付行云点了点头，拉开车门上车了，雨刮器把车窗的雪花扫去。车窗外，雪已经停了，天气也放晴了，温度明显地开始上升，冬天只剩下一个尾巴了，很快就要到了春暖花开的时候。

他降下车窗，对插着兜站在一旁的闻逝川讲道："再见。"

闻逝川顿了顿，也回道："再见。"

春暖花开时再见。

付行云关上车窗，往家的方向开去。他心头还沉甸甸的，因为他还有一件重要的事情要做，他和徐渭约定的见面时间快要到了。再一次和徐渭见面，仍旧是在那个楼顶咖啡厅，从高处往下俯瞰城市，就会发现春天悄无声息地悄悄来了。整个城市不再是白茫茫的一片，甚至有些角落藏有星星点点的绿。

为了不在一开始就落于下风，付行云提早了大半个小时，赶在徐渭到达之前到了，一边喝着热咖啡，一边往外看。

徐渭仍旧是不急不缓的做派，坐下来后和付行云天南海北地扯了几句，好一会儿才进入正题，他说："白鹭你已经见过了吧？她很有意思，你们合作应该会有火花。"

付行云不知道他对"有意思"的定义是什么，无论怎么看，白鹭都算不上有意思。

"对不起，徐导，"付行云直截了当地说道，"很感谢您给我抛橄榄枝，但很抱歉我不能接受您的邀请。"

说出来的一刹那，付行云心里的情感非常复杂，有松了一口气，也有遗憾和不安。作出这个决定对于他来说并不简单，他也不知道自己到底是哪个刹那下定的决心，可能是在闻逝川的电脑屏幕上看到循环播放的《行云》的时候，也可能是因为他们以往并肩前行的每分每秒。

徐渭只不过反应了两秒钟，从他脸上一点都看不到意外和惊讶，他问："我能听听是什么原因吗？"

付行云当然不能把真实原因告诉他，只是推托道："日程安排上有些冲突。"

徐渭完全没听他的，自顾自问道："是因为小川吗？"

付行云完全不知道该怎么回答，好像无论说"是"还是说"不是"都不能撇清关系。

徐渭叩了叩桌子，声音清脆，他说："你们都还年轻，做事情冲动，感情用事。"

付行云顾不上他是表面意思还是意有所指了，他被徐渭一直以来那种傲慢和高高在上惹恼了很久了，闻逝川和徐渭两父子在某种程度上都有那种讨人厌的地方，就是总觉得自己能够安排别人，不知道是不是当惯了导演的人有的坏毛病。

付行云说道："我和您的儿子是多年的好朋友，他很优秀，脱离了任何的光环，他也能创出一番天地——"

徐渭好像没想到他会说这个，他摘下一直没摘的墨镜，真正认真地打量付行云。

"最落魄的时候，吃泡面我们一人一口，连汤谁喝都要互相推让，就算是那时候，他也没想过要回头沾你一点光。我从小在孤儿院长大，不知道父子到底应该是怎么样的，但我认为，您应该以他为傲。"

这样的话，说的时候很爽，说完之后就后知后觉地觉得有些羞耻。为了掩饰，付行云端起咖啡喝了几口，看向窗外不说话。

徐渭说："你们感情挺好的。"

付行云不知道他是什么意思，只能说："很多年的朋友了。"

过了好一会儿，付行云都不敢看徐渭的眼睛，生怕阅历丰富的大导一下子把他看穿。他本以为徐渭被拒绝后会生气，再不济也会冷淡，谁知道徐渭仍旧风平浪静，不急不缓的。

"再考虑一下吧，我不着急。"

付行云喝完了杯里的咖啡，话已说尽，点点头准备告辞了。

"还有一件事，"徐渭微笑着说道，"在正式官宣演员阵容之前，希望你不要公开说自己已经拒绝出演了。"

付行云一下子就回过味儿来，这就是想造势呢。徐渭也不问他会不会答应，这是笃定他会答应，毕竟拒绝了就已经是不给面子了，这个配合宣传的面子还是要给的，谁也不想在圈子里得罪人。再说了，徐渭向他提出这样的要求，就是说不计较拒绝出演这回事了。

付行云没有犹豫，答应了。

他出门的时候，正好看到白鹭从电梯里出来，打扮精致，高跟鞋的细跟磕在地板上，一声声清脆。她看了付行云一眼，点点头就当打过招呼了。付行云也没自讨没趣，点点头回应，两人擦肩而过。

在春暖花开的时候，他们正式出发了。

节目组保密工作做得极好，除了出演阵容，其他一概藏得严严实实的。节目本身已经积累了一定的口碑，不需要过多地搞噱头，唯一可以称得上是噱头的只有前不久白鹭的一个采访。

采访的记者问她和徐渭合作的电影，问她男主角的人选。

白鹭也是深谙说一半藏一般的采访技巧，有意无意地带到了付行云，又没说死，弄得一群人都在期待他们在综艺里会擦出点什么火花。不过也因此，白鹭被付行云的粉丝骂得够惨的。

他们从国内出发，要坐十几个小时的飞机到达阿姆斯特丹，出发的航班是早上六点多起飞。

付行云戴着遮住一半脸的宽檐渔夫帽，戴着墨镜，在口罩的遮挡下不住打哈欠。白鹭妆容精致，高跟鞋包臀裙，尽显女明星的自我修养。余向晚和檀子明两个人头靠着头在睡觉，像两个春游的小朋友，张着嘴巴打高低起伏的呼噜。

闻逝川是最后来的，他的行李最少，没有行李箱，背了一个很大的登山包，比起出演真人秀的明星，更像个准备出发去徒步的驴友。他进到候机室，目光先在付行云身上扫过，又扫过旁边对着镜子补妆的白鹭，不动声色地坐下。

候机室里都是工作人员，付行云也不好在大庭广众之下说什么，他走过去，硬是挤在闻逝川和熟睡的檀子明中间坐下了，太挤了，闻逝川站起来，干脆把位置让给了他。

就在这时候，付行云发现，孟清居然也来了，带了个大行李箱，低调地隐藏在众多工作人员里。

虽说孟清是经纪人，但以前付行云在外面跑行程，孟清基本上是不跟的，都是助理跟。毕竟孟清自己从小也是娇生惯养长大的，比起经纪人更像是付行云的老板。

付行云问他："你怎么来了？"

孟清说："我好歹是你们俩的经纪人。"

孟清把重音放在"你们俩"三个字上，付行云差点翻个白眼。听见孟清的声音，檀子明迷迷瞪瞪地醒过来，孟清朝他指了指他的嘴角，檀子明连忙用袖子擦了擦睡觉时流的口水。余向晚也迷糊地醒过来，一眼就看到了"全副武装"的女明星白鹭，吓了一跳，仿佛见鬼了。

她嘟哝道："这是坐飞机还是走 T 台……"

节目组给他们买的是商务舱，工作人员坐经济舱，孟清自己升舱到头等舱去了。白鹭看起来也想坐头等舱，但因为要拍他们在飞机上的镜头，所以她升不了舱，看上去有点不高兴。付行云和闻逝川的座位挨着，闻逝川一坐下就戴上眼罩睡觉了。

飞机起飞后，拍了一点镜头，白鹭就去卸妆换衣服，贴了张面膜睡觉。

大家都睡了，付行云看了看窗外的云，一时间没了睡意。他转过头，撑起一点身子去看闻逝川。眼罩盖住了他半个脸，直挺的鼻梁把眼罩撑了起来。闻逝川的眉骨和鼻梁都是线条犀利，眉尾有颗痣，鼻梁上有小驼峰，很好看。

付行云小声叫他："嘿。"

闻逝川无动于衷，不知道是不是真的睡着了。付行云从桌子上空姐送的巧克力里挑了一颗，看着前后无人留意，朝闻逝川身上扔过去。闻逝川摘下眼罩的那一刹那，付行云连忙躺下闭上眼睛装睡。

过了一会儿，没有动静了，付行云以为闻逝川又睡了，小心翼翼地睁开眼睛看过去。没想到闻逝川并没有重新睡，正盯着他，嘴巴里嚼着那颗巧克力。

付行云回瞪了一眼，躺下去闭上眼睛，没一会儿，居然真的睡着了。

他再醒来时已经是半夜，飞机正飞过亚欧大陆上一片不知名的土地，窗外一片漆黑，飞机里都是平稳的呼吸声还有窸窸窣窣的小声说话声。付行云在座椅上伸了个懒腰，说话的是余向晚和檀子明，他们俩居然在座位中间下跳棋，也不知道是谁带的，一边下一边偷偷瞅旁边还在睡的白鹭，生怕把女明星给吵醒了。

付行云发现他们俩已经迅速组成了小学生联盟，志趣相投，不约而同的幼稚。

闻逝川座位上是空的，估计是去洗手间了，付行云起来去找他，发现他并没有去洗手间，只是站在过道上玩手机，戴着耳机，估计是烟瘾犯了，不住地打哈欠，时不时搓一下手指。

见付行云过来，他连忙将手机屏幕按灭了。但付行云匆匆一瞥，仍旧看到了他刚才在看什么，屏幕上是白鹭那张美艳动人的脸，他在看白鹭的那个采访。

"看什么？"付行云问道。

闻逝川把耳机揣回兜里，回答道："随便看看。"

付行云也不拆穿他，站在他对面，两人隔着并不宽的走廊。

付行云说："你没话问我吗？"

付行云本以为他看了白鹭的那个采访，加上最近各个媒体的讨论，会问自己是不是答应了徐渭，谁知道他这么憋得住，只字不提。

"问什么？"闻逝川面无表情。

"你不想知道我有没有答应吗？电影。"

闻逝川说："不关心。"

突然，飞机颠簸了一下，付行云一个没站稳，直接往闻逝川怀里扑，闻逝川稳稳地扶着他的腰，把他接住了。闻逝川被他撞得闷哼一声，付行云有些不好意思地连忙站直，飞机广播里响起空姐甜美的嗓音，说飞机遇上了颠簸气流，让乘客回到座位坐好。

他们正要往回走，飞机又上下颠簸起来，付行云的脸直接撞到闻逝川背上，扶了闻逝川一把才站稳了。

闻逝川回头说道："别冒冒失失的，不像样。"

付行云被他气死了，在他后背上隔着衣服狠狠地捶了他一拳，满意地听到闻逝川倒吸一口气。

一抬头，看见余向晚正在座位上朝他挤眉弄眼，顺着她的目光看过去，发现白鹭已经醒了，素颜的脸上满是睡眠不足的烦躁。他立刻安静，飞行中的后半程都不敢多说多做些什么了。

到达的时候是清晨，早春的荷兰还是冷的，付行云裹紧了自己的大衣。出了机场，一行人还没来得及四处看看，就被工作人员催促着上了车。付行云有些紧张地发现，他们几个人被分开了，上了不同的车，小江作为助理，领走了付行云的行李。

行程安排写得很笼统，付行云并不知道他们现在确切是去哪里，问了问随行的工作人员，工作人员表示保密。

付行云马上紧张起来了。

异国他乡的，旁边一个熟悉的人都没有，他自己本身英文水平堪称一绝，差得一绝。他紧张，但又不想在镜头前表现得太拘谨了，看着窗外的街景，和工作人员有一搭没一搭地聊了起来。

没多会儿，车停了。

车停在一条挺窄的小路上，付行云有些茫然地下了车，四处环视，发现围绕他的只有举着镜头的工作人员，同行的几辆车都没在。左边是红棕色的小楼，右边是一条小河，小河两岸是刚抽出嫩叶的行道树，时不时有路人踩着单车路过，好奇地看他们这一大堆人。

随行的工作人员把一份地图递到付行云面前。

"到达之后的第一个任务是根据地图，找到今晚入住的地方，到得最快的有奖励。"

由于终点是步行可到，工作人员把付行云的手机和钱包都收走了。付行云一脸茫然地面对着镜头，简直都要惊呆了。他还以为自己参加的是一个休闲节目，没想到一来就变成了这样。

他的反应明显极具综艺效果，镜头一直在拍他的表情。

付行云硬着头皮展开全英文的地图，幸好节目组在上面用笔标出了起点和终点，离得不是很远，但路线弯弯绕绕的，看得付行云头晕。他看了半天，在工作人员的催促下，总算出发了。

街头很安静，尽管行人渐渐多了起来，仍旧很安静，付行云有种不敢大声说话的感觉。他一边走一边对照着地图，犹豫着问："我如果走错了你们会提醒我吗？"

从工作人员的冷酷的表情，他明显看出了否定的答案。

工作人员提醒他："已经有一个人到达了。"

"谁？"付行云紧张地说道。

"闻导到了。"

付行云急死了，他对于自己在哪儿目前还一头雾水。工作人员示意他可以去问路，付行云实在是不愿意，学历和文化一直是他羞于启齿的一个问题。先不谈怎么问这个问题，他的英语口音实在算不上好听，要把这一切暴露在镜头前，实在太让他抗拒了。

他又硬着头皮埋头猛走了一段，一边走一边想着，他这样肯定很无聊。走着走着，他又饿又渴又累又冷，发现自己转了一圈又站在了相同的商店门口，简直蒙了。他端详了下地图，重新定了一个方向，再次出发。

突然，他在横跨小河的石桥上看到了一个熟悉的身影，是闻逝川。闻逝川正靠在石桥的栏杆上，手上还拿着一杯咖啡，悠闲得像个真正的游客。

他不是已经到了吗？

好像才看到他们一样，闻逝川远远朝他们挥挥手，走过来。

"到了之后太无聊了，出来逛逛。"闻逝川说。

听起来很不费力的样子，听得付行云脸一红，觉得自己简直是路盲。付行云低着头不看他，假装自己在看地图，但其实什么也没看进去，慌得很。

工作人员连忙说："不可以提醒哦。"

闻逝川点点头表示知道了，站在付行云旁边看他的地图。闻逝川不动声色地把自己手上的咖啡塞给他，付行云手上一暖，闻到里面不是咖啡而是热巧克力，满满的一杯。趁工作人员不注意，闻逝川假装凑过去一起看地图，小声提醒他。

"往前一直走到运河，过河就能看到。"

和地图上指定的路线不同，付行云压根儿一点儿也没犹豫，一口气喝下去半杯热巧克力，整个人都暖了起来，重新往前走。闻逝川坐在路边的长椅上伸着腿，懒洋洋地朝他们挥挥手。

走了大概二十分钟后，从小路里出来了，视野一下子开阔，宽阔的运河横亘在眼前。阿姆斯特丹高楼不多，显得整个城市的天空特别宽广。付行云认真对照一下地图，发现节目组给他们定的终点，也就是晚上睡的酒店，就在对面不远处，因为层数高，鹤立鸡群。

付行云转头，对着摄像机很认真地问道："地图上画的路线是不是整我的？"

摄像大哥连忙摆手："不是不是，走地图上的线会快一点。"

付行云感觉就是整他的，但这下总算走到了，他松了口气，盯着自己的目标，很快就到了。到了之后，他窘迫地发现，他真的是最后一个。余向晚和檀子明正排排坐在运河边，脚一晃一晃的，白鹭正在运河边让助理给她街拍。

没一会儿，闻逝川也悠悠然踩了辆单车过来，这下人凑齐了。

余向晚凑到他旁边，小声抱怨："你好迟啊！"

"你怎么这么快？"付行云问。

她说："问路啊，节目组的地图就是坑人的。"

"那你英语挺好。"

"不会啊，"余向晚毫不在乎，"瞎比画，肢体语言。"

付行云轻轻一笑，觉得自己刚才不敢问路的担心简直是多余的，他绷紧的弦一点点放松下来。他有时候也觉得自己的很多想法都很多余，他总觉得别人都在盯着他的一举一动，总觉得自己说的每一个字都会被放大，做的每一件事都会被解读，束手束脚的，远不如余向晚他们。

付行云的热巧克力喝完了，空杯拿在手里，等着节目组的下一步指示，闻逝川自然而然地从他手里把空杯接过去，扔到垃圾桶里。

节目组说了，最先到达的人有奖励，但这次居然是并列第一，闻逝川和白鹭同时到的。

奖励是什么？

付行云顺着节目组的手指看过去，仰头仰得脖子都要酸了才看清楚了。在不远处，最高的那栋大楼的最顶上，有一个小如芝麻粒的秋千，那是全欧洲最高的高空秋千，叫作"超越边缘"，第一名的奖励就是去荡高空秋千，因为秋千是两人座，所以可以再邀请一个人。

看着那小如芝麻粒的秋千，付行云简直头皮发麻，说不清楚这到底是奖励还是惩罚。

付行云感觉白鹭目光灼灼，锁定了自己，但在她选之前，闻逝川先下手为强，选了他。最后白鹭只好选了余向晚，五个人去了四个，剩下檀子明一个人孤零零，眼睛里盛着渴望，坐在运河边，摆手投降。

"你们去吧，你们去吧，我去吃雪糕去……"

刚刚坐了十几个小时飞机，又走了好一会儿，大家都累了，高空秋千定在傍晚，夜景最好看的时候，在开始之前，他们先去休息一下。五个人，三男两女，分成两个房间，男生一间女生一间。

他们住的酒店层数也很高，晚上景色应该也不错。

从不亏待自己的孟清已经睡醒一觉了，在楼顶开了个套房，现在精神抖擞地来迎接他们。付行云听到檀子明在小声地和孟清卖可怜："他们都去荡秋千了，就剩我一个没得玩，我也好想玩……"

果不其然，檀子明丢下行李就跑去孟清那儿了，套房肯定比三人间要舒服得多。付行云睡了靠窗的床，闻逝川把檀子明扔在中间床上的行李给拎了起来，直接扔到最外面靠门的床上。付行云简单洗漱后，把自己摔在柔软的床上，感觉自己整个人都要散架了，昏昏欲睡。

闻逝川擦着头发出来的时候，站在浴室门口看了看。入住之前，节目组就和他们说了，房间里一共有三台摄像机，二十四小时打开的，在镜头前得谨慎一些。

他心里感到有些遗憾，果然，真人秀就这不好，虽然可以出游，但也得时时刻刻暴露在镜头下面。闻逝川坐在自己的床上，拿着手机假装在看，但其实他在看付行云。付行云睡熟了，略皱着眉头，闻逝川站起来，把窗帘拉严实了，挡住外面的阳光。

在飞机上，付行云说，有没有话要问。

当然有，他有一肚子的话要问。当然，他也做好了最坏的设想。但最终他还是没有问出口，他害怕一旦问了，他们又吵架了。

当下的平静太可贵了。

闻逝川就坐在床沿看着付行云发呆，窗外传来流水声和人声，付行云的呼吸高低起伏，平稳得好像海边的潮汐，受月亮的引力控制，反复冲刷海滩，一下一下，无人知晓，只有他坐在这里静静享受。

付行云醒来的时候正好是傍晚，他去窗边把窗帘拉开。

运河上波光粼粼，天边是红色的夕阳。他深吸一口气，一回头发现闻逝川靠坐在床上睡着了，他走过去，正想把他叫醒，顾忌着有摄像机，又收回手。闻逝川醒了，微眯着眼，打了个哈欠。

正好工作人员来敲门了。

他们得先去吃饭。余向晚简直有一百句话吐槽白鹭，躲避着摄像机小声吐槽，像个告状的小学生。

"她的护肤品化妆品有一整个桌子！沐浴露都有三种，还有浴盐身体乳，全部堆在浴室里……她说她减肥不吃晚饭，我猜她是怕等一下吐出来……工作人员说不能穿高跟鞋上去，她好像不高兴……原来她不穿高跟鞋还没我高……"

她跟念经似的，付行云听得头疼，偏偏闻逝川还听得挺认真的，听着下饭。

饭后，唯一不能去荡秋千的檀子明带着工作人员跑走了，说是要去找几个出名的店，一个个吃过去，仿佛肚子里有个无底洞，不愧是"半大小子吃穷老子"。余向晚和白鹭先去，余向晚看起来不仅不怕，还很兴奋，白鹭看上去很镇定，但付行云发现她手都抖了。

余向晚瞄了她一眼，小声说道："不用怕，很安全的……"

白鹭正在对着手机屏幕的反光补口红，嘟哝道："谁怕了。"

到底是谁怕了，上去的时候就见真章了。付行云和闻逝川站在后面不远处等，整个阿姆斯特丹都在他们脚下，包括远处的港口、王宫还有商业区，尽收眼底。

余向晚激动得不行，白鹭一声不吭，板着脸，好像谁惹了她生气一样。在工作人员的帮助下，她们俩坐了上去，绑好一切安全装置，余向晚欢呼起来，两条腿在半空中晃来晃去，她猛地拍白鹭的肩膀，叫她："快睁眼，好漂亮啊——"

白鹭尖叫道："你闭嘴啊！别晃，座位在抖！救命啊——"

她们俩的声音简直划破天空，付行云憋笑憋得全身都在抖。

白鹭被高空中的风吹得头发乱飞，她抖着声音说道："你……你帮我拍张照，好看点的，记得开美颜……"

余向晚问："你不睁眼怎么拍照？"

"烦死了，就拍闭眼的，"她大叫道，"你别动啊！别动！！"

余向晚又问："不动怎么拍照？"

白鹭尖叫："不要动啊！我要下去，快放我下去！"

她们俩下来的时候，白鹭的腿还抖着，她整了整头发，认真严肃地要求道："把我尖叫的片段删掉，记得删掉，你笑什么，不要笑。"

余向晚连忙把偷笑的嘴捂住，转头小声对付行云说："她还挺有意思的。"

付行云虽然不像白鹭那么害怕，但他上去的时候手也有点抖，紧闭着眼睛，那秋千稍微一动，他就去抓闻逝川的手臂，捏得闻逝川小声呼痛。

"睁眼看看。"闻逝川小声哄他。

付行云感觉到带着水汽的风扑在他脸上，他问："高吗？"

"很高，"闻逝川说，"但很漂亮，信我。"

付行云心里还是有点不安，脚下是空的，好像一睁眼就会踩空。闻逝川提醒道："睁开。"

美丽的夜景出现在付行云眼前，他屏住呼吸，久久才吐出那口气。他转头，发现这样美的夜景也吸引着闻逝川，闻逝川恰好也回过头。

他们在彼此眼中看到了最美的景色。

付行云的心跳极快，心脏仿佛要把胸腔都凿穿了，"咚咚咚"地跳着。

从高空秋千上下来的时候，付行云整个人都晕乎乎的。节目组给他们准备了甜甜的热巧克力，付行云一口气灌下去半杯，才觉得自己回过魂来了。

白鹭手上也捧着一杯，想喝又不敢喝，怕胖。

余向晚大大咧咧地说道："你瘦得跟个杆儿似的，怕什么胖。"

白鹭瞪她一眼，别别扭扭地喝了。

节目组的工作人员来宣布道："今天大家都累了，晚上没有安排其他的内容，大家可以在房间休息，也可以出去逛逛，注意安全。出去的时候可以带上我们工作人员领路。"

付行云无意中和闻逝川对视了一眼，目光接触又匆匆分开。

谁想带着工作人员啊？

大家纷纷散了，付行云走在前面，闻逝川插着兜走在他后面，踩着他的脚步走过的地方。闻逝川加快了脚步，和付行云并肩而走，小声问道："去逛逛？"

异国的空气仿佛味道和成分都不一样，比平常熟悉的环境多了一丝神秘与陌生。

付行云用被风吹冷了的手捂了捂发烫的耳朵，拒绝道：

"不……我回去……睡觉……"

"逛逛吧，"闻逝川小声说道，"还早呢。"

付行云加快两步越过他，走在前面，目不斜视。

"可以早点睡。"

"是吗？"闻逝川也加快脚步追上去，"别睡了，难得出来逛逛……"

付行云突然脚步一停，刹住车，他还没来得及说什么，余向晚冲过来了。

"你们出去逛是不是？一起吧，我也想逛！"

他们俩还没说什么，余向晚就兴奋得不行，回头一把将不情不愿的白鹭也拉过来。刚才一起上高空秋千的经历好像让她们突然间就成了好姐妹——也可能是余向晚单方面的。

白鹭一边嘟哝着"别拉，我衣服皱了"，一边不情不愿地被她挽着，板着脸问道："去哪里？"

说到阿姆斯特丹，最出名的当然就是商业区。付行云和闻逝川两个人当然是兴趣不大的，余向晚倒是兴致勃勃，想着去见见世面，反正也不远，也就逛逛去。一路走过去，人明显多起来，游客也多了，虽然不是旅游旺季，但付行云和白鹭两个人也怕被拍，戴上口罩帽子，黑灯瞎火的，估计也没人认出来了。

一路走下来，两位女士可以说是大有收获，回到大路上，四个人都走得气喘吁吁。

仿佛透不过气一样，余向晚喘着气，说道："去透口气吧，累死我了，找个地方坐一坐。"

正好前头就有一个在水边的露天小酒吧，摆几张小桌，人很少。他们坐下点单之后，付行云说："我上个洗手间。"

但他走出去好几百米才发现自己根本不知道洗手间在哪

里，猛地要转头，和跟在后面的闻逝川面对面撞了个满怀。

他尴尬问道："你来干吗？"

"上洗手间啊！"闻逝川理所当然地回答道。

然后闻逝川又贴心指路："那边走。"

这边已经离开了商业区的范围，比起热闹的那头，静了很多，流水潺潺，灯光昏黄，时不时有水鸟从暗影中飞起，擦过水面，低低鸣叫。

今晚夜色很好，没有哪一刻的氛围比此刻更宁静轻松。

付行云和闻逝川回到小酒吧时，酒已经上了，但他们俩都没点东西喝，就坐在水边，靠着栏杆，逗弄水池里两尾追逐嬉戏的鱼。

替女士们付了账，他们散着步走回去。

酒店的房间里架了摄像机，还有红外功能，关了灯也能拍得清清楚楚，将明星每时每刻所有边边角角都放在镜头下。他们回去的时候，檀子明正乖乖地盘着腿坐在床上玩手机。闻逝川躲进浴室里洗漱了，付行云想了想，还是敬业地在镜头前营业了一下，讲了讲今天的见闻。

檀子明从床上站起来，从自己的行李箱里抓了两件 T 恤，一本正经地对着镜头说道："我要换衣服，镜头盖起来。"

付行云才说完话，他就利索地用衣服将两个摄像机的镜头给盖住了。

檀子明用嘴型对付行云说道："我先溜了，明早回来。"

付行云还没来得及说话，他就蹑手蹑脚地开门出去了，付行云坐在房间里，看着摄像机上盖的衣服，总觉得掀也不是不掀也不是。闻逝川洗漱完出来，很快地看到了，付行云这下更尴尬了，解释也不是不解释也不是。

不解释就仿佛变成了是他干的，解释了也尴尬。付行云想了想，决定还是啥也不说了，溜进浴室里洗漱去。等他出来的时候，房间里的大灯已经关掉了，只剩下床头的阅读灯，闻逝川正靠坐在床头，看一本不知道什么书。

他们身上已经没有麦克风了，摄像机虽然能收音，但小声点就基本听不清。付行云把窗帘拉严实，乖乖地坐在自己的床上，盖好被子，朝闻逝川说道："早点休息，明天还要早起呢。"

闻逝川回答道："晚安。"

等到第二天付行云醒来的时候，天已经亮了，闻逝川已经起了，正在收拾东西，檀子明也回来了，摄像机重新工作，付行云连忙起来。工作人员委婉地和他们沟通："老师啊，咱们这个摄像机不能这么一晚上盖起来，我们也得拍点晚上的镜头，放心，不合适的内容我们都会剪掉的。"

付行云深感抱歉，再三表示再也不会了。

除他之外，两位"室友"都一脸无所谓。

这回，他们所有人都上了同一辆车，余向晚正在车上派零食，车子往郊区驶去，渐渐地，窗外看到的都是开阔的景色，蓝天白云和高大的风车，让人心情愉悦，付行云的心情却愉悦不起来。

他们的目的地是在市郊的一座孤儿院。

在看到行程安排的时候，他就给自己做好了心理准备。这是一个极有意义的行程，他也预料到节目组或多或少会将这个行程和他的童年经历扯上关系，至于是作为卖点还是看点，他就不得而知了。

但付行云明白，真正释怀的唯一方法就是面对，他已经做好了准备。车停了下来，窗外是大片大片的宽广的绿草坪，有马，应该是养马的地方，路边开了零星的橘黄色郁金香，孤儿院的工作人员已经在路口迎接他们。下车之前，闻逝川敏感地察觉到了他的情绪，趁所有人不注意，给了他一个安抚的笑。

像被充满了电，付行云准备好了，坦然地下车去。

拍摄涉及小孩，节目组连同工作人员和他们说了很多的规矩，也说了接下来三天的拍摄内容。"一期一会"这个节目本就没有固定的主题，节目的出发点和落脚点都是人，也就是参加的嘉宾。他们接下来三天，要在这个孤儿院里当志愿者。

任务并不轻松，他们两两一组，轮流在这三天里参与孤儿院里一天的运作，由于他们只有五个人，需要有一个人工作两天，抽签决定。很幸运也很不幸，付行云抽中了，他放下抽到的纸签，觉得压力加倍，小心翼翼地呼出一口气。

在开始工作之前，他们要看看孩子。

为了怕给孩子造成压力，只有必要的节目组工作人员跟在他们身边，绝大部分孩子还在睡午觉，三五个孩子正在活动室里阅读和玩耍，基本都只有七八岁大。孩子们估计都被预先交代过，对他们的到来并不感到意外，只是好奇地看着他们，他们尝试性地和小孩交流。

和小孩交流是最直接不过的，语言不通也不要紧。

付行云眼尖地发现有一个并不合群的小孩，躲在活动室的角落里。棕色的卷毛短发，白皮肤绿眼睛，很可爱，却板着小脸在搭积木，搭起来又"哗啦"一声推倒，重新搭起又推倒，一次次重复。

付行云轻轻地走过去，蹲在他旁边，虽然他的行动和表情都毫无变化，但付行云敏感地察觉到他瑟缩了一下。付行云沉默着抬头，看了看摄影师扛着的摄像机，黑洞洞的镜头，像不知名怪兽的眼睛。

他突然想到自己小时候，作为福利院里长得最白净最好看的小孩儿，他永远都是接收好心人捐赠礼物的代表，和不认识的大人一起，抱着那些礼物，在镜头前露出感激不尽的笑。他那时候太讨厌镜头了，每一个镜头仿佛都是等着蚕食他快乐的怪兽。

付行云站起来，和摄影师沟通，让他先把摄像机关掉。

摄影师有点为难，小声说道："那就没有镜头了……"

"没关系，先关了。"付行云坚持道。

摄影师只好听他的，关掉了摄像机，盖上镜头，放到一边去。只剩下付行云和那个孩子待在角落，那孩子还沉浸在自己的世界里搭积木，一次次地搭又一次次地"哗啦哗啦"推翻。付行云抱着腿静静地坐在他旁边，沉默着，时不时给他递一块积木。

那孩子并不接，这样下来大概一个小时。

活动室里的孩子都要去吃东西了，他们也要跟着过去，付行云选择留在原地陪这个搭积木的孩子。节目组来叫他："付老师，咱们过去那边。"

"没事，我在这儿。"付行云说。

等到所有人都走了，付行云还在那儿，终于，在他第无数次递积木之后，那个小孩从他手里拿走了积木，搭在了积木做的高塔的最上面。

当天晚上，节目组开始给他们做个人采访。

孤儿院的背面是一片矮树林，矮树林前面是占地面积极大的沙地，上面有很多遗留的玩具，还有孩子们的鞋子。

付行云越过沙地，看到矮树林边缘有个人影，还有闪烁的火光。付行云走近去，发现是白鹭，正靠在树上抽烟。她做完了采访，已经卸妆了，素颜的脸上显出疲态，及腰的长卷发胡乱地用一支笔盘了起来，一副不设防的姿态，和她平时不同。

付行云说："你带了烟？"

白鹭说："从余向晚那里顺了一根。"

这儿天黑得晚，这时候的天只是刚刚暗下来，树影有个昏暗模糊的影子。付行云插着兜站在旁边，觉得这里比市区还要更安静。

白鹭突然说："我也是孤儿。"

付行云很意外，他之前从不知道，也没有媒体报道过。

"我之前都不知道。"

白鹭碾灭了烟，把烟头攥在手里，说："不想让人知道，他们都不知道，免得说我卖惨什么的，他们总有话说。"

付行云不知道为什么白鹭对他突如其来地坦白，不知道该说些什么，只好说道："采访快到我了，我先回去了。"

白鹭叫住他："我觉得我们挺像的，本来一无所有，什么东西都想攥紧在手里。徐渭的事情我多少知道一点，这个难搞的老头子……"

白鹭嘟嘟囔囔的，吐槽了几句徐渭，付行云听不清。

"劝你还是再考虑一下那个电影吧，不管是什么原因找的你，握在了手里最后就是你的了，只有握在自己手里的东西才是真的。"

没来得及思考更多，付行云被节目组一个电话叫走了，轮到他进行采访了。他才坐下，摄影师和灯光师还在调试设备，他旁边的大窗从外面被拉开，闻逝川出现在窗外，手上捧着一个盘子，上面有个三明治——付行云刚才一直在陪那个孩子，没来得及好好吃东西。

"吃点儿。"闻逝川说。

付行云接过来，小口地啃着，闻逝川厨艺虽然差，但做一个三明治还是可以的。

闻逝川看了一眼还在准备的工作人员，趴在窗台上，手垫在下巴下，隔着窗户小声问他："采访怎么样，要我和你一块儿吗？"

不得不承认，对于这样需要剖白自己的采访，他留下了一点阴影。阴影来源于上一回章庭直接在直播访谈里揭他的短，他这会儿想起来还心有余悸。

付行云三两口吃完了三明治，说道："好。"

闻逝川说："过来点儿。"

付行云不明所以，凑过去，闻逝川懒得绕过去走门了，他让付行云把窗户打开一点，手在窗台上一撑脚一收，直接从窗户翻了进来。

工作人员被突然翻窗进来的闻逝川吓了一跳，委婉地说道："闻导，您是下一个……"

"没事，"闻逝川多搬了一张椅子过来，放在付行云旁边，说道，"双人采访也行。"

节目组导演想了想点了头，单人采访变成了双人采访。节目中的采访都是没有稿子的，任由访问者和嘉宾发挥。

有了闻逝川坐在旁边，付行云心里踏实多了，面对着采访的镜头也不再惴惴不安。

导演先是问了几个简单的问题，讲讲风景讲讲旅游的感受，付行云讲得多，闻逝川只是时不时搭几句，付行云在说的时候，他就侧过头去认真地听，整个氛围很轻松，付行云心中的防线渐渐消失。

"来到孤儿院，你感觉怎么样？"导演突然问道。

付行云沉默了一会儿，脸上的笑容突然消失了，他看向窗外，看了一会儿才回过头来看向镜头，他说："其实不怎么样。"

导演没有深问，话锋一转："你是怎么发现那个孩子不喜欢镜头的？"

"是直觉吧，"付行云短促地一笑，"我小时候也不喜欢镜头……"

导演敏锐地捕捉到了付行云此刻敏感的情绪，一时间他没有继续提问，付行云也没有接着说，留下了一段空白，听到的只有风声还有隐约的儿童嬉闹声。导演足够耐心，没有追问，静静地等，过了好一会儿，付行云接着往下说了。

"被镜头捕捉的时候，总有点儿身不由己的感觉。"付行云艰涩地描述道，"而且你永远无法预料被拍出来之后你是什么样的，有很强的不确定感。"

"你现在是演员了，还会害怕镜头吗？"

付行云发现导演用了"害怕"这个词，他觉得这就不太好接了，演员害怕镜头，这说出去难道不离谱吗？

他沉默了，刚才一直没张嘴的闻逝川倒是接上了话。

"拍摄的行为有某种捕食意味，拍摄人即是侵犯人。桑塔格说的，拍摄某人是一种升华式的谋杀，一种软谋杀，正好适合一个悲哀、受惊的世代。"

导演问："闻导，你认同这个说法吗？"

闻逝川靠在椅背上，耸了耸肩："部分吧。"

"那作为导演，你觉得这个拍摄的度在哪里？"

闻逝川想了想说道："这个度不好把握。既要冷静客观，又有人文关怀，既要让演员足够安全，又要适当冒犯，很不好说，我还在摸索。"

导演把问题抛给付行云，笑着问道："付老师认同吗？两位之前刚刚合作完，在合作过程中有感受到吗？"

在西南小镇拍电影的那段时间的经历一下子出现在付行云脑海中，他认认真真地回答："可能是因为我们认识的时间很长了，彼此很熟悉，面对他的镜头，我感觉很放心。而且他很有想法，镜头视角很独特，最后拍出来的效果很让人惊喜。"

"那在你合作过的导演里面，你觉得闻导排在……"

"排第一，"付行云机灵地说道，"按照交情排的话。"

"你在我拍过的演员里排第一，不按交情排也是。"闻逝川说道。

付行云有些不好意思地回避闻逝川的目光，小声道谢。

他突然意识到，这是他们两个人第一次这样当着旁人的面大方坦率地夸对方，第一次正正经经、大大方方地肯定彼此的专业水平。这种感觉让付行云很新奇，也很开心。除去那些错综复杂的争议，撇开好友的关系，他们还是导演和演员，互相选择、互相评价。

导演问付行云："听说接下来你有可能和徐导合作，你对徐导的镜头语言有什么样的印象？"

这一个问题可谓是"哪壶不开提哪壶"了。

刚刚暖起来的氛围一下子就冷下去了，付行云用余光关注着闻逝川，他看到闻逝川的目光从镜头上移开了，转向窗外。

付行云说："还没有最后敲定合作，一切都说不准。"

导演剩下的后半个问题，付行云也不知道自己究竟回答了什么，大多是些场面话，毕竟徐渭在电影圈的地位摆在那里，他作为一个小演员，不好批评什么，剩下的也只有夸了。

采访结束后，天已经黑透了，小孩们都要睡觉了。

在孤儿院工作人员的带领下，按照性别，他们分别去了孩子们的房间和他们道晚安。可以看出，绝大部分的孩子在这所孤儿院里生活得都不错，不紧绷不警惕，大方坦然地主动和他们拥抱道"晚安"。

但有一小部分的孩子例外，付行云白天留意的那个搭积木小孩，他叫 Liam，正靠坐在床头，抱着一只玩偶，在喃喃自语，也不知道在说什么，付行云走到他床边的时候，他头也不抬，付行云也听不清他在说什么。

付行云和他说了"晚安"，也不知道他究竟听进去没有。

不知道是真的位置有限还是节目组特意要营造艰苦奋斗的氛围，他们睡的地方只是简单的小房间，他们商量后决定将放了两张单人床的房间让给白鹭和余向晚，然后三个男性住的房间略小一些，放了两张上下床。

他们决定空出一个上铺来放东西，檀子明挑了剩下的一个上铺，理由是："我年轻点，好爬，别回头你们摔着了腰。"

看在摄影机的分上，付行云没有翻他白眼。

有了工作人员之前的委婉提示，这天晚上他们都乖乖的，没有再去碰摄像机，整个房间安静下来，一片黑暗，只有摄像机工作的红灯在闪烁。一直到入睡，付行云都没有机会躲开摄像机和麦克风和闻逝川说话。

他们在孤儿院当志愿者的时间一共是三天，抽签决定他们两两搭档，去参与体验孤儿院的日常工作。每一天的工作结束之后，节目组会根据他们的工作完成情况给他们结算"工钱"。

不多，也不知道这个"工钱"有什么用，估计也就是意思意思。

第一天付行云抽中了和余向晚搭档，从一大早把小朋友们叫醒开始，一天的工作简直是兵荒马乱，他们俩忙得焦头烂额，碍于规定，其他人并不能帮他们太多的忙，只能时不时搭把手。

檀子明是他们之间最受小朋友欢迎的，他带了自己的吉他过来，用蹩脚的英语弹唱的时候，小朋友在他旁边围了一圈又一圈，有小女孩把自己珍藏的糖果送给他。他还会用硬币变魔术，把小朋友哄得一愣一愣的。

白鹭则用她的化妆品俘虏了小女孩们，孩子还小，不敢把化妆品用在她们脸上，于是就由她们给白鹭化妆，平日艳光照人的女明星脸上被弄得乱七八糟，偏偏她还不能冲小孩发脾气，只能无力地威胁节目组："后期给我打码知道没，不然我会给你们发律师函的，真的，你别不信，记住打码！"

而闻逝川是他们中间英语最好的，他也没多做什么，就是拿着绘本书念。他的声音低沉醇厚，读起来不急不缓，小朋友们都爱听，还有小朋友拉着他要他答应睡前去床边读。

付行云和余向晚忙得满头包，和他们比起来简直不像是在做同一个节目。

忙中就容易出错，午后有一个小男孩尿床了，付行云跑去帮忙，忙碌地准备晚饭的厨房里就只剩下余向晚了，原本她要负责把中午熬好的汤在晚饭前烧热，但她给忙忘了，想起来的时候热汤的时间已经不够了。最后，晚餐的汤只是微温。

本来并不是什么大事，天气也不算冷了，微温的汤并不碍事，但饭桌上有个难缠闹别扭的小女孩，说汤不热，不肯喝，边哭边把汤打翻了。几个大人忙去擦，余向晚眼眶都红了，咬着嘴唇默默地帮忙，晚上忙完之后人就不见了，不知道躲哪里去了。几个人都去找她，找来找去，发现她躲在了活动室的滑滑梯底下，倒没有哭，闷闷不乐的。

白鹭要拉她出来："多大事儿啊，小屁孩闹脾气而已。好了好了，快出来。"

余向晚不让她拉，哑着声音说道："她不是闹脾气，她早上和我说了，她妈妈就是春天郁金香开的时候去世的。"

说着说着余向晚又有点哽咽起来："刚才我去找她道歉了，把我妈妈的照片给她看，告诉她我妈妈也去世了，她就对我说对不起，说不应该发脾气……她都这么难过了，我还忘记热汤，她都没有妈妈了，还没有热汤喝。"

付行云知道余向晚的妈妈是在她拍《人间海海》的时候生病去世的。眼看着她又要"水漫金山"了，白鹭忙说道："好了好了，别哭了，我都没见过我妈呢。"

付行云忙跟着说："我妈妈也去世了。"

一直沉默的闻逝川也说道："我妈妈也去世了。"

檀子明有点手足无措地结结巴巴说道："我、我妈妈还、还好好的，不过我们很久没见了，我挺想她……"

白鹭故意说道："好的，有妈妈的孩子请离开我们的队伍。"

余向晚边哭着边伸出手来拍白鹭的头："你干吗啊？神经病啊！"

闹哄哄的第一天总算是过去了。

夜已经深了，郊区的天空满天星辰，付行云走出屋外，看到闻逝川正一个人坐在沙地的野餐桌上，外面没有灯，付行云只看到了他身体的轮廓，像一座缩小了的山。付行云踩着柔软的沙子走过去，坐在他旁边。

他们身上还戴着没摘下的麦克风，跟拍的摄影师还在后面不远处捕捉着他们的镜头。付行云想了想，问道："在干什么？"

闻逝川把手撑在后面，仰着头，说道："看星星。"

付行云看了看他被星光照亮的轮廓，想问他在想什么，话到嘴边又吞了回去，他大概知道闻逝川在想什么，要么在想他自己的事情，要么在想妈妈。

没有人说话。

在孤儿院的最后一天，节目组宣布，他们要去海边露营了。

他们录节目的这所孤儿院，每一年都会到附近的海边去游玩，但都是在夏天，今年因为他们来录节目了，于是提前把这个日程安排在春末。忙活了好几天，总算有放松好玩的时候了，付行云几个人都松了口气。

在去海边的车上，他们都和孩子一块儿坐，付行云坐在棕发碧眼的 Liam 旁边。Liam 还是默默无言，抱着他的玩偶，看着窗外。付行云一直在用蹩脚的英语和他努力交流，尽管他并未回应。Liam 从不离身的那只玩偶是一只粉色的长耳朵兔子，玩偶看上去有些年头了，好几个地方都能看出缝缝补补的痕迹，但他仍旧抱得紧紧的，从不放手。

付行云心头一动，试探性地摸了摸他的兔子，见他没有排斥，轻轻捏着兔子的脑袋，用兔子的口吻逗他说话。

Liam 第一次抬头，将目光聚焦在付行云脸上，眼睛像绿色的玻璃珠子。

一下车，空气中都是潮潮的，闻到的都是大海的味道。天气不错，又是周末，是工作人员嘴里"人可能会很多"的日子，但海滩上的人还是远远少于付行云的预期。

因为人少，长长的海岸线仿佛看不到头，沙滩松软，远处有白色的摩天轮在缓缓转动。

　　孩子们还小，没有得到下水的批准，只能踩踩浪，堆堆沙子，孤儿院的工作人员陪伴着他们，而付行云一行人以及节目组，在海边拍了些踏浪漫步的片段。

　　付行云水性不错，但天气还没热起来，水还是冷的，也就没打算下水游泳。他赤着脚站在沙滩上，看着白色的浪花扑到岸上来，轻轻碰碰他的脚趾，又飞快地褪去。闻逝川站在他旁边，两个人都赤着脚，就这么站在湿漉漉的沙子里。闻逝川这几天精神都一般，脸上有些颓意，付行云知道是因为他烟瘾大，真人秀的镜头无处不在，他不好找机会抽烟。

　　他们上一次一起去海边，还是在很久很久很久之前，久到付行云几乎都要忘记大海的样子了。闻逝川百无聊赖地蹲下，手抓起一把湿漉漉的沙子，又摊开手，任由海浪将沙子带走。

　　两人的目光对上，默契地眨了眨眼。

　　"我想上个洗手间。"付行云对工作人员说道。

　　工作人员闻言帮付行云摘下麦克风，指示了一下洗手间的距离，有些远。付行云拒绝了工作人员提出的引路帮助，礼貌地表示可以自己去。闻逝川拍干净手上的沙子，站起来，自然而然地说道："我知道在哪儿，我领你去吧，刚好我也想去。"

　　闻逝川领头往沙滩的一头走，付行云跟在他后面，踩着他在沙滩上留下的脚印。他们随口聊几句不痛不痒的话，离沙滩上的人群越来越远，付行云忍不住心头的雀跃，沙滩上原本循规蹈矩的脚印也变得乱糟糟的。

　　他走到闻逝川旁边，两人肩并肩走，绕过了两人原本说好要去的洗手间，走到了沙滩的一角，这里几乎没人，海浪的声音很大。付行云掏了掏兜，摸出了偷偷从余向晚那儿顺来的一根烟还有打火机。付行云靠在一块黑色的礁石旁，把烟和打火机给闻逝川看，说道："喏，给你的。"

"嘘——"

闻逝川突然摁着付行云的肩膀，两人迅速蹲下，借助礁石的掩护。付行云偷偷往外看，发现是洗手间那边有两个节目组的工作人员，估计也是上洗手间的。他们鬼鬼祟祟的，好像两个小孩，暑假的时候趁着大人不在，偷偷到海边游泳，还抽烟。

付行云蹲着，把烟叼在自己嘴巴里，躲避着海风点燃，深吸一口，等到烟头亮起火光，他将打火机递给闻逝川，两人就这样蹲在石头旁，一口一口地抽烟。抽了几口之后，付行云却咳嗽起来，估计是这几天太累了，嗓子有些不好。

闻逝川忙把烟掐了，说道："不抽了。"

付行云咳了几声之后停了下来，一抬头就见到闻逝川手里攥着掐灭的烟头，正专注地看着自己。付行云撞进他专注的目光里，突然说道："我有好多话要和你说来着。"

闻逝川没想到他突然会说这个。

"我也有好多话要和你说。"闻逝川说道。

"我是个很不勇敢的人。"付行云艰难地小声说道，"看上去什么都不怕，但我又什么都怕。我不太会演戏，也没有学识。我很自私，想大家都来夸我都来爱我，但有时候又想，谁的爱我也不要……"

"手表我拿去修了，"闻逝川突然说，"有一部分修好了，一部分修不好。"

付行云鼻子酸酸的，"嗯"了一声。

闻逝川的手机震动了起来，他拿起来看，是节目组的工作人员打来的，估计是找他们的。闻逝川站起来，装好手机，安慰道："别哭了。"

付行云说："我没有。"

"先回去，"闻逝川说，"话慢慢说。"

沙滩上，大家都在等他们回去。

小朋友们年龄还小，不能露营，他们住在海边不远处的民宿里，付行云一行人则在海边扎帐篷。三顶双人帐篷很快就扎起来了，檀子明飞快地提出自己要单独住一顶，当然没有人反对他。

太阳在海平线上缓缓下沉，他们以夕阳为背景，做了今天的个人采访。

导演很模式化地问了他们这几天的感受，白鹭的五官在大自然的天然打光下美得让人惊艳，她回头看了看西沉的太阳，看了看金色的海，看了看远处打闹的孩子们，她伸了个懒腰，略有些落寞地说道："我好久没有休息这么久了……"

檀子明则还是没心没肺的，目光在乌泱乌泱的节目组工作人员里溜了一圈，笑道："挺开心的。"

余向晚直接坐在沙子上做的采访，她两条腿蜷着，孩子似的抱着膝盖。她看着镜头，直勾勾的，从不回避。

她说道："我其实很不喜欢旅游，也很不喜欢大家一起玩。跟坐过山车似的，到了最高点看到了最美的风景之后，就开始往下落了。我在想我下一个剧本的内容，可能会写一群人出去玩，但到了最后，回程的时候，却还是一个人。"

付行云第一次不设防地在镜头里展现他的茫然和不知所措，他说："我不知道。出来玩，理所当然是应该很高兴的，我们还做了这么多的事情。但有时候，好像心情又很复杂，不知道自己是该高兴还是该不高兴。"

轮到闻逝川的时候，他沉默地坐了很久之后，突然站起来，和摄像师说了两句，直接将摄像机接了过来，他踩在退潮的海岸边，认真地拍下了最后一抹夕阳。

入夜后，小朋友们去民宿休息了。

晚上的海边很冷，他们都裹着毯子，坐在帐篷口看星星。帐篷里难架摄像机，拍出来的效果也不好，节目组干脆在拍完最后的镜头后，将摄像机撤了，麦克风也撤下之后，嘱咐他们好好休息，第二天他们就要和小朋友告别了。

帐篷里亮了一盏小灯，像是和天上的月亮遥相呼应的另一个小小恒星。

闻逝川从他的登山包的最底下，摸出了一个盒子，付行云一眼就认出来了，这是当初他送闻逝川的那块手表的盒子，原来他带过来了，一直带在身上。

"我拿去修了。"闻逝川边说着边打开盒子。

那块手表静静地躺在丝绒盒子里，星月表盘璀璨如初，在昏暗的帐篷里熠熠生辉。

付行云惊喜地说道："修好了……"

话音未落，他就留意到，原本摔碎了的表盘是修好了，但表面上的指针并没有动，时间停滞了，作为一块手表，它失去了记录时间的作用。

付行云感到一阵难言的沮丧。闻逝川把那块不再走动的表拿出来。

"你把这块表送给我的时候说，因为我的名字是'逝川'，所以要把时间送给我，和我的名字相合。"闻逝川说，"子在川上曰：逝者如斯夫，不舍昼夜。时间永不停息，但现在时间停下来了。"

闻逝川示意付行云拿过表，此刻，付行云五指渐渐合拢，包住了手表。

下一秒，闻逝川唇角微微扬起，"现在时间停在了你的手心里，永远不会走了。"

付行云看着那块不再走动的手表，他的眼泪已经在眼眶里打转了，但还是没有落下来。

突然，外面传来了喧哗声，原本寂静的海滩好像发生了什么事，宁静被打破。

付行云用手背擦过眼角，撩起帐篷的卷门，探出头去，见有几个节目组的工作人员匆匆跑过，旁边几个帐篷里的余向晚他们也出来了，满脸疑惑。他忙问："怎么了？发生什么事了？"

工作人员气喘吁吁地说道："好像有一个小朋友丢了，说是走到海滩这头来了，正在找呢。"

付行云和闻逝川对视一眼，连忙从帐篷里出来。他们这才发现为什么今天晚上这样冷了，原来不知不觉变天了。白天阳光还很好，刚才他们进帐篷前天上也没什么云，满天星斗清晰闪烁，而现在天上都是云，月亮也不见了。海风比起白天的时候强劲许多，海浪一下下地往沙滩上拍，还隐约听到了闷雷声。

"是哪个小孩走丢了？"闻逝川问。

"Liam，"工作人员回答，"棕色头发绿眼睛的那个。"

付行云心头一突，余向晚他们也围了过来，闻言也一脸紧张，檀子明说道："海滩这么大，我们也一起帮忙找找吧。"

工作人员七嘴八舌间，付行云总算拼凑出了事情的来龙去脉。孤儿院的孩子们都去了离海边不远的民宿过夜，半夜，Liam 说自己有个东西落在海滩了，非要出来找。

他有轻微的孤独症，很固执，如果不顺着他出来找，估计大家也都别睡了。工作人员牵着他出来，谁知道转眼他就不见了，海滩上黑漆漆的，愣是找不着。

节目组知道了这个事，毕竟也是朝夕相对了几天的孩子，大家也一起着急了起来，分散去找。大人们焦急的呼唤声打破了海滩的寂静，风很大，呼喊声很容易被海风吹散。

走着走着，付行云发现自己走到了白天他和闻逝川偷偷抽烟那儿，这里几乎就是沙滩的边缘了。一眼看过去黑漆漆的，根本没见到孩子的身影。付行云一回头，发现只有他和白鹭在这边，他皱着眉头说道："这边也没有，回去那边找吧。"

白鹭答应了一声，正要往回走，突然脚下踢到了什么，惊叫一声："这是什么？"

付行云蹲下去凑近一看，倒吸一口气，地上躺着的是 Liam 抱在怀里从不离身的玩偶，是只破旧的粉色的长耳朵兔子。此刻，玩偶正躺在沙滩上，脏兮兮的。付行云忙直起身子，极目远眺，他推了推白鹭，急忙说道："应该就在这儿附近，快回去叫点人来，在这边找找。"

白鹭突然尖叫一声，手指指向海的方向，大叫道："那个是不是？！"付行云顺着她的指尖看过去，海滩上有个小小的人影，正摇摇晃晃地往海里走，此时正是海风强劲的时候，他还不停地走，海水估计已经没到他的腰上了。

白鹭声音都在发抖："你快去……快去叫人……"

"来不及了，"付行云往那头跑过去，回身大喊道，"快叫人，快点！"

白鹭拔腿就跑，边跑还边喊："你别下水，千万别，马上就有人过来了！"她尖细颤抖的声音在风里被吹得七零八落，付行云一秒钟也不敢等，直接朝着海那边那个若隐若现的小小身影跑过去，在沙滩上深一脚浅一脚。他一边跑过去一边喊Liam的名字，但那个小小的身影似乎只是犹豫了半秒。

付行云的脚已经踩到水里了，海浪汹涌，小孩子瘦小的身躯不堪抵挡，已经站不稳了，只要他摔倒，海浪就会把他卷到足以没顶的深处。付行云来不及多想，一边喊他的名字一边往海里走去。

海水冰冷，拍在付行云的腿上，不远处的Liam似乎被绊了一下，一下子就消失在下一个拍过来的海浪里。付行云脑袋一片空白，往前两步，一下扎进冰冷咸腥的海水里。他水性虽好，但在夜半汹涌的海里也很难把握方向，他伸手不住地往前摸，有时候好像摸到了一点衣角，下一秒又丢了。

海水涨得极快，就这么一会儿，他的脚就已经触不到底了，喝了好几口水，脑袋嗡嗡的，总算在水里抓住了小孩子软软的身体。付行云呛了几口海水，胸口闷闷的，手脚发软，但他还是憋着一口气，将已经失去知觉的小孩拉到自己怀里，努力把他托出水面。隐约中，他听到岸上有不少人的呼喊声，他还听到了有人叫他的名字，好像是闻逝川。

他一口气从胸腔深处吐出来，在汹涌的海水里徒劳地吐出一个泡泡，失去了意识。

付行云小时候呛过一次水，在很小的时候，那时候他还住在家里，有终日打骂妻儿的爸，还有个日日以泪洗面的妈。他也不记得是怎么着了，反正他爸喝多了，看他不顺眼，直把他往洗衣的盆里摁，他呛得不行，差点被呛得昏过去。

自那之后，他就有点怕水，看到游泳池就想咳嗽，喉管和肺里有幻想出来的刺痛。

后来教会他游泳的是闻逝川，他们那会儿经常和闻逝川的乐队朋友去海边，他是旱鸭子，离海水远远的，只敢像个小屁孩一样玩沙子，郁闷地把沙子从这个坑铲到那个坑。

闻逝川从海里出来，微长的头发全部湿漉漉地贴着，直挺的鼻梁上还有水珠。人烟稀少的海岸，他们都没有换泳裤，只是穿着家常的大裤衩就扎进水里去了。

"去游泳吧，我教你。"闻逝川说。

闻逝川拉着他的手，一点点地，耐心地将他引到海里。付行云起先还怕得不行，紧闭着眼睛，整张脸都皱着，整个人十分抗拒，一点儿都不敢放松。闻逝川慢慢地教他，托着他，让他浮在海里。

渐渐地，付行云会游了，也不怕水了。

从前他视水为猛兽，现在在他眼里，水是可爱可亲的，变成了柔软的怀抱，全心全意地拥抱着他。他永远记得，他第一次浮在水里，睁开眼时，一下子就撞进了闻逝川笑得眯起来的眼睛里。

"醒了！醒了——"

"快去叫医生来，醒了——"

付行云的眼睛刚睁开就被灯亮得再次眯起来，有一只手快速地遮到他眼睛上，付行云闻到了熟悉的味道，是闻逝川。等他渐渐适应了亮光，那只手才慢慢挪开，他一下子就看到了闻逝川。

闻逝川皱着眉头，紧紧地盯着他，头发都是乱的，身上的衣服还是湿的。医生飞快地来了，迅速地帮付行云检查了一下，闻逝川、孟清还有节目组导演围着医生，他们说的都是英语，付行云还迷蒙着，一句也没听懂，但从表情上看，自己应该是没什么大碍了。

他这会儿才发现，自己好像是在医院，好几个人都围在他旁边。白鹭坐在旁边，光着腿没穿鞋，脚上缠着厚厚的绷带，说道："你救得很及时，孩子没事。"

付行云松了一口气，微微撑起身子，沙哑着声音问道："你脚怎么了？"

她缩了缩，轻描淡写地说道："没事，跑的时候跑丢鞋了，被扎了一下。"

余向晚在一旁嘟哝道："沙滩上都是你流的血，吓死人了。"

檀子明年纪小，一副惊魂未定的样子，抬手挠了挠头，回头看了一下包围着医生的那三人，小声说道："闻哥才吓人，拉都拉不住，和救生员一块一头就扎进水里了……"

果然医生的意思是付行云没什么大碍，休息几天就好，孟清把团团围在床边的几个人都赶走了，嘱咐他好好休息，出去的时候还带上了门，只留下闻逝川一个人在里头陪护他。

闻逝川坐在了付行云床边的椅子上，眉头还皱着，还是那样盯着付行云，付行云莫名生出点心虚来，觉得自己好像是做错了事情的小孩。

"对不起……"他小声说道。

闻逝川弓着背，低头将脸埋进他的手心里。付行云感觉到闻逝川在颤抖，但他不敢确定，他从没见过闻逝川掉眼泪，不像他自己，常常像个漏水的水龙头。

付行云伸出手，轻轻摸了摸闻逝川的头发，上面还有些沙子，干了之后的海水让他的头发硬硬的。

付行云突然说道："那个电影，我已经拒绝了。"

"你去吧。"闻逝川的声音闷闷的。

付行云一时没有反应过来，他接着说道："我不去了，如果你……"

"你要去，"闻逝川抬起头来，眼眶红红的，他说，"你值得——"

付行云愣了。

长久以来，他们一次又一次互相惩罚，现在，他们总算学会了互相理解。

付行云很担心落水的小孩，他去看的时候，Liam 一直在睡，即使醒来也是默默不言，抱着腿坐在窗边，仿佛自带了一个屏蔽外部环境的保护罩。旁边一直有孤儿院的工作人员陪着他，怕他再跑丢。

闻逝川和工作人员聊了几句，把来龙去脉都问了清楚。

Liam 来到孤儿院之前是跟着妈妈过的，他的妈妈有严重的抑郁症，带着孩子去到了海边，把长耳兔娃娃给他，让他在海滩上待着不要动，自己则走进了海里，再也没有回来。

付行云心情复杂地看着这个孩子，小声问他："你想妈妈了是吗？"

孩子没有理他，只是看着窗外，付行云留意到他怀里并没有那个娃娃，工作人员说娃娃落在沙滩上，找不到了。

付行云落水后很快就被救起来了，身体并没有什么大碍，虽说医生让他多休息几天，但为了不耽误真人秀的拍摄进度，他休息了一天就回归节目组了。孤儿院这部分的内容马上就要结束了，节目组给他们结了三天辛勤工作的工钱，钱不多，他们可以花半天时间，用这些钱采购一份礼物，送给与他们相处最多的孩子，其余孩子的礼物由节目组来送。

他们在海滩附近的商业街里逛，路边开了很多绣球花，雨后的空气很清新。付行云满心想着要再买一个兔子玩偶，但要找到外形相似的并不容易，其他人的礼物都已经买好了，他还在找。闻逝川简单粗暴地用所有的钱买了一大袋子糖果，打算送给一个金发的小女孩，没有小孩能拒绝糖果，他甚至还留了一点点钱，买了一小束粉色绣球花，和糖果装在一起。

就在付行云打算放弃的时候，他在一个旧货商店的角落里看到了一只粉色的兔子，和 Liam 原本的那只有八成相似，甚至还要更新一些。他眼前一亮，连忙将那玩偶拿起来，价钱牌就放在玩偶的旁边，比付行云手上拿着的钱要贵一点。

见他苦恼，闻逝川躲着摄像机，悄悄说："我还有点现金。"

付行云想也不想，摇摇头。他有种奇怪的执着，总在一些小地方格外执拗。他有些茫然地又顺着商业街走了两遍，除了旧货商店里那只他买不起的兔子，再也没有相似的玩偶了。眼看着太阳就要下山了，付行云看着路边拉琴的街头艺术家，又看着嘴里叼着棒棒糖走过的檀子明，心中一动。

"把你吉他借给我。"

想是一回事，真正做起来是另一回事。

付行云会弹吉他，也会唱一点歌，但那都是很久很久以前的事了。他那时候在酒吧里打工，在后厨帮忙的同时，还会偶尔帮没空前来的驻唱歌手救救场子，弹弹吉他唱点老歌。他嗓音并不出色，吉他也只是弹得普通，更多的时候，酒吧里的人并不看他，只是把他当作喝酒时的背景音。

时隔这么久了，付行云也就在拍电视剧的时候装装样子弹过吉他，连指腹压在琴弦上的触感都变得陌生了。

夕阳投在商业街的石子路上，来往的人并不多。付行云坐在路边的石阶上，一条腿屈着，另一条腿舒展，低垂着眼睛，夕阳在他的睫毛上跳跃。节目组的摄影师架着摄像机拍他，闻逝川也在不远处拍他，拿的是自己带的手持摄像机。

已经有路人驻足了，付行云有些紧张，低头在裤子上擦了擦手心的一点汗，脑海中第一时间出现的是一首他以前唱过很多次的老歌。

"谁能证明什么事能够天长地久……"

一开始，付行云的声音还有些颤抖，扫弦的时候，连琴音都是抖的。他趁着句与句的间隙，匆匆抬头，在众多的陌生身影中准确地找到了闻逝川。众多的黑漆漆的、深不见底的镜头里，唯有闻逝川的镜头如同温柔的眼睛。

他静静地趁着最后一抹夕阳，缓缓地唱完了这首缠绵的情歌，有不认识的路人给他鼓掌，往摆在地上的、敞开的琴盒里投了一些硬币，不多，但正好补上了缺的钱。付行云抱着琴，站起来认真地鞠躬。

付行云把买回来的长耳朵兔子送给了 Liam，付行云见他盯着兔子看了好久好久，最后张开手臂，把兔子抱进了怀里。

和孩子们告别，他们在一起的旅途也快要结束了。

最后的几天，他们一行人要分道扬镳。闻逝川和付行云要去参加电影节，而余向晚和白鹭要改道去看开得正好的郁金香，檀子明想要独自一人逛遍阿姆斯特丹的博物馆。这是在出发前由他们各自定好的最后行程。

除了白鹭，他们都不是初相见，之后回国后或许也会常见，但不知道为何，这并不算诀别的分离让他们产生了莫名的惆怅。他们所坐的车正在驶离海岸，几个小时之后，他们就要兵分三路，各自出发。

在车上，导演给他们做了最后一次采访。节目的名字是"一期一会"，问他们如何理解。

余向晚在来之前是认真做过功课的，她说："是一生只有一次的缘分。"

付行云和闻逝川都不是爱说爱闹的性格，和闹腾的人分开之后，他们俩这头一下子就静了下来，而且他们身上自带了不必明说的默契，有时候都不需要多说话，彼此也就都懂了。整个旅途一下子就变得静谧舒适。

他们要参加的这个电影节，在国内外也算小有名气了，比起闻逝川之前参加的电影节，正式了不少。为此，付行云还特意带了妆发造型团队，黑色高领毛衣外搭西装外套，黑色的毛衣领一直遮到下颌下，将他整个人衬得高挑修长，脸白如玉。

与他相反，闻逝川并不太适合板正的装束，黑色的衬衣穿在他身上，必须解掉最顶上的一颗扣子，袖子挽起来露出手臂，这才好看。他手腕上戴着那一块不再走动的手表，装饰着璀璨星月的表盘正好卡在凸起的腕骨上。

在休息室里，付行云对着镜子拨弄自己的头发。

闻逝川正在旁边摆弄他的手持摄像机，这个摄像机他摆弄了一路了，细细碎碎地拍了许多付行云的镜头。付行云在整理自己的头发，闻逝川就在旁边对着他拍。付行云伸手盖住镜头，嘟哝道："有什么好拍的，别拍了。"

镜头被付行云盖住，闻逝川顺势放下手持摄像机，恰好工作人员来敲门提醒他们时间到了，付行云整整衣领，随闻逝川一同出去。

电影节上展映了好几部电影，还有简短的采访。令付行云意外的是，他居然还斩获了一个小小的奖项，这是他从未有过的体验。他认认真真地把翻译过来的颁奖词一句一句记在心里，他上台去拿奖，闻逝川在台下不间断地拍他。

展映和颁奖结束之后，在露天场地举办的酒会上，付行云带着翻译，和几个不同国籍的演员聊天，他喝了些酒，脸上飞红，笑起来的时候眼睛里亮晶晶的。闻逝川也抓住间隙拍他，有欣赏闻逝川电影的评委和他攀谈，笑着打趣，问闻逝川为什么一直在拍。

闻逝川用英语回答道："这是我的搭档。"

酒会那头的上空放起了烟火，烟花灿烂，照亮夜空。

远隔百里的天空上也放起了烟火，檀子明也在人群中穿行，他挤开一个个抬头看绚丽夜空的人，在人群的海洋中找到了孑然独立的孟清。

孟清穿着素白的衬衣，风衣外套搭在臂弯上，烟花照亮这张白皙的脸，孟清疏离的气质，像人海中的一座孤岛。

檀子明站在孟清后面，拍拍眼前人的肩膀，趁孟清转过来的时候，伸手在对方的耳边打了个响指，原本空空如也的手上捏了一个硬币，仿佛是从空气中偷来的。

孟清被他逗笑了，趁着烟火与烟火中寂静空隙，问道："这是什么？"

烟花"砰砰砰"地在空中炸开，檀子明大喊道："这是魔法——"

孟清还未来得及说他幼稚，檀子明就将那枚在海滩上捡到的硬币放进孟清衬衣的口袋，胸前的口袋是最接近心脏的地方。

余向晚和白鹭坐在小木屋外面，抱着腿，看着满天繁星，还有黑夜中的大片大片郁金香田。微风吹过，花朵如同黑夜中的海浪一般，不断起伏。

"好想谈恋爱啊。"余向晚嘟哝道。

白鹭看她一眼，嗤笑一声，微微摇头。

余向晚朝着黑暗中的花海大喊道："好想谈恋爱啊——"

此时流淌过的每一分每一秒都是独一无二的一分一秒，每一眼的风景都是此生唯一一次的风景。

"一期一会"真人秀圆满结束了，节目组飞快地剪出了先行的预告片，短短的十分钟，吊足了观众的胃口。节目组很会剪，里头有付行云弹吉他的镜头，一闪而过也看得出他弹得认真，低头垂目，微长的额发垂下来，随风微动，像是刚刚出道时演的那个校园情人，又多了三分成熟魅力。

预告片出来几天后，热度才消退下去一天，闻逝川那头又扔下一个重磅炸弹。他新注册了社交平台个人账号，头像还是系统的，账号名就是他名字的全拼，看着像个僵尸号，随意到了极点，但发的东西不随意。他发了一个十五分钟的短片，就是他们荷兰一行的内容。

像是幕后花絮，付行云在里头说笑如常，镜头仿佛不存在，偶尔和镜头对视一眼，仿佛和观看视频的人对视一样，顾盼生辉。其中的一个镜头是在车上，付行云靠在座椅靠背上睡觉，背景音是檀子明在弹吉他小声地哼歌，那个镜头整整持续了一分钟。镜头没有移开，窗外景色在动，歌声流淌，一动不动的镜头也有蓬勃的生命力。

录完真人秀回来，付行云觉得整个人都累散架了。

他和闻逝川各回了各家。

一行人回来之后，在机场就分别了，小江开了车来接付行云。付行云上了后座，车门没有立刻关上。

"顺路带我一程。"闻逝川说着也上了后座。

一到家闻逝川就给付行云打电话，倒也没有多少正事要谈，随便说说这儿说说那儿。

闻逝川剪的小短片发出来的时候，付行云一下子就看到了。

有粉丝将好久以前闻逝川拍付行云的另一个片子与这个穿插剪辑起来，时光的流逝在镜头里并不明显，但又确确实实是流过了这么多年，镜头没变，镜头里的人也还是那一个。

过了几日，孟清给付行云打来电话，说让他和徐渭见一面。

付行云有些意外，虽然是和闻逝川说开了，但他拒绝徐渭在先，他没有想过真的还能拍徐渭的电影。拍或者不拍，其实只是他和闻逝川之间的矛盾而已，最后究竟如何也并不重要了。

他问："是你约的徐导，还是徐导主动约我？"

孟清说："是闻导约的。"

到约定的那天，还是那个高层的咖啡厅，付行云一推门就见闻逝川和徐渭父子对坐着，各自都没说话，中间的桌子好像楚河汉界，他们各据一边。付行云无端就紧张起来，生怕他们又要一言不合吵起来。

徐渭的表情倒还平常，低头看手机，闻逝川冷着脸看窗外。

付行云小声地打了个招呼，自然而然地坐到了闻逝川旁边，闻逝川的表情肉眼可见地缓和下来，整个人都不像刚才那么紧绷了，扭回头来喝一口柠檬水。付行云点了单，看向对面满脸平静的徐渭，恭敬地叫了一声："徐导。"

徐渭往闻逝川那儿看了一眼，又看向付行云，把剧本从随身的文件袋里拿出来放在桌上，推过去给付行云。封面写着电影的名字——《寂静的爱》，导演和制片人都写的"徐渭"。付行云没有立刻翻看，他心里还是虚的，踩不实。

他问："徐导，之前我一直在犹豫，还拒绝过一次，并不是因为我故意端架子，绝对没有这个意思。只是我一直有些拿不准，怕没法达到您的要求，怕演技和人气扛不住戏。"

其实，光靠徐渭和白鹭就能把这两个扛住，付行云就算当个花瓶也能躺赢。但如果他是想躺赢的，也不用纠结这么久了，他没看过剧本，但心里早就想好了，如果是个花瓶角色，他无论如何也不会演。这样的角色，积攒起来的人气都是虚的浮的，没意思。

他所说的话，早在心里面已经翻来覆去地想了好久了，说出来时心平气和。闻逝川第一次这样听他心平气和地说自己的担忧，看他一眼。徐渭又把剧本往付行云那边推了推，笑了笑，说道："你先看看剧本。"

听他这样说，付行云拿起剧本来，认认真真地从第一页开始仔细看，闻逝川侧着头，托着下巴，也和他一起看，付行云也不问他看到哪儿，就随着自己的速度翻页，两个人的速度也能默契地合上。

剧本不算太长，也很好懂，很快就看完了。

是个有些新奇的爱情故事，新奇是因为里头有点儿科幻的元素在里面，但故事本身不出奇，徐渭一向是拍扎实的剧情片的，这一部也是。单单看故事看不出什么特别之处，不同的导演到最后估计会有完全不同的呈现。

故事以女主角的视角展开，但男主角也不是花瓶角色，对演技有要求，能演好不容易。

角色越难，付行云心里头却神奇地越踏实。

见他沉吟不语，徐渭屈指叩了叩桌子，说道："我是看中了你身上的气质才挑的你，想演的人很多，我等你就是因为你

Xing Yun

266

适合。"

付行云点点头，把剧本递还回去，徐渭说："你拿着吧，回头我联系你的经纪人。"

说到这里，后面就是走流程的事了，付行云回去好好消化剧本，一切都等之后再说。付行云准备告辞了，看向闻逝川，微微歪了歪头，是询问的意思。闻逝川说道："在外面等我一会儿。"

付行云点点头，礼貌地告辞了，到门外去，站在窗边等，不骄不躁的。

包间里头，两父子久违地没有三句就吵起来，这已经是他们二十多年第一次这样不吵架地互相讲话。

闻逝川说："我们很久没有这样说过话了。"

徐渭还是那副岿然不动的样子，用审视的目光上下打量自己的儿子。闻逝川本以为自己会生气，会不忿，会想方设法地去激怒徐渭，就像他以前那样。但他发现，当他有更重要、更在意的事情时，这些都不需要去争了。

"他很好，"闻逝川说，"所以也值得最好的。"

话到这里，闻逝川也没什么多说的了，付行云还在外面等他，他起来就要走。徐渭看着他高大成熟的背影，突然说道："你妈妈……"

闻逝川脚步一顿。

徐渭和闻双雁的爱情故事，也有个美好的开头。一个是诗书传家的大家闺秀，一个是满腹才华的后起之秀，月下看海、雨下赏花的事情也都做过，只不过两个人性格不合，徐渭是强势控制欲强，闻双雁是倔强不屈——闻逝川其实身上都有他们的影子。

闹得最僵的时候，夫妻可以彼此整整一年一句话都不和对方说。闻双雁有了抑郁症，自杀了。

徐渭摘下眼镜，低头细细地擦拭起来，他说："都是我不对。"

"等你死了之后自己和她说吧。"

闻逝川硬邦邦地扔下这一句，头也不回地出去了。

他一拉开门就见到付行云立在窗边等他，不需要多说一句话，他们一块儿进了电梯。电梯里没人，付行云低头看着鞋尖，小声问道："今晚想吃什么？"等到电梯门再一次打开，他们俩这才发现，进了电梯之后谁也没想起来要摁楼层。付行云伸手去摁，两个人的手撞上，闻逝川说："吃什么都行。"

《寂静的爱》官宣主演名单那天，正好是真人秀《一期一会》的开播，两边撞到一起，也不知道是不是徐渭操作的结果，反正关于主演付行云和白鹭的讨论是一波接着一波，势头强劲。

外头掀起的轩然大波付行云一点儿也没多管，手机一扔，社交平台上无数的消息和讨论他也不管了，闻逝川这些天都住在他家。付行云忙着看剧本，将剧本翻来覆去地看，边看还边做批注，将剧本越读越厚，生怕自己漏掉了细节，到时候在徐渭和白鹭面前露怯。

闻逝川忙着研究下一部电影的剧本，他自己在写，开头不好写，对着空白文档写了又删，都静不下心来，最后决定用纸笔写。付行云家的大飘窗，他们一人占据一头，付行云在那头看剧本，闻逝川在这头写剧本，相安无事。

徐渭的严厉在娱乐圈里出了名的，大大小小的演员，就没有没被他骂过的，日程全部卡得死紧，谁耽误了谁就是罪人，在徐渭的剧组里，从演员到工作人员，人人都绷着一根弦，这样才能磨出一个个好作品。

付行云虽然嘴上不说，但闻逝川知道他紧张不安。

进组前一天，付行云煎饼似的在床上翻来覆去睡不着，最后去闻逝川房间把他吵醒。

付行云小声地说道："我要是拍不好怎么办啊？"

闻逝川困得眼睛都睁不开，打了个哈欠，哄孩子似的，笨拙地拍了拍他的背，含糊地说道："怕什么？我的电影你都拍好了，还怕他的？"

付行云一颗心安安定定地放了回去。

徐渭拍电影要用实景，圈了一处老城区的街巷，付行云进组那天是闻逝川送他过去的，但跟拍的媒体多，阵仗大，为了避嫌，闻逝川并没有下车，小江帮他拿着行李过去。一去就遇到了白鹭，又不是出国，付行云只带了小小的行李箱，白鹭却大箱小箱，她自己拎一个小包，后头跟了三个助理。

付行云咋舌："你带了什么？"

白鹭摘了墨镜，对着化妆镜看自己的口红，一边看一边数，都是些养生的东西，八宝茶花旗参桃胶红枣，连泡脚桶都有，还有一堆护肤品，听得付行云想笑。白鹭白他一眼，嘟哝道："之后你就知道了，拍徐老头的电影，命都短两年……"

拍戏几年，付行云不同的导演也接触过好多个了，心里觉得白鹭夸张了，到真的拍起来才知道白鹭的话一点都没掺假，徐渭拍戏真的是要把人磨掉一层皮的。

这边虽然是老城区，但居民还在，徐渭花了钱每天租一段时间，于是时间上就卡得很紧。平时看他戴着个墨镜，说话不紧不慢，但一旦坐到导演椅上就像个阎王。倒也不是大吼大叫那种，就不说话，冷着脸，声音里都带着冰碴子，面无表情地一遍遍喊"再来一次"。

电影名叫"寂静的爱"，付行云演的男主角是个哑巴，几乎整部电影都没有台词，他的所有情绪都要靠语言、肢体和神态传递，他的一双眼睛在镜头里忽闪忽闪，徐渭就是看中了他这种倔强又疏离的气质，嘴巴里不需要说话，剥除掉一切伪装，去伪存真。

拍摄进行了半个月，整个剧组上到演员下到场记，就没有不被徐渭骂过的，人人都绷着一根弦，付行云去问白鹭要安眠的花茶和蒸汽眼罩，白鹭脸上一副"我就说吧"的表情。

付行云憋着一股劲要拍好，有时候反而过犹不及，有场戏是白鹭扮演的女主角主动和他搭话，但他说不出来，既因为说不出话而窘迫难过，又因为与心上人接触而羞怯激动，心情复杂，百转千回。

这一段是付行云的特写，徐渭要求很高，拍了三天还不过。

他一开始还耐着性子去想去试，到后来不由得焦躁紧张起来，徐渭倒也没骂他，他自己觉得拖了进度，晚上也睡不好，白天抽出时间来在房间和闻逝川打电话。打着打着，闻逝川叫了几声没人回答，再一听平稳的呼吸声，原来是付行云睡着了。

第二天还要继续拍这一段，徐渭就是这样死磕的性格，和闻逝川一个样。

付行云提着心起床，得知徐渭有事外出了，这天的拍摄日程往后推，副导演补拍组织一些镜头，没有排付行云的戏。他松了一口气，重新倒回到床上，没过一会儿居然有人敲门。他凑到猫眼上看了看，外面的人戴了帽子，黑色的渔夫帽，帽檐遮了大半张脸，只露出下颌。

是闻逝川。

付行云连忙打开门让他进来。

好多天没见，闻逝川问他："这几天怎么这么累？"

付行云顿了顿，故作轻松："没什么。"

闻逝川也不追问他，两个人静静地坐着，过了一会儿，付行云主动说道："有段戏，卡了好几天了。"

"什么戏？"闻逝川声音懒懒的，好像犯困了。

付行云大概讲了讲，闻逝川静静地听了。

"我有个方法。"他说。

说着，闻逝川捡起自己的帽子，戴在付行云头上。帽子大，戴在付行云头上只露出下巴尖，闻逝川又把帽子往下拉了拉，付行云眼前只能看见一片黑。

"这一段，特写表情不如特写动作，"闻逝川说，"丢掉表情和语言，只用肢体语言传递情感。"

付行云对他是万分的信任，在全然的信任与放松下，他比之前任何一次都更有感觉，也不需要闻逝川去评价，他自己一遍一遍地试着这一小段，脚往桌子底下缩是胆怯，手抚平衣襟时紧张，低头是害羞，抬头是期盼。这样不间断地一次次演，情绪渐渐叠加，演着演着，他居然心头一阵一阵地委屈。闻逝川帮他把帽子摘下来，付行云说："我好累。"

闻逝川失笑："这才几天？"

付行云一个劲摇头，他说："不是这几天。"

闻逝川现在已经越来越懂付行云心中的那些弯弯绕绕了，无师自通。他想明白了，付行云讲的并不是进组以来这半个多月的辛苦，而是他一个人独自打拼的这些年。

"我明白。"他说道。

接下来几天，闻逝川干脆就不走了，他也不需要出门，就住在付行云的房间里，见天地写剧本。

那一个难啃的镜头，终究是被付行云啃下来了。

他壮了胆子给徐渭提建议，建议这段特写动作更好，徐渭打量他半天，松口说试试。动作到位了，表情也自然而然地带出来了，电影播出后，他害怕又期盼的眼神透过屏幕打动了无数人。徐渭的电影都是要奔着卖座去的，百转千回，最后还是皆大欢喜的结局。男主角经历了种种困难，最后终于能说话了，他看着女主角，艰涩地开口，声音沙哑，说出他自出生以来的第一句话，不像是从嘴巴里说的，倒像是从心底深处剖出来的。

他既没表白，也未诉衷肠，他说："今天，天气真好。"

淅淅沥沥下着雨，白鹭扮演的女主角泣不成声，将伞一扔，两个人相拥，在雨声中结局。

电影播出是在下一年的情人节，低成本制作的电影，剧本扎实，导演调度出色，狂揽票房，赚走了无数眼泪。白鹭与付行云的咖位硬生生往上跨了一个台阶，片约如雪片般飞到经纪人的邮箱里。

那一年的颁奖季，白鹭与付行云都有多个提名。

但他们终究只是小成本爱情片，小情小爱并不是获奖热门，付行云心态也好，打扮整齐与白鹭一起出席，只当是刷个脸。

颁奖礼上，闻逝川也出席了，穿了一身挺括的西装，领结卡在喉结下面，外套袖口露出一道衬衣的白边，头发在脑后束起来，娱乐圈里少有的气质，一众提名的导演里，就他一个人长得不逊演员。

最后，闻逝川打败了一众新生代导演，拿了一个奖。他站起来，扣上西装外套的纽扣，上台领奖。他拿着奖杯的那只手上，戴着一块指针不走的表，闪光灯闪个不停，他微微眯着眼，不急不缓地说："一路走来，感谢支持我的人。"

付行云正坐在台下，带头鼓起掌来，带起了一阵如雷的掌声。付行云最后并没有获得那个他被提名的奖，这也是意料之中。获奖的是年届五旬的上一任影帝，不骄不躁，有大将之风，获奖时谁也不多提，但特意提了付行云，夸他在电影里没有匠气，表演清新，未来可期。

素未谋面的前辈的这一句夸奖让付行云比得了奖还开心。

颁奖礼后的酒会，付行云与前辈相谈甚欢，喝了两杯鸡尾酒，脸颊都泛起红来。闻逝川从他身后经过，伸手拍了拍他的肩。付行云体面礼貌地结束谈话，转头推开门就见到闻逝川在门外等他，领结都扯松了，刚领的奖杯就搁在脚边的地上，浑不在意，见到他来就笑。

付行云反手合上门，将所有灯红酒绿与觥筹交错都关在里头。

外头只有月光与星光，地上铺了一层薄薄的雪，再过一阵就是春暖花开了。两人对视一眼，恍如初见。

闻逝川呵出一口白气，笑着问："我叫闻逝川，是拍电影的，你呢？"

付行云愣了一下，笑着回答他："我是演电影的。"

闻逝川脚一动，不小心把奖杯踢得咕噜噜地滚了出去，落在了雪地里。

"你好看，演电影正合适。"

（全文完）

XingYun

番外一
孟清与檀子明：商业行为

别人能做到的，他也能做到

孟清第一次见到檀子明是在酒店。

世间凑巧的事情千千万，好像有一双看不见的大手，将这些巧合都串起来，就为了看凡人感叹一句——真巧。

孟清第一次见阎星驰也是在这家酒店。那时候，阎星驰刚刚拿了影帝，在国际上颇受赞誉，他代言的奢侈品牌广告铺得到处都是，市中心最大的屏幕上反复滚动播放他的广告。孟清是他的影迷，近乎迷恋他在大屏幕上的顾盼生辉。

俊采星驰，天下的才俊如同繁星闪耀，阎星驰定然是其中最亮的一颗。

但孟清没想到他也有这么狼狈的时候。那天是孟清朋友组的局，孟清家里颇有些家底，交的朋友自然也不会差，会请阎星驰，是知道孟清是影迷，也就将他也请来了。阎星驰才露了个面，人就不见了，孟清成心想和他搭话，没见到人就出去找。

酒店整层都被包下来了，里头刚刚开宴，外面的泳池半个人影也不见，孟清却听到了水声，走出去一看，泳池里居然有人。孟清走出去，叫了一声，阎星驰撑着泳池边从水里出来，衬衣湿漉漉地贴在身上。

孟清被他吓了一跳，脸上微红，眨着眼睛，目光柔和地看着他："你怎么进水里了？"

　　阎星驰笑了笑，随口说道："太热了，冷静一下。"

　　再热也没有穿着衣服就往水里跳的道理，孟清当时没好意思追问，到后来才知道，阎星驰的抑郁症那时候已经很严重了。后来，孟清也曾经和阎星驰表明过心迹，阎星驰只是笑，这笑里面八分苦涩掺着两分歉意。

　　"对不起，"他说，"我的病你知道的，我实在是没有爱人的能力了。"

　　阎星驰是天上的星星，也是孤星，独自在黑夜里散发光芒，燃烧殆尽后，光芒逐渐暗淡。孟清什么也做不到，只能看着，这种无能为力，比爱而不得更让人难受。

　　然后就是后来时常出现在孟清梦魇里的那一日，阎星驰给孟清打电话，笑着说想要吃城西一家店的蛋挞。他虽然成名已久，但从来没摆过明星架子，那是他第一次提为难人的要求。孟清开了两个小时的车去买，回来的时候就听到了阎星驰从楼上一跃而下的新闻。

　　孟清第一次见付行云，同样也是这家酒店。

　　付行云满面惊惶地冲出来，迎面撞上了孟清。这会儿孟清已经不是初出茅庐什么都不懂的了，眼珠子一转就知道发生了什么事，最后孟清成就了付行云。

　　孟清第一次见檀子明的时候，冲出来的却不是檀子明，而是个肥硕高大的中年男子，檀子明在后头，追着这男的就揍。那架势，幸好孟清见势不好，拉了一下，不然可能得出人命。

　　檀子明也是个任性的，离家出走了，身无分文，什么来钱快？当明星来钱快。

他妈妈是少数民族，样貌艳丽，于是他也带了点高鼻深目的混血长相，样貌出挑，五官深刻，是个高挑的青年，扎眼得很。进入娱乐圈后，别人还以为他是一门心思要混出头的小明星，好欺负。

谁知道檀子明是个暴脾气，跟没拴绳的烈性犬似的，揪着那男的秃顶上仅剩的几根头发，往死里揍。

孟清出于日行一善的心情，顺手帮檀子明解决了这个问题。

这件事不过是个小插曲，孟清很快就丢到脑后了。

闻逝川的新电影《行云》，主题曲要找人唱。孟清本来还和闻逝川有点不对付——闻逝川单方面的，后来见过几面，聊过之后矛盾也就没了。作为付行云的经纪人，这部电影，孟清跟得很紧。

最后唱歌的人选定了，孟清看了试唱的视频，唱歌的人正是檀子明。别的试唱的人都认认真真的，一副无比紧张的样子，就他，抱着吉他自弹自唱，中途弹错了还挠挠头，低声骂了句什么，听不清，也不知道是不是脏话，停了停又继续往下唱。视频的一头一尾也不剪辑一下，唱完放下吉他，站起来喝了口水才发现录的镜头没停，匆匆摁停。结尾就定格在他的脸上，微皱着眉，麦色皮肤，说不出的生机勃勃。

但檀子明唱的歌却对了闻逝川和余向晚的胃口，最后决定让他唱。

孟清触觉灵敏，想赶在他出名之前，抢先把他给签了。

为了显示自己的诚意，孟清打听了他的住处，亲自开车过去。是个还不错的小区，也不知道凭他的收入，负担起来吃不吃力。孟清摁了门铃，说清楚来意，里头半天没开门，只听到噼里啪啦重物落地的声音，半晌才开了门。

檀子明穿着 T 恤和短裤，赤着脚，一副气喘吁吁的样子，房间里虽不算特别整齐，但也干净，桌边的垃圾桶盖子没盖严实，露出一点点方便面包装，路过的时候，檀子明手快，往下摁了摁。

　　孟清把签约条件提出来，也不说得天花乱坠，只是实事求是地说。

　　檀子明也不知道听进去多少，只是愣愣地听着，看着孟清竟然红起脸来。他拿起杯子喝水的时候手忙脚乱，洒了一桌子的水。

　　孟清也不催着他答应，拿出名片，放在桌子上推过去，檀子明急急地伸手去拿，两个人手指尖碰在一起，倒是檀子明先缩回去。

　　孟清看在眼里，并不太当一回事，檀子明样貌出色，等以后红起来，更加不愁没有人喜欢，现在有点好感，后面慢慢也就淡了。

　　走之前，孟清瞄一眼垃圾桶，说道："你要是钱不够花，可以和我说。"

　　檀子明顺着孟清的目光看过去，马上明白了，连忙说道："没事，我挺爱吃方便面的。"

　　这倒是实话，他从小被他妈管着，这种垃圾食品是从小馋到大，从来没吃够过，好不容易从家里出来了，一开始连着吃了一个星期，吃得满嘴长泡，后来才缓下来，偶尔吃几次还觉得香得很。

　　不出孟清的意料，檀子明很快就答应了，等到合同签下来，檀子明像埋下肉骨头的狗，天天来公司应卯。孟清本来就不常蹲在公司，现在有意避开他，更加少来。檀子明渐渐也察觉出孟清的意思来，但他不按常理出牌，不但没退，反倒进了一步。

他天天蹲点，好不容易蹲到孟清来办公室，立刻跟进办公室里，反手把门关上，一副盛气凌人的模样，不像告白倒像打劫。

"我喜欢你，咱们在一块儿吧。"檀子明说。

孟清被他吓着了，后腰抵着办公桌，慌忙把理智找回来，含蓄地说道："抱歉。"

檀子明说："你不喜欢我？那为什么签我？"

孟清简直被他的逻辑惊呆了，清了清嗓子，说道："我签你纯粹是商业行为，你身上有潜力，会在娱乐圈大红大紫的。"

檀子明满脑子就只剩下"商业行为"四个字，气得左右踱步，干脆撂担子不干了。

"爱谁谁，我不干了，辞职。"

孟清差点被他气笑了，合同也签了，违约金可不是开玩笑的，再说了，马上要录歌了，他不干，孟清哪里赔个人出来给闻逝川？孟清转头就打电话给闻逝川，也不直说是怎么回事，就说檀子明闹脾气了，不愿意录歌。

闻逝川也是个硬脾气，一路拎着檀子明去了录音室，檀子明的衣领都被他扯歪了，还在录音室外面打了一架，檀子明脸上都青了。

但檀子明就是倔，八百头牛也拉不回来那种，就算打死他，他不愿意张嘴唱歌，也不能掰开他的嘴巴。

两人闹了一通，孟清才慢悠悠地来了，拉开闻逝川，支走他，让他带付行云爱吃的甜品给付行云。

孟清自己则拿了药水和棉签，慢条斯理地给檀子明上药。檀子明一开始还梗着脖子不愿意，等孟清往他额头上轻轻地吹气，他又软了。

好歹把歌给录了，孟清才松了一口气。

檀子明的少男心事，孟清一看就知道，觉得头疼得很。

被拐着弯拒绝之后，檀子明越发不服管教。原本还像只跟着主人脚跟的小狗，现在一点都不听话。他是当明星的，脸蛋好看，粉丝里都是女孩子，一天到晚臭着个脸算怎么回事，每次听到他闯祸，孟清头就大一圈。

但是，孟清越是要去管，檀子明就越是犟着来。孟清想来想去，干脆将檀子明的所有事情交给了下属，自己回家躲着去，淡一段时间估计就好了。

于是，孟清开始闭门谢客，每天只通过电话远程遥控工作，檀子明打来的电话一律不接。没过一个星期，一大清早，孟清就接到了檀子明的助理打来的电话，火急火燎的。

"孟老师，人不见了——"

孟清才起床，家里养的猫团在膝盖上打呼噜。孟清捏了捏鼻梁，深吸一口气，说道："什么叫人不见了？"

今天早上檀子明有个站台的工作，临到开场，助理发现他人没了。这边还没说几句，孟清这头门铃响了，一看，外头呼哧呼哧喘着粗气的人不就是檀子明吗？

孟清叹了口气，起身去开门，猫从膝盖上跳下来，团在猫爬架上。

檀子明原本还怒气冲冲，满腔委屈，一肚子都是想说的话，但当他等到开门后，又哑火了。孟清睡醒后头发还没认真梳过，脑后翘起来一绺，一脸平静，既没有生气也没有惊讶，像永远没有波澜的古井。

他一下子就泄气了，沉默着进了门。

孟清的猫是挪威森林猫，体型大，毛茸茸的，又黏人，是个自来熟，从猫爬架上跳下来，凑到檀子明脚边，探头嗅了嗅就"咪呜咪呜"地在他脚边蹭来蹭去。孟清知道这时候强行押他回去肯定是不行的，想了想，平淡地问道："吃早饭了吗？"

檀子明这下是彻底蔫儿了，低着头一声不吭。

孟清慢条斯理地做了两份简单的早餐，放在桌子上，其中一份推过去给檀子明。檀子明一点点地把煎蛋卷吃了，孟清云淡风轻的，他心里特别不是滋味，他也不知道自己到底是想孟清生气，还是想让孟清开心。

孟清吃完了，说道："待会儿我亲自带你去和品牌方道歉。"

檀子明腾地一下就站起来了，话到嘴边又没说出来，他也不知道自己到底要说什么。檀子明有点茫然地抬起头来，一眼看到了客厅墙上有个木架子，上面有几个相框，其中一个相框里面有两个人，一个是孟清，另一个不认识。

照片上面的孟清看着比现在年纪小一些，脸上都是笑。

孟清平时也常笑，和人说话脸上先带三分笑，但那是礼貌性的笑容。照片上的却不一样，那是笑到眼底的，笑得开心了却又想要藏一点，低垂着眼，嘴角却翘着。

檀子明突然想到，他还没见过孟清这样朝他笑。

"那是谁？"他问道。

孟清顺着他的目光看去，眼神只在那儿停留了半秒，很快就收了回来，小声说道："一个朋友。"

说得轻松，但那一闪而过的表情与眼神却让檀子明看进了心里。

檀子明一阵心慌，好像走在平坦的路上突然踩空了一样。他越看越觉得照片上的那个男人眼熟，眯着眼，不确定地说："好像是个演员是不是？之前常在电影里见到的，叫……"

"阎星驰。"孟清接道，"他去世了。"

檀子明一愣，闷着声音说道："对不起。"

看着照片里的阎星驰，又想想檀子明给他惹的麻烦，孟清心里突然就生气了，面上看不出来，说话的语气却重了。

"我认识他的时候他生了很重的病，彻夜失眠，但工作的时候还是很认真，从来没有因病缺席过一场活动，更别说无故缺席了。"

不等檀子明说话，孟清话锋一转，问道："当时签约的时候是我草率了，我认真问你，你想当明星吗？不想的话，违约金我可以借给你，没有利息，也不着急还。"

孟清的话掷地有声，偏偏态度并不严厉，软刀子扎人也疼。

客厅里静悄悄的，只有不会看眼色的小猫咪一声一声地叫。檀子明杵在那儿，满面通红，突然觉得无地自容。

在家的时候，他天天跟父母拌嘴，总觉得自己已经长大了，父母还把他当小孩看，来到这儿，孟清也把他当小孩儿看，但这时他才发现自己真的幼稚得像小孩。

从小到大，他被批评的次数多如牛毛，但没有一次像这样过。孟清略带失望的平静眼神简直让他浑身上下像要烧起来一样，他胸膛剧烈起伏，不住地喘气，眼眶微红，像要哭了。

孟清见他这样，放软了声音，说道："对不起，是我说重了，别哭。"

檀子明哑着嗓子说道："我没哭！"

最后，孟清洗漱换衣，开车带着檀子明去向品牌方道歉。

品牌方本就占理，檀子明又还刚起步，不算红，孟清姿态也放得低，于是言语间就有点难听了。孟清本来以为檀子明要生气的，即使不生气也要摆臭脸，没想到他只是低着头，紧紧抿着嘴唇，时不时见缝插针地说一句"对不起"，态度诚恳。

这一系列的麻烦料理完之后，孟清坐在驾驶座上，长长地出了一口气，开车将檀子明送回家。檀子明一路都没说话，只是看着窗外，也不知道在想什么。他的头发剃得短短的，刚长出来一些，后脑勺圆圆的。

到地方了，孟清停好车，说道："回去好好休息一下吧。"

檀子明拽着身前的安全带，没转回头来，突然说道："我喜欢你。"

孟清被他一记直球打得晕头转向，问道："什么？"

"我喜欢你——"

孟清生怕他在车上激动起来，正想着要怎么样回答，谁知道檀子明也不等孟清回答，迅速地解开安全带，打开车门，冲下车。透过车窗，孟清见到他一溜烟地埋头朝家的方向冲去。

没过两分钟，孟清都还没来得及把车重新发动，电话就响了，是檀子明打来的。

孟清接起来，无奈地说道："有话不能一次说完吗？"

那头的檀子明还喘着气，认认真真地说道："上次你说的那个选秀节目，我可以参加。"

孟清挑了挑眉。檀子明说的那个选秀节目是选男团偶像的，但孟清给檀子明规划的路线并不是当偶像。

迎合现下正火热的选秀偶像造星模式，快速打造偶像，这样出名快，但并不扎实。

孟清原来想的是让檀子明参加这个节目，刷个脸，也不必最后出道，一两轮游，先混个脸熟，积攒一点话题度，再退出来踏踏实实地干点别的。

这样的节目是很辛苦的，而且偏向真人秀，选手参赛的日常全在摄像头下。檀子明原本觉得麻烦，并不想去，现在却答应了。

孟清问道："你确定？"

檀子明说道："确定。我觉得你说得挺对的。"

他指向不明，也不知道是不是讲孟清的那番话对。

孟清说："好的，我去安排。"

檀子明那边迟迟不挂电话，孟清以为他还有事，也静静地等着，一时间只听得到呼吸声，呼哧呼哧的。

"我真的喜欢你……"

檀子明声音轻轻的，好像有些委屈。

无论如何，孟清对他的回应只能是沉默，檀子明也不强求孟清的回答，深吸一口气，说了声再见，挂了电话。

这头，孟清又叹气了。

那头，檀子明却一点儿也没蔫，吃了个热腾腾的泡面，又觉得一切都有机会。从孟清的眼角眉梢，他敏锐地察觉出来了，孟清和那个阎星驰有事儿。但有事儿也没事儿，檀子明反而觉得是好事儿。

他之前不知道孟清喜欢什么样的，现在知道了。别人能做到的，他也能做到。

檀子明打包了行李去参加选秀，孟清陪他去的。孟清倒是觉得一切寻常，只是叮嘱了几句，没多说什么，倒是檀子明，咬着牙，绷着腮帮子，一副不成功便成仁的样子。

"放轻松。"孟清边说边拍拍他的肩膀，吓得他差点从座位上跳起来。

孟清自认为自己还是有些眼光的，果不其然，从路透开始，檀子明就冒了尖。

他戴着一顶深灰色毛线帽，帽子的边沿一直拉到凸起的眉骨上，戴了口罩，越发显得眼睛深邃、鼻子高挺，偏偏他还板着脸，严肃得不行。

真人秀这种东西，有实力还不够，还得有综艺感，而且综艺感这种东西，装是装不出来的，越刻意越不讨人喜欢，所以孟清也没着意去说。

檀子明唱歌好听，但跳舞是完全不会的，孟清都想好了，他这样子去参加比赛，肯定走不了多远，刷个脸就回来了。

虽然没多说，但孟清已经在心里给他安排得明明白白的了，偏偏檀子明不按常理出牌。

节目播出来，节目组给他安的人设居然是"拼命三郎"，天天钻进练习室练舞，恨不得睡在那儿，摄影师去拍他们练舞，别的男孩子懂得在摄影机前凑凑趣，争取点镜头，他却还嫌弃摄影师打扰了练舞，连晚上睡觉都在蹬腿。

他本来就不胖，几个月下来，肉眼看着都瘦了一圈，孟清看着都隐隐心疼。因为没想着要拿名次，孟清没有往节目组那头使劲，檀子明争取回来的人气与名次全部都是靠他自己。但他在跳舞这方面，实在是没有基础也没有天赋，纵使拼命地练了，出来的效果也有限。

过了两轮，檀子明被淘汰了。

淘汰的那天是直播来着，孟清原本正在外面和付行云吃饭，是一家幽静的日本料理店，付行云正絮絮叨叨地说着什么，一抬头，看了孟清一眼，说道："你有事的话先走吧？"

孟清夹起一筷子海胆，说道："没事。"

付行云和孟清熟，一眼就看出来不是没事。孟清说是认真在听，眼神都是飘的，时不时低头看表。

"你快走吧，"付行云嫌弃地打发孟清走人，"我找别人来陪我吃。"

既然他都这么说了，孟清也顺水推舟地走了，走之前让前台把这一桌记在自己账上。等到开车回家的时候，孟清自己都没发现自己有些急，车都比平常开得快，到了家之后，连不停叫着凑上来的猫也没来得及理，开了手机去看，正好逮住了个尾巴。

檀子明卡位淘汰了。

他算是人气选手，镜头追着他要拍，他变着花样躲，一闪而过的镜头里，见到他紧紧抿着唇瞪着眼，眼眶好像有点红，一副又倔又不认输的样子，看得孟清叹了口气。

事后采访他，问他被淘汰了的感受。

檀子明都没看镜头，低垂着眼，弓着背，高高的个子窝在椅子上，说不出的委屈。

他说："对不起……"

问他对不起什么，他也不说，狠狠地揉了揉鼻子，又吸了吸，好一会儿都不肯说话，连精心弄好的头发都耷拉下去，像霜打了的小白菜，可怜巴巴的。孟清弯腰捞起路过的小猫咪，抱在怀里揉了又揉。

等到了半夜，孟清接到了小区物业的电话，说是小区门口有人找，没有门卡又不肯打电话，就在小区门口蹲着，说着还拍了张照片发过来。

孟清一看就想笑。檀子明没用行李箱，他把参加比赛的全部家当塞进一个大登山包里，包靠着树放着，他人蹲在旁边，跟座小山似的，跟前放个兜就会有人扔硬币。

孟清问物业："他说他要找我吗？"

物业无语道："一声不吭，我是见过他上次坐您车出来才问的。"

孟清说："放他进来吧。"

物业挂电话，心里头嘀咕：真不懂你们有钱人的花样。

孟清就在门边等着，檀子明磨磨蹭蹭了好久才到孟清家门前，见孟清开着门等他，犹豫了好久都没敢往里走。孟清打了个喷嚏，说道："快点，外头冷。"

大半夜的，孟清开足了暖气，原本都打算睡觉了。

孟清倒了杯热牛奶，放在檀子明手边，问他："找我有事？"

檀子明拿着牛奶杯暖手，小声说道："对不起。"

孟清坐在他对面，耐心地问道："对不起什么？"

檀子明其实也并不是执着于输赢的人，他知道自己不是唱跳的料，但这短短一段时间的比赛，让他意识到，有很多事情，不行就是不行，不是仅凭努力就能做到的。跳舞唱歌是这样，让一个人喜欢自己也是这样。

他连忙喝下一大口热牛奶掩饰此刻的狼狈与羞窘，牛奶烫得他上牙膛都起皮了，伸着舌头"哈嘶哈嘶"地喘气。孟清被他吓了一跳，捏着他下巴看他的嘴巴舌头，生怕他烫坏了。

檀子明本来就心情差，又出了丑，孟清不但没笑他，还来安慰他。

他心头的委屈与无措好像一个个浪头，劈头盖脸地打过来，他鼻子一酸，忍住了没哭，但眼眶红了。孟清以为他痛哭了，以为他真的烫坏了，忙说道："你张着嘴，我拿冰块来……"

檀子明压根没细听孟清在说什么，见孟清站起来，不管不顾地凑过头去，带着股狠劲，把嘴巴往孟清嘴巴上撞。

孟清被他一撞，本就没站稳，直接往后一退坐在地上。檀子明不肯罢休，也跪到了地上，却还追过去想要亲吻孟清。

闯了大祸了。

檀子明想着，等到孟清伸手来推他的时候，他一个激灵清醒过来，连滚带爬地站起来，装着行李衣服的登山包也不要了，夺门而出。他边往外跑，心还怦怦直跳，侥幸想到，刚才孟清好像也没怎么用力推开自己，应该也有一点点喜欢？

屋子里，孟清坐在地上，半天没起来——摔着尾椎骨了。

这浑蛋。

孟清扶着腰从地上站起来，抹了抹嘴。

于是，好几天孟清都没出门没露面，在家养伤——尾椎那儿瘀青了一块，巴掌大，一按上去就疼。天气一天比一天冷，转眼都要过年了，孟清知道檀子明是从家里跑出来的，心里挂念他，不知道他要去哪里过年。

正想着，闻逝川那头就发消息来了。

"快把你的狗牵走。"

随消息而来的还有一张照片，檀子明赤着脚蹲坐在闻逝川工作室的沙发上，余向晚正在往火锅里头下锅底的红料，边下边搅，檀子明就在那儿不错眼地盯着，嘴巴微张，就差流出口水来。

孟清看着就乐，故意给檀子明打了电话问他在哪儿，他还不肯说，凶巴巴的，还是付行云在旁边帮嘴透露了地点。孟清闲着也是一个人过年，买了点火锅菜，拎着上门去，尾椎那儿还痛着，坐下的时候都要小心着。

檀子明隔着桌子偷偷盯着孟清，见到对方小心翼翼地坐下，不知道想到什么，脸都拉下来了，比锅底还黑，看得孟清一脸莫名。檀子明今年虚岁也不过二十，正是倔强的年纪，自己跟自己较劲，又委屈又生气，对着碗里的鸭血戳了又戳，鸭血都被他戳碎了。

一顿火锅，开始还热热闹闹的，后面就不欢而散了。

付行云的眼睛被檀子明不小心弄起来的辣油溅到，闻逝川送他回去，走的时候眼睛鼻子都红红的，闻逝川的脸色也不好看。檀子明虽然做事情随性，但也不是不识好歹的人，闯了祸，低着头不说话。他心里本来就放了一堆和孟清有关的烦心事，这下就更不开心了，也不吃了。

孟清见檀子明不吃了，知道他心情不好，问他："吃饱了？回去？"

檀子明闷闷地"嗯"了一声。

一下子，整桌人都散了，余向晚看着剩了一半的菜，叹了口气，给闻逝川的助理小何打电话。小何是本地人，这个点估计在家吃年夜饭呢，余向晚一个电话打出去，没两秒钟就后悔了，正要挂，那头却接通了。

余向晚支支吾吾地把话说了，有点不好意思。

"你、你在家吃吧，菜我打包一下明天吃……"

谁知道小何二话不说就答应了，挂了电话就要来。余向晚美滋滋的，咬着筷子挂了电话，满桌子吃的又变好吃了，比刚才还好吃。

外头天已经黑了，孟清走在前面去取车，檀子明拖着脚步走在后面。

"天冷，看着要下雪了，我送你回家吧。"

檀子明干脆在路沿边蹲下来，路上黑漆漆的，连路灯都昏暗，一个人都没有，只有孟清在几步开外，背影清瘦。也不知道孟清心里在想什么，檀子明不开心地想。

　　孟清把车开过来，降下车窗叫他上车，檀子明想了想，一不做二不休，说道："我的房子退租了。"

　　孟清的手扶在方向盘上，说："那你东西呢？"

　　檀子明硬着头皮往下编："寄放在朋友家了，我今天原本打算睡在公司里的，你送我去公司吧，顺路买点泡面，过年也没什么好吃的外卖……"

　　檀子明耷拉着脑袋卖惨，想着，自己如果能住到孟清家就好了，也不怕孟清被别人拐了，自己盯着呢。

　　孟清本来就不信他，但想一想，这大过年的，檀子明离开家，心情不好估计是真的，放他一个人倒不如收留了他，反正家里房间也多。孟清心一软，语气也软了，说道："你先住我家吧。"

　　檀子明喜出望外，还要绷着脸，生怕露出笑意来。

　　天上下起小雪，小雪花落在檀子明的鼻尖上，檀子明摇晃着脑袋打了个喷嚏，吸吸鼻子钻进车里，坐在副驾驶上。

　　孟清没过脑子，伸出手指，顺手把檀子明鼻子上沾上的小雪花扫掉。

　　檀子明愣愣地坐在副驾驶上，从脸红到脖子。孟清这才反应过来，尴尬地收回手，清了清嗓子，假装无事发生。

　　回到了家，上楼的时候，走得急了，孟清只觉得尾椎处一阵一阵地疼，皱了眉倒吸一口气。檀子明忙问："怎么了？"

　　"没事。"

　　孟清三两句吩咐檀子明住在客卧，告诉他冰箱里的东西都可以吃，厨房也可以随便用，客卧里有给客人准备的新的睡衣，他也可以随便用。

　　说完后孟清就躲回房间里了，之前在医生那里拿了些活血化瘀的药膏，打算再涂一下。

　　檀子明在客卧的床上滚了一圈，探头探脑地到处看，对孟清的家充满好奇。他见主卧的门紧闭着，也不知道孟清在里头干什么，有心想和孟清聊聊天，什么也不聊你看看我我看看你也行，怎么都行。

　　檀子明敲了敲门，没事找事地说道："你饿不饿啊，想吃东西吗？"

　　才吃完，又说吃，孟清简直对他无语了。孟清正扭着腰对着镜子，姿势别扭，准备涂点药膏，檀子明一说话，手劲儿没收住，后腰那儿一阵疼，小声呼痛。

　　檀子明还以为孟清在里头怎么了，心里头着急，拧了门就进去。

　　孟清吓了一跳，满脸通红，连忙遮掩。檀子明一眼就觉得不对："你怎么了？受伤了？"

　　"没，"孟清连忙解释道，"那天撞到了……"

　　檀子明问："哪天？怎么撞的？"

　　孟清垂着眼睛，眼睫毛一点点地颤，含糊地说道："就那天，你推了我一下，撞到了。"

　　那天可不只是推了一下，推之前还做了好多事情呢。檀子明想起来了，满心的歉意，刚才匆匆一瞥，孟清尾椎那里青了好大一块儿呢。他说："对不起，要不……要不我……我帮你涂吧，方便一点……"

　　孟清自己涂的时候的确不方便，位置正在后腰上，要反着手扭着腰涂，动作大了还疼，总是糊得到处都是，衣服上也沾到了，味道很浓，仿佛腰腿不好的老年人，几次之后，孟清就不想涂了，但那瘀青总是消不下去。

檀子明一脸诚恳，孟清想了又想，皱着眉答应了。

到真的涂起来，两个人都觉得这比想象中尴尬多了。孟清趴在床上，埋着的头抬起来一点，露出半张脸，问道："好了吗？"

"没，"檀子明说道，"没好。"

孟清反手想去拨开檀子明的手，檀子明丢开药膏，怕孟清乱动扭到伤处，两只手按住孟清不让动，俯身下去。

两个人额头抵着额头。

檀子明突然问道："你喜欢我吗？有没有一点点？"

看着他的眼睛，孟清说不出话来，檀子明也不气馁，换了个问法，问道："你不喜欢我吗？"

孟清更说不出话来了。

檀子明满心高兴，在孟清的鼻子尖上亲了一口，从床上蹦起来，说道："饿吗？我给你做饭。"

他兴冲冲地冲出去，没两秒又把头探进来，说道："我不太会做饭，但是我想吃虾仁炒饭……"

孟清红着脸站起来去给他炒饭。

檀子明就这样寸步不离地黏着，孟清觉得自己好像一块不断被融化的冰，被檀子明用巨大的热情拥抱着，凡是被触碰的地方，都融化成了柔软的春水。

他们一起去了阿姆斯特丹，浪漫又自由的城市。

在异国他乡，人潮涌动，天空放起了绚烂的烟花，孟清独自站着，和千百人一起，仰着头看。

孟清突然想起了阎星驰，想起阎星驰在高楼一跃而下的前一天。阎星驰已经严重失眠了很久了，孟清偶尔回去陪他，他们在沙发上对坐着，一人看一本书。

阎星驰失眠，但孟清并不失眠，看着看着会睡着，半夜惊醒的时候，看到阎星驰正站在窗边，高瘦伶仃，像将要划过天空的流星，光芒大绽后湮灭。

孟清叫他，他转过头来，脸上有淡淡的笑容，没头没尾地说道："以后你会遇到更好的人，他能爱你。"

时间过得久了，连悲伤都不再是钝钝的痛，而是轻得像一声无奈的叹息。

有人拍了拍孟清的肩膀，孟清一转身，就看到兴冲冲过来的檀子明，烟花绽放时的光照在他的脸上，他的笑容比烟花还灿烂。

檀子明伸手在孟清耳边轻轻一抚，凭空多了一枚硬币捏在手里。

孟清笑道："这是什么？"

檀子明说："是魔法——"

他们没来得及多说两句，烟花又接连地放起来，声音震耳欲聋，檀子明将那枚硬币放进孟清胸前的口袋里——离心脏最近的地方。

他凑到孟清耳边，声音盖过了烟花绽放的巨响。

"是让你爱上我的魔法。"

番外二
星光见证

他们并肩同行，星光见证，梦想成真

　　"好冷。"付行云不停地抱怨。

　　倒也不是他矫情，闻逝川挑的这个地方的确冷，冷得付行云说话时声音都是抖的。

　　这里是漠市，极北之地，是闻逝川的新电影取景的地方。影评人都评价说，闻逝川的电影像纪录片，朴实的镜头，真实的生活感受。这回他真的要拍一个纪录片，拍一个像电影一样的纪录片，在极北之地——漠市。

　　这个事儿原本是和付行云没关系的。

　　拍纪录片不需要知名演员做主角，这个纪录片也没有主角。

　　刚刚知道这个事情的时候，付行云心里是有些别扭的。这种别扭不能明说，说出来显得矫情。他恨不得闻逝川的所有电影都是他当主角，但他知道这是不可能的，最后只能悻悻然祝对方新片拍摄成功。

　　闻逝川见他嘴上说得大度，目光却闪烁着，哪能不知道他在想什么。

　　闻逝川想了想，说："你的新电影刚刚杀青了，离宣发也还有一段时间，你不如和我一起去一趟，就当度个假。"

付行云就等这句话呢，他兴高采烈地收拾行李，轻装出行，没带助理，也没带经纪人。

"我去给你当助理吧。"付行云兴致勃勃地说道。

闻逝川见他这样高兴，简直就像是春游前一天晚上的小学生，心里觉得好笑，嘴巴上还不忘给他打预防针。

"你别喊冷。"

付行云嘟哝道："哪里就这么娇气了。"

闻逝川带着摄制组浩浩荡荡地出发。即使他现在名气与以前不可同日而语，他也依旧还是那个作风，低调朴实，没有前呼后拥。他带的团队也是这样，比起名导带着团队拍重磅新片，更像是一群准备好吃苦的人，带着大包小包的器材，裹着最保暖的衣服，风尘仆仆地出发。

付行云自然也低调随行。

他与闻逝川早就已经一起自开了一家工作室，这些年，也有媒体企图拍一些关于他们的传言。但他们都大大方方的，言行敞亮，媒体没什么好写的，也就作罢了。

付行云往低调了打扮，裹了个遮到脚踝的黑色长款羽绒服，帽子墨镜都戴齐全，没想到反而更显眼。闻逝川团队的人都认识他，从他旁边走过都要叫他一声"付老师"，弄得他怪尴尬的。

闻逝川看了觉得好笑，把付行云的宽檐帽摘掉，墨镜也摘掉。他将付行云打理得整整齐齐的头发弄乱，扣个鸭舌帽，再戴个黑框眼镜，这下就不像大明星了，真的像初出茅庐、白白净净的小助理。

闻逝川还帮付行云找借口："来采风的。"

付行云板着脸，故作严肃地点头，让大家忽略他，一行人才自在起来。

但在下飞机的一刹那，被极北的冷风冷冰冰地刮在脸上的时候，付行云还是结结实实地打了个冷战。真的冷啊，比他想象中要冷，加上他本来就怕冷，一到室外鼻子就冻得通红，兜里揣着的暖宝宝都焐不热。

闻逝川放慢脚步，落到后面，和付行云肩膀并着肩膀走。

两人都穿着厚厚的羽绒服，手上动作不明显。闻逝川把自己兜里焐热的暖宝宝塞进付行云兜里。

付行云兜里暖了起来，但还是打了个喷嚏，又吸了吸鼻子。

闻逝川皱起眉，说道："我们还要往北走呢，不如你在这边找个地方住下，先不要跟过去了。"

那可不行，付行云马上道："那我还来干什么，必须跟着你的。"

从机场出来，他们还坐了好久的车，大巴车一路颠簸，却不敢开快，因为地上都结冰了，容易打滑。付行云大半张脸都陷在厚围巾里，只露出一双眼睛，看着外面的一片茫茫雪海。

他们选择的拍摄地在江边。

现在还不算是最冷的时候，他们也不敢挑最冷的时候，怕机器工作不动。但江面已经结冰了，西北风把上面的冰雪刮成鱼鳞状。住的地方离江面不远，条件一般，而且房间不够，闻逝川和付行云只能在一个房间里挤挤，房间里不算特别暖。

付行云一溜烟地钻进被子里，他将羽绒服压在被子上面，蜷缩的手脚慢慢回温，像冬眠的动物逐渐苏醒，他在被子里舒服地伸了个懒腰。闻逝川正在窗边打电话，一回头，见付行云整个人缩在被子里，只露出脑袋和半只手。

付行云拱啊拱，把自己团成一团。

"我想起以前，"付行云小声说道，"以前也这样。"

那是很久很久以前，他们还住在地下室的破出租屋里。那里冬冷夏热，夏天热得人浑身冒汗，坐着什么都不干也闷热难耐。到了冬天，哪儿哪儿都进风，他们只有一床厚被子，两个人挤在一起，将厚衣服压在被子上。

有时候吵起架来，想要冷战，又不舍得温暖的被窝，只好在被窝里吵架。

吵着吵着，被子歪了，热气跑了，两个人又打起喷嚏来，拽回被子，暂时休战。

从破旧的出租屋到极北之地的民宿，中间过了许多年，但仿佛又什么都没变过。

闻逝川的手腕上一直戴着一块手表，这还是付行云送给他的那块表，当初修好后，表就不再走了，指针、分针、秒针都是静止的。

戴一块不走的手表这种事，自然引起过八卦媒体的注意，但闻逝川从未对外讲过。

这是他们两个人之间不足为外人道的默契。

到了真正拍摄的时候，付行云才真正有点儿后悔，因为真的很冷。

他每日里都把自己裹得严严实实的，就像一只大粽子，走起路来都不利索，摇摇晃晃的，像只大企鹅。

闻逝川工作起来非常严谨，一句题外话都不讲，整个摄制组都怕他。

付行云早就说好不娇气的，不仅天天跟着起早贪黑，还帮忙干活，管餐，真的像助理。

一天下来，他手都冻红了，闻逝川自己也冷得够呛，搓着手，趁付行云不注意团了个雪球砸他。付行云被冰碴子冰得跳起来，不认输地想把雪球砸在闻逝川的脸上。两人打打闹闹的，反而暖和多了。

回到住处，闻逝川说道："你留在这儿等我们两天吧，得再往北开一段，拍点野外的镜头，很冷，而且只能住在车里。"

都到这儿来了，这会儿退缩也太窝囊了，付行云一咬牙，说下狠话："你去哪儿我就去哪儿。"

一行人分了好几辆车，慢慢地往北开。

到处都是白茫茫的，人烟稀少，雪白的大地上，一列黑色的车队蜿蜒前进。

付行云抱着热水袋，半张脸陷在围巾里，看着窗外发愣。车摇摇晃晃的，大多数人都睡着了。闻逝川坐在他旁边，下巴搁在软绵绵的羽绒服上，小声地问道："看什么呢？"

"好美啊。"付行云叹道。

闻逝川突然说道："等这个拍完了，我们出去玩吧。"

他们还没纯粹地出去旅游过呢。

"好。"

付行云左右看看，见大家都在睡，于是不再出声，指了指手机，示意闻逝川用手机聊。两人飞快地制订好旅行计划，付行云无所事事地看向窗外，外面是一片宁静的雪白。

在雪原上的拍摄断断续续的，温度有点低，他们生怕机器不运转，拍一会儿歇一会儿。天黑得很早，一天下来，大家都累得筋疲力尽的，纷纷回到车上休息。车上很暖，但有点伸展不开手脚，付行云缩在角落，团成一团，一会儿就睡着了。

闻逝川钻进车里，见付行云睡得熟，把手捂在自己嘴巴上，呵出热气，搓了搓手，干脆利落地捏住付行云的鼻子。付行云皱着眉甩头，没把让自己缺氧的东西甩开，眯着眼醒过来。

"嘘。"闻逝川小声道，"出来。"

付行云跟着他跟跟跄跄地下了车，踩在松软的雪地上。

到处都是黑漆漆一片，只有寥寥几点灯光，脚踩在雪地上有细碎的声音，偶尔能听到树枝不堪重负，积雪落地的声音。

他们不敢走远，只走到一片开阔的原野上。

天穹无限大，放眼望去，没有任何建筑物遮挡，天与地在极目远眺之处相接。

付行云深吸一口气，只觉得冰凉冰凉的。四下无人，闻逝川说话时也不敢将声音放大，好像生怕打破了夜的寂静。

他声音低沉地说："看看天上。"

付行云抬头，被满天的繁星美得呼吸一窒。

在这人烟稀少的地方，星星像碎钻一样镶嵌在天幕上，光芒显得格外耀眼。他们并肩站着，默契地没有说话。

"我从来没有想过……"付行云喃喃道，"没有想过……"

他后面的话并没有说完，但闻逝川知道他在说什么。年少轻狂时，他们一起在地下室出租屋里吃苦，那时未来迷茫，他可能没有想过，会有这么一天，他们能这样并肩在星空下，事业有成，梦想成真。

"我有想过，"闻逝川回答道，"总是想。"

付行云轻轻一笑。

他们并肩同行，星光见证，梦想成真。

图书在版编目（ＣＩＰ）数据

行云 ／ 春日负暄著 . 一 武汉 ： 长江出版社，
2021.12
ISBN 978-7-5492-8084-1

Ⅰ．①行… Ⅱ．①春… Ⅲ．①长篇小说－中国－当代
Ⅳ．① I247.5

中国版本图书馆 CIP 数据核字（2021）第 244298 号

行云　春日负暄　著
XING YUN

出　　版	长江出版社	
	（武汉市解放大道 1863 号）	
选题策划	阿　朱　靳　丽	
市场发行	长江出版社发行部	
网　　址	http://www.cjpress.com.cn	
责任编辑	陈　辉	
特约编辑	阿　薯	
封面设计	梦幻鱼	
印　　刷	长沙鸿发印务实业有限公司	
版　　次	2021 年 12 月第 1 版	
印　　次	2022 年 3 月第 1 次印刷	
开　　本	880mm×1230mm　1/32	
印　　张	9.75	
字　　数	226 千字	
书　　号	ISBN 978-7-5492-8084-1	
定　　价	54.80 元	